KATHRYN CASKIE

Ein sündiges Versprechen

Buch

Die blonde Schönheit Anne Royle scheint selbst das Schicksal vergessen zu haben, so wenig Aufmerksamkeit erregt sie während der Nacht aller Ballnächte in London. Doch gewieft, wie sie ist, will sie ihre Unsichtbarkeit nutzen und schleicht sich in ein fremdes Schlafgemach ein – um ein Bündel Briefe zu entwenden, die ihre noble Herkunft beweisen könnten. Doch unversehens wird sie dabei ertappt, und nun hat sie die Aufmerksamkeit, die ihr so lang fehlte. Doch leider in Form eines handfesten Skandals. Sie weiß sich einfach keinen anderen Ausweg – und gibt sich als die Verlobte von Laird Allan, dem Earl of MacLaren, aus, der zunächst nicht weiß, wie ihm geschieht, aber seine romantische Stunde schlagen hört.

Autorin

Kathryn Caskie interessiert sich schon seit Langem für Geschichte, und sie liebt historische Gegenstände. Daher war niemand in ihrer Familie überrascht, als sie ihre Karriere im Bereich Medien und Marketing an den Nagel hing, um sich ganz dem Schreiben historischer Liebesromane widmen zu können. Die größte Inspiration für ihre Romane sind ihr Mann und ihre zwei Töchter, mit denen sie in einem 200 Jahre alten Quäkerhaus am Fuß der Blue Ridge Mountains lebt.

Von Kathryn Caskie sind bei Blanvalet bereits erschienen

Stürmische Verlobung (36853)
Stürmische Eskapaden (36963)
Stürmische Intrigen (36972)
Stürmische Eroberung (36973)
Wie verführe ich einen Lord (36933)

Kathryn Caskie

Ein sündiges Versprechen

Roman

Aus dem Englischen
von Uta Hege

blanvalet

Die Originalausgabe erschien 2007 unter dem Titel
»How to Engage an Earl« bei Avon Books,
an Imprint of HarperCollins*Publishers*, New York.

FSC
Mix
Produktgruppe aus vorbildlich
bewirtschafteten Wäldern und
anderen kontrollierten Herkünften

Zert.-Nr. SGS-COC-001940
www.fsc.org
© 1996 Forest Stewardship Council

Verlagsgruppe Random House FSC-DEU-0100
Das FSC-zertifizierte Papier *Holmen Book Cream*
für dieses Buch liefert Holmen Paper, Hallstavik, Schweden.

1. Auflage
Deutsche Erstveröffentlichung Juni 2010 bei
Blanvalet Verlag, München, einem Unternehmen der
Verlagsgruppe Random House GmbH

Umschlaggestaltung: HildenDesign, München,
unter Verwendung eines Motivs von Pino Daeni /
Agentur Schlück GmbH
Redaktion: Wiebke Rossa
lf · Herstellung: sam
Satz: DTP Service Apel, Hannover
Druck und Einband: GGP Media GmbH, Pößneck
Printed in Germany
ISBN: 978-3-442-36934-8

www.blanvalet.de

Für meine Großmutter Ivaloo,
deren Leidenschaft für die Erforschung
unseres Familienstammbaums mich zu dieser
Geschichte inspiriert hat.

Kapitel eins

Wie man sich unsichtbar macht

Berkeley Square, London
April 1815

Anders als ihre deutlich lebhafteren Schwestern hatte die zurückhaltende Miss Anne Royle nur ein Talent – mit dem sich allerdings kaum etwas hermachen ließ.

Sie wurde manchmal unsichtbar.

Oh, nicht so wie in den Märchen, in denen man auf magische Weise einfach irgendwie verschwand.

Nein, ihr Talent war wesentlich subtiler.

Anne hatte die Fähigkeit, sich *völlig* unbemerkt durch das dichte Gedränge zu bewegen, das typisch war für die eleganten Bälle und Soireen der sogenannten besseren Londoner Gesellschaft.

Nicht zu Unrecht fühlte sie sich wie ein Geist, wenn sie auf einem solchen Fest war. Schließlich suchte nie jemand ihre Gesellschaft oder schenkte ihr auch nur die mindeste Aufmerksamkeit, wenn sie in seine Nähe kam. Nein, Anne konnte sogar direkt vor einer der erlauchten Herrschaften oder auch nur vor einem Pagen stehen, ohne von ihnen überhaupt zur Kenntnis genommen zu werden.

Manchmal war es so, als würde sie überhaupt nicht existieren.

Für gewöhnlich sah sie ihr vermeintliches Talent als den größten aller Flüche an.

Heute jedoch nicht.

Erst vor einem Jahr hatten sie und ihre Schwestern Mary und Elizabeth ihre Trauerkleider aus schwarzem Kammgarn abgelegt und ihr winziges Dorf in Cornwall gegen die satinschimmernde Eleganz der Londoner Ballsäle getauscht.

Um passende Ehemänner für sie aufzutreiben, hatte ihre quirlige Mentorin Lady Upperton ihnen Einladungen zu unzähligen nervtötenden Bällen, Soireen und Musikabenden verschafft.

Anne war keine Närrin. Ihr war sofort klar gewesen, dass es ab und zu durchaus von Vorteil war, wenn man sich unter den erhobenen Nasen der Mitglieder der *besseren Gesellschaft* hindurchbewegen konnte, ohne dass dabei jemand Notiz von einem nahm.

So blieben ihr die Musterungen und die Tuscheleien, die Mary und Elizabeth wegen des Skandals um die mögliche königliche Abstammung der Royle'schen Drillinge oft über sich ergehen lassen mussten, größtenteils erspart.

Während Elizabeth und sie sich für das größte Fest der Saison kleideten und schmückten, hoffte Anne voll Inbrunst darauf, auch auf dieser Feier völlig unsichtbar zu sein.

Denn ihr Schicksal hing davon ab.

MacLaren House, Cockspur Street
Drei Stunden später

»Oh, Anne, du übertreibst.« Lachend schwenkte Elizabeth ihren spitzengesäumten Fächer durch die Luft und wehrte die Behauptung ab wie ein stechendes, geflügeltes Insekt.

»Ich sage dir, ich kann durch die Menge gehen und die intimsten Gespräche belauschen. Niemand wird mich dabei bemerken.«

»Jetzt?« Elizabeth zog skeptisch eine Braue hoch. »Und niemand wird dich bemerken?«

»*Niemand.*«

»Papperlapapp. Selbst wenn du dich wie auf Samtpfoten bewegen würdest, wärst du ja wohl kaum zu übersehen.«

Anne stieß einen abgrundtiefen Seufzer aus. Weshalb gab sie den Versuch nicht einfach auf, Elizabeth die Sache zu erklären? Sie würde sie ja sowieso nie wirklich verstehen. Im Vergleich zu Elizabeths rothaariger Schönheit war Anne eine völlig unauffällige Erscheinung. Das war sicher die Erklärung für ihr ungewöhnliches Talent.

Dabei hob sie sich von ihrer Körpergröße her deutlich von den überwiegend kleinen, zarten Damen der gehobeneren Kreise ab. Sie war fast so groß wie jeder Mann. Doch sie hatte weder volles, schwarzes Haar wie ihre ältere Schwester Mary, noch schimmernd kupferrote Locken wie die ein paar Minuten jüngere Elizabeth.

Nein, das Haar, das ihr in einer Masse kleiner Ringellöckchen um die Wangen fiel, war derart hell, dass es beinahe farblos wirkte.

Ihr Gesicht war zart und nicht weiter bemerkenswert und ihre Haut so weiß wie Elfenbein.

Anne war sich beinahe sicher, dass sie in dem cremefarbenen Kleid, das sie an diesem Abend trug, mit ihrem weizenblonden Schopf und ihrem hellen Teint praktisch mit den weißen Wänden des Salons verschmolz.

Hm. Vielleicht sollte sie diese Theorie mal ausprobieren, überlegte sie. Vielleicht würde dieser neue Trick, falls sie in zwei Stunden überstürzt verschwinden müsste, ihre Rettung sein.

Und bestimmt wäre es gut, ihre Fähigkeit, sich unsichtbar zu machen, noch einmal zu testen, ehe … nun, bevor es an die Arbeit ging.

»Elizabeth, ich schwöre dir, ich könnte durch dieses Zimmer gleiten und den Leuten ihre vollen Gläser aus den Händen nehmen, ohne dass sie merken, wie ihnen geschieht.«

»Das könntest du ganz sicher nicht. Du nimmst mich doch nur auf den Arm. Das hast du schließlich schon immer gern getan. Nur dass ich nicht länger die naive, gutgläubige kleine Schwester bin, die du veralbern kannst.« Sie stieß ein leises Kichern aus.

»Und trotzdem zweifelst du an mir. Wann wirst du jemals lernen, Spaß und Ernst zu unterscheiden, Schwesterherz?« Anne drückte ihr entschlossen ihren eigenen Fächer in die Hand. »Ich muss beide Hände freihaben. Und jetzt sieh zu und staune, kleine Zweiflerin.«

Laird Allan öffnete die Flügeltür, die vom Garten ins Haus führte, legte eine Hand auf das wohlgeformte Hinterteil seiner Begleiterin und zog sie mit sich in den dunklen Gang.

Nur eine flackernde Kerze brannte in dem dunklen Korridor, die dem zusätzlichen Personal, das für den abendlichen Ball angeheuert worden war, den Weg in Richtung Küche wies. Dem neu ernannten Earl jedoch kam die spärliche Beleuchtung durchaus zupass.

»Wann darf ich Sie wiedersehen, Lady … äh … Mylady?«

»Meine Güte, MacLaren, Sie wissen nicht einmal meinen Namen?« Die Frau strich die Flügelärmel ihres Kleides über ihren seidig weichen Schultern glatt und rückte ihre vollen Brüste schamlos unter ihrem Oberteil zurecht.

Laird setzte ein ausdrucksloses Lächeln auf und ging auf ihren übertrieben schmollenden Gesichtsausdruck mit einem ebenso übertriebenen Seufzer ein.

»Dafür hat sich mir alles andere von Ihnen überdeutlich eingeprägt. Ich habe zu tief ins Glas geschaut, um dem Nebel in meinem Kopf Ihren Namen zu entlocken, obwohl ich keinen Zweifel daran habe, dass er ebenso bezaubernd ist wie Sie selbst. Sie werden mir doch verzeihen?«

Sie stieß ein leises Lachen aus. »Keine Angst, mein hübscher Spielgefährte.« Sie kniff ihm zärtlich in die Wange und gab grinsend zu: »Offen gestanden, bin ich nicht im Mindesten beleidigt. Ganz im Gegenteil, mein Lieber. Ich bin sogar erleichtert. Wenn Sie sich nicht an meinen Namen erinnern können, ist es umso unwahrscheinlicher, dass mein Mann etwas erfahren wird von unserem kleinen Tête-à-Tête in Ihrem hübschen Garten.«

»Ihr Mann?« *Verflixt und zugenäht. Das passierte ihm jetzt bereits zum zweiten Mal. Wo waren nur all die ungebundenen jungen Frauen? Gingen sie ihm etwa immer noch aus dem Weg? Dabei hatte er sich doch gebessert. Oder hatte es auf jeden Fall versucht. Sie war verheiratet. Verdammt.* Er streckte eine seiner Hände aus und zupfte geistesabwesend ein weiß geädertes Efeuzweiglein aus dem zerzausten Haar der Frau.

»Haben Sie das etwa nicht gewusst?« Sie stieß ein leises Lachen aus. »Aber keine Angst. Ich kann Ihnen versichern, dass mein Mann ein jämmerlicher Fechter ist. Und vor allem ist er schon steinalt, wohingegen Sie, mein kräftiger Earl, in der Blüte Ihres Lebens stehen. Übrigens haben Sie mir den Mondgarten noch gar nicht gezeigt. Dabei sprechen die Damen heute Abend kaum von etwas anderem.«

Laird zog skeptisch eine Braue hoch. »Die Frauen unterhalten sich über den … Mondgarten?«

»Oh ja. Erst vor einer Stunde wurde mir erzählt, wie besonders *reizend* eine ganz bestimmte Ecke Ihres

Gartens ist … vor allem bei Vollmond. Ist das wahr, Mylord?«

Er drehte den Efeuzweig zwischen seinen Fingern hin und her. »Sie haben den Garten gesehen, Madam.«

»Nur einen kleinen Teil.« Sie strich verführerisch mit einem Finger über seine Brust, stoppte kurz vor seinem Hosenbund und bat in schmeichlerischem Ton: »Dabei würde ich so gerne alles sehen. Vor allem den berühmten Mondgarten.«

Laird räusperte sich. »Ich bitte um Verzeihung, aber Sie müssen mich entschuldigen. Ich muss wieder zu meinen anderen Gästen zurück.«

Sie ließ die Hand noch etwas tiefer gleiten, schob sie an der Innenseite seines Oberschenkels wieder hinauf und schmiegte sich an seine Brust. Sie presste ihre feuchten Lippen hart auf seinen Mund und nestelte spielerisch an seinem Hosenschlitz. »Sind Sie sicher, Mylord?«

Bevor er ihrem nachdrücklichen Charme erlag, machte er entschlossen auf dem Absatz kehrt. »I-ich fürchte, ja, meine Liebe. Ich muss wirklich gehen.«

»Wirklich?« Sie schob ihren Mund an seiner Wange entlang und blies ihm dann heiß ins Ohr: »Oder ist es vielleicht so, dass die Zeit, die Sie für *mich* bemessen haben, schon vorüber ist? Zufällig ist mir bekannt, dass ich nicht die Erste bin, die heute Abend die Schönheiten … Ihres Gartens bewundert hat.« Sie knabberte an seinem Ohrläppchen und fügte eindeutig erbost hinzu: »Und ich werde sicherlich auch nicht die Letzte sein.«

Laird zuckte zusammen, packte ihre Schultern, schob sie von sich fort und machte selber eilig einen Schritt zurück.

»Tja, wenn es so ist.« Sie bedachte ihn mit einem bösen Blick, machte auf den scharlachroten Absätzen ihrer Satinpantoffeln kehrt und marschierte den langen Korridor entlang in Richtung des hellen Lichts und des Lärms, die durch die Salontür drangen.

Eine verheiratete Frau. Angewidert schüttelte der Earl den Kopf. Er hatte sich so sehr bemüht, seiner Familie zuliebe anständig zu werden. Endlich zu beweisen, dass er des Namens MacLaren … und vor allem, dass er *ihrer* würdig war.

Seit über einem Jahr hatte er sich tadellos benommen und sich, wie von einem frisch gekürten Earl nicht anders zu erwarten, durch und durch als Gentleman gezeigt.

Dieser erste Abend in der Londoner Gesellschaft aber reichte offenbar schon aus, um ihn all seine guten Vorsätze vergessen zu lassen. Er schüttelte den Kopf. *Verdammt. Verdammt. Verdammt.*

Aber wenigstens hatte er Glück, denn seine Sportsfreundin hatte es ihm leicht gemacht, rechtzeitig auf Distanz zu gehen.

Seufzend griff er nach der Kerze, hielt sie vor den Spiegel, der über dem Flurtisch hing, und musterte eingehend sein Gesicht.

Schau dich doch nur an – du siehst total zerknittert aus.

Dann trat er noch näher an sein Spiegelbild heran. Im trüben Licht der Kerze wirkten seine kobaltblauen Augen kalt und düster und riefen die Erinnerung an seinen verstorbenen Vater in ihm wach. Er kniff die Augen zu, atmete tief ein und schüttelte das Bild und die damit verbundenen Gedanken ab.

Dann schlug er die Augen wieder auf, fuhr sich mit den Fingern durch das leicht gewellte, schwarze Haar und wandte sich vom Spiegel ab. Er stellte die Kerze auf den Kirschholztisch zurück, um den Knoten seines leicht verrutschten Halstuchs neu zu binden.

»Dir steht ein ganzes verdammtes Stadthaus zur Verfügung …«, drang plötzlich eine leise Männerstimme an sein Ohr.

Laird riss den Kopf herum und blinzelte. Vor dem goldenen Licht, das durch die Salontür fiel, hob sich die vertraute Silhouette eines großen, schlanken Mannes ab.

»… und du treibst dich trotzdem lieber im Garten herum«, stellte dieser lachend fest.

»*Apsley.*« Schwankend drehte Laird sich nach seinem Freund aus Kindertagen um. »Wo in aller Welt hast du die ganze Zeit gesteckt? Ich dachte schon, du hättest es dir anders überlegt und beschlossen, das Fest sausen zu lassen, um stattdessen diese kesse Tänzerin aus der Oper auszuführen.«

»Die Kleine habe ich bereits am Dienstag abserviert.« Apsley blickte bewundernd auf sein eigenes Spiegelbild und schob sich eine lose Strähne seiner Haare hinters Ohr.

Laird schüttelte den Kopf. »Sicher wegen einer anderen Tänzerin, die noch ein bisschen … talentierter ist.«

»Das stimmt.« Arthur Fallon, Viscount Apsley, fuhr sich durch die dunklen Locken, zog den Kragen seines Hemds ein wenig höher und wandte sich erneut an Laird. »Aber du hättest trotzdem wissen müssen, dass ich komme. Ich hätte es niemals vergessen. Wäre er nicht … verdammt, schließlich hätten wir heute auf den fünfundzwanzigsten Geburtstag deines kleinen Bruders anstoßen sollen – statt seiner zu gedenken.«

Laird blickte auf den goldenen Siegelring, der ihm vor einem Jahr von Grahams tränenüberströmtem Burschen nach der schicksalhaften Schlacht, die seinen Bruder das Leben gekostet hatte, übergeben worden war. »Ich vermisse ihn.«

»Ich weiß. Aber ganz egal, was dein Vater sich eingebildet hat, es war nicht deine Schuld. Das musst du endlich einsehen.«

»Natürlich war es meine Schuld. Hätte ich getan, was Vater wollte, wäre Graham vielleicht nie zum Militär gegangen. Und dann hätte er auch nicht in dieser Schlacht gekämpft.« Laird legte den Kopf zurück und blinzelte verzweifelt gegen die lächerlichen Tränen der Schwäche an.

Apsley drückte ihm die Schulter. »Es nutzt nichts,

darüber zu lamentieren, was war und was hätte sein können.« Dann fing er plötzlich an zu schnuppern wie ein Hund. »Dann hast du dich also heute Abend für Brandy entschieden, ja? Ist er wenigstens gut? Das kann ich nur hoffen, denn ich fürchte, dass du schon etwas in Führung liegst, und ich kann unmöglich zulassen, dass es so bleibt.«

»Ich bin nicht nur leicht in Führung, sondern dir um mehrere Pferdelängen voraus, mein Freund.« Laird hatte noch immer Tränen in den Augen, und um seine Würde zu bewahren, hob er eine Hand vor sein Gesicht. Allerdings verlor er durch die eilige Bewegung die Balance und schwankte zwei Schritte nach links.

Eilig packte Apsley ihn am Arm und hielt ihn fest. »Das sehe ich. Aber du wirst nicht länger allein auf Graham trinken. Zeig mir, wo die Karaffe steht, gib mir ein möglichst großes Glas, und ich schwöre, dass mein Pferd das deine noch in dieser Stunde überholen wird.«

Auch Laird verzog den Mund zu einem Lächeln, denn er wusste, es war Arthurs voller Ernst, und der Freund war problemlos dazu in der Lage, sein Versprechen umzusetzen. Bevor er Apsley jedoch seinen Wunsch erfüllen konnte, fiel Laird auf, dass sie nicht mehr allein waren.

»Laird, Junge, bist du das?«, hallte auch schon die laute Stimme seiner Mutter durch den Flur. »Und habe ich richtig gehört, dass Apsley bei dir ist?«

Großer Gott.

Laird zuckte zusammen. »Ja, Apsley ist auch hier, Mutter«, antwortete er, trat einen Schritt nach vorn, packte den anderen Mann am Arm und flüsterte ihm zu. »Tut mir leid, aber ich muss dich warnen. Meine Mutter wollte schon vor Stunden wissen, wo du bleibst.«

»Ach ja?«, fragte Apsley ebenfalls im Flüsterton. »Was will sie denn von mir?«

Die Countess MacLaren klatschte in die Hände, und die beiden jungen Männer wandten sich ihr wieder zu.

»Soeben sind weitere Gäste eingetroffen. Bitte kehr umgehend in den Salon zurück und nimm sie in Empfang. Schließlich bist du jetzt das Familienoberhaupt. Sie erwarten, dich zu sehen«, zischte die Countess, bevor sie selbst wieder zu ihren Gästen eilte.

Apsley zog die Brauen bis zu seinen in die Stirn baumelnden goldenen Haaren hoch. »Sie ist ganz schön aufgeregt, nicht wahr? Also erzähl mir, Mac, was will die Countess dieses Mal von mir?«

»Es ist geradezu lachhaft …« Laird blickte in Richtung des durch die Tür fallenden Lichts, denn sicher käme seine Mutter jeden Augenblick zurück.

»Schieß los. Ich könnte durchaus eine kleine Aufmunterung vertragen.«

»Sie scheint ernsthaft davon überzeugt zu sein, dass du genügend Einfluss hast, um dafür zu sorgen, dass man mich den Platz meiner Familie im Oberhaus einnehmen lässt.«

Apsley lachte fröhlich auf. »Du nimmst mich auf den Arm.«

»Nein, nein, und das ist noch nicht alles.« Bevor sein Freund ihn nochmals unterbrechen konnte, hob Laird abwehrend die Hand. »Sie glaubt sogar, dass du auch auf mich genügend Einfluss hast, um mich dazu zu bringen, noch vor Ende der Saison zu heiraten. Aber nur weil ich bereit bin, mein lasterhaftes Leben einzustellen, trete ich noch lange nicht mit einer Frau vor den Altar. Ha! Nach dem Debakel mit Constance kommt mir eine derartige Verrücktheit sicher nicht noch einmal in den Sinn.«

»Du sollst also heiraten?«

Laird zwang sich zu einem Lachen. »Idiotisch, findest du nicht auch? Als ob mich jemals irgendjemand dazu überreden könnte, mir freiwillig Fesseln anlegen zu lassen.« Er zog die Brauen hoch und wartete auf Apsleys breites Grinsen.

Arthur starrte ihn nachdenklich an, als wäre er … *oh nein,* es war vollkommen ausgeschlossen, dass sein Freund anderer Meinung war als er.

Doch er begann tatsächlich zu lächeln.

Verdammt, er bildete sich offenkundig allen Ernstes ein, dass eine Hochzeit möglich war.

»Willst du etwa behaupten, dass du irgendwelche Zweifel an dem wohlbegründeten Vertrauen deiner Mutter in meine Fähigkeiten hast? Aber ich kann dir versichern, dass ich äußerst überzeugend bin, wenn mir eine Sache wirklich wichtig ist.«

»Das stimmt, nur ist mir zufällig bewusst, dass du mich nicht in eine Ehe treiben willst. Ganz im Gegenteil.«

»Wollen wir wetten?« Apsley zog herausfordernd die linke Braue hoch.

»Tu dir selbst einen Gefallen, und erspar dir den Weg zu White's, um die Wette dort einzutragen. Denn du würdest sie auf jeden Fall verlieren.«

»Wirklich?« Jetzt zog Apsley beide Brauen hoch und kreuzte auch noch die Arme vor der Brust. »Bist du dir da sicher?«

»Allerdings. Denn auch wenn mir durchaus klar ist, dass du der geborene Spieler bist, denk doch einmal daran, was du selbst durch den Gewinn von dieser ganz speziellen Wette zu verlieren hättest. Durch eine Heirat würde ich zwar an Respektabilität gewinnen, aber die Tage der Freiheit wären dann für mich gezählt. Und ich frage dich, wer außer mir hat bezüglich der Frauen, des Glücksspiels oder des Trinkens die gleiche Durchhaltekraft wie du?«

»Bezüglich der Frauen?« Apsley kratzte sich gespielt nachdenklich am Kopf. »Ich dachte, nach dem Desaster mit Lady Henceforth hättest du geschworen, dass du zukünftig ein ehrenwertes Leben führst?«

»Erlaube mir zu präzisieren. Ich meine Ausschweifungen in einem intimen Kreis. Offiziell werde ich der gesittete Gentleman bleiben und den Namen MacLaren reinwaschen.«

»Willst du etwa behaupten, dass du eben im Garten

mit der Baroness deinen Namen reingewaschen hast?« Apsley sah ihn skeptisch an. »Du weißt, dass sie verheiratet ist?«

»Ja, aber ihr Gatte soll seinen Säbel nicht zu gebrauchen wissen.« Laird grinste über seinen eigenen derben Witz. Er hatte nur einen unglücklichen Start in London gehabt, sonst nichts. Ab morgen würde er sich bessern. Und letztendlich würde er beweisen, dass er seines Titels und der braven Witwe Lady Henceforth würdig war. Er strich den Kragen seiner Jacke glatt, richtete sich zu seiner vollen Größe auf und sah den Freund mit einem zuversichtlichen Lächeln an.

Bevor er jedoch noch etwas zu diesem Thema sagen konnte, kündete das Klappern hoher Absätze auf dem Marmorboden das Erscheinen einer dritten Person an.

»Da kommt schon wieder deine Mutter.«

Laird stieß einen resignierten Seufzer aus. »Tut mir leid, Apsley, aber ich fürchte, dass es für dich kein Entkommen gibt.«

Apsley tat, als würde er erschaudern, setzte dann aber ein Lächeln auf und blickte in Richtung des Salons. »Lady MacLaren, wie geht es Ihnen heute Abend?« Dann blickte er noch einmal kurz auf Laird und flüsterte ihm zu: »Dir ist ja wohl klar, dass du mir dafür was schuldig bist.«

»Ja, und ich weiß deine Opferbereitschaft wirklich zu schätzen.« Grinsend schob er seinen Freund der

Countess entgegen, sodass es tatsächlich kein Entrinnen für Arthur gab.

Laird atmete tief ein und lehnte sich gegen die Wand neben der Tür. Im Salon herrschte ein noch größeres Gedränge als vor einer Stunde.

Damen in weich fließenden seidigen Gewändern und dunkel befrackte Herren drängten sich in dem großen Raum, und zwischen den verschiedenen Grüppchen bahnten sich die Pagen mit ihren Tabletts voller Getränke mühsam einen Weg.

Er spähte durch die offene Tür auf die Uhr im Flur und stieß einen Seufzer aus. Verdammt, es war noch nicht einmal halb zwölf, also noch viel zu früh, um sich zurückzuziehen. Trotzdem hätte er sich längst schon aus dem Staub gemacht, fände dieses grauenhafte Fest nicht in seinem eigenen verdammten Stadthaus statt.

Er hätte seiner Mutter nicht gestatten sollen, so kurz nach Ende der Trauerzeit eine derart große Feier auszurichten.

Er musste verrückt gewesen sein.

Weshalb hatte er sie nicht überredet, bis zum Herbst zu warten und dann eine Landhausparty in MacLaren Hall zu veranstalten? Doch ihm war bewusst, dass diese Überlegung völlig sinnlos war, denn sie war die Countess MacLaren und dafür bekannt, dass sie niemals halbe Sachen machte, sondern immer gleich aufs Ganze ging.

In der guten Gesellschaft wurde schon seit Wochen von kaum etwas anderem gesprochen als von dem großen Ball, mit dem die MacLarens ihre Rückkehr nach London feierten. Sogar die Zeitungen hatten dem bevorstehenden Fest beinahe so viel Aufmerksamkeit geschenkt wie den Vorgängen im Parlament.

Er war also offenbar der Einzige gewesen, der diesem Ereignis voller Furcht entgegensah.

Frustriert schlug er mit seinem Hinterkopf gegen die Wand. Er hatte nichts gemein mit dem langweiligen Volk, das in sein Haus geladen worden war.

Wie gern wäre er jetzt in Covent Garden oder hinter der Bühne der Londoner Oper, wo man jeden Abend Dutzende von hübschen Tänzerinnen traf. Nicht hier bei diesen farblosen Debütantinnen, mit denen man sich nicht einmal unterhalten konnte, ohne dass der steife Vater oder die gestrenge Gouvernante etwas davon mitbekamen.

Doch er war der neu ernannte Earl und war es der Familie schuldig, die Ehre des Titels zu bewahren.

Außerdem war ihm bewusst, dass seine Mutter inständig hoffte, er würde heute Abend einer Frau begegnen, die ihn am Ende der Saison in der Kathedrale von St. Georg heiraten würde. Ihr zuliebe musste er versuchen, seine Trauer zu verdrängen und möglichst charmant zu sein.

Bisher aber hatten ihn nur die beiden Frauen interessiert, die sich willig von ihm hatten in den Garten führen lassen, um dort sein Unglück zu betäuben, wie es ihm sonst nur mit einem Glas guten Brandy gelang.

Doch nichts währte an diesem Abend lang genug. Weder die Wirkung des Alkohols noch die des fleischlichen Vergnügens. Immer wieder kehrte schon nach wenigen Minuten das Gefühl der Leere, des Verlusts, der Schuld mit doppelter Kraft zurück.

Laird stieß einen neuerlichen Seufzer aus und sah sich in dem Raum nach irgendeinem hübschen Wesen um, das ein wenig Abwechslung an diesem endlos scheinenden Abend bieten würde, als sein Blick auf einen Pagen fiel, der mit einem Tablett in seiner Nähe stand.

Vielleicht wäre ja ein Gläschen Rotwein seine Rettung, dachte er und wollte sich gerade von der Wand abstoßen, als urplötzlich eine blasse junge Frau keine Schulterbreit von ihm entfernt genau das Gleiche tat.

Ein Schauder durchfuhr ihn.

Sie war ganz in Weiß gehüllt und eine so betörende Erscheinung, dass er den Blick nicht von ihr lösen konnte, als sie sich – von allen anderen unbemerkt – durch das Gedränge schob.

Großer Gott. Bildete er sich vielleicht nur ein, was er da sah?

Er schüttelte den Kopf, um ganz sicherzugehen, dass diese Frau kein Trugbild war, riss dann die Augen auf und konzentrierte sich ausschließlich auf sie.

Ihr Haar wirkte wie bleiches Sonnenlicht an einem

Wintermorgen, und mit ihrer Haut wie weißes, glattes Porzellan kam sie ihm vor wie ein leibhaftiger Engel.

Was vielleicht der Wirkung des Alkohols auf sein Gehirn und seinen Körper zuzuschreiben war.

Am besten hätte er in diesem Augenblick den Rückzug angetreten, stattdessen aber trat er schwankend auf sie zu … und wurde Zeuge einer höchst erstaunlichen Begebenheit.

Der Engel trat an eine Gruppe Gentlemen heran, die sich lebhaft miteinander unterhielten, und ohne dass sie etwas davon mitbekamen, nahm sie dem Herrn, dem sie am nächsten stand, mühelos das Weinglas aus der Hand und stellte es auf dem Tablett eines vorbeikommenden Pagen ab.

Was Laird in höchstem Maße seltsam fand.

Und zu seiner Überraschung wiederholte sie die Prozedur und nahm bereits einen Moment später einer kleinen Debütantin, die kichernd im Kreise ihrer Freundinnen in einer Ecke stand, das noch volle Glas mit Limonade aus der Hand.

Was zum Teufel sollte das? Ihr Tun ergab nicht den geringsten Sinn.

Achtlos nahm er ein gefülltes Weinglas von dem silbernen Tablett, mit dem ein livrierter Page vor ihn trat.

Dann aber breitete sich ein Grinsen auf seinem Gesicht aus, und rasch folgte er dem Engel, der weiter lautlos durch die Menge glitt.

Auf der Suche nach dem nächsten Opfer blickte sie

nach links und rechts ... und kam dann direkt auf ihn zu.

Nun, er würde ihr kleines Spielchen mitspielen.

Nur noch ein kleines Stückchen. So ist's gut.

Er gesellte sich zu einigen Herren, die rege ins Gespräch vertieft waren, und brach in schallendes Gelächter aus, als hätte jemand einen wunderbaren Scherz gemacht. Er hoffte, seine scheinbare Unaufmerksamkeit würde ihr Interesse erregen.

Er spürte ganz genau, als sie ihn als Opfer ausersah. Ein Schauder rann durch seinen Körper, als sie näher trat und die Gruppe in Erwartung eines günstigen Moments langsam umrundete.

Er hatte das Gefühl, als sprenge ihm sein Herzschlag jeden Augenblick die Brust, und verfolgte aus den Augenwinkeln, wie sie immer näher kam.

Dann passierte es.

Ihre schlanken, behandschuhten Finger griffen nach dem Rand seines Glases und zogen es vorsichtig nach oben.

Er aber ließ seine freie Hand nach vorn schießen, und bevor sie merkte, was geschah, hatte er bereits ihr zartes Handgelenk umfasst.

Sie rang überrascht nach Luft, hob den Kopf und sah ihm ins Gesicht.

Laird atmete keuchend aus, als ihre Blicke sich begegneten, und seine linke Augenbraue schoss nach oben.

Teufel noch einmal.

Obwohl ihre Haut, ihr Haar und selbst ihr Kleid beinahe farblos waren, hatten ihre Lippen und die Wangen denselben zarten Rosaton wie Kirschblüten im Frühjahr.

Doch vor allem ihre Augen zogen ihn in ihren Bann. Zwei leuchtende goldene Punkte, umrahmt von sommerlichem Grün, funkelten ihn an.

Keiner von ihnen beiden äußerte ein Wort oder rührte sich vom Fleck. Er hatte keine Ahnung, ob sie nur eine Sekunde oder eine Stunde so verharrten, denn er hatte das Gefühl, dass die Zeit mit einem Mal völlig bedeutungslos geworden war.

Bis sie plötzlich eine goldene Braue in die Höhe zog, beinahe so, als ahmte sie ihn nach, ihm mit einer ruckartigen Bewegung ihren Arm entzog, auf dem Absatz kehrtmachte und in einer Schar schnatternder Matronen unterging.

Sofort war sie wie vom Erdboden verschluckt.

Laird verzog den Mund zu einem Lächeln, als er in die Richtung sah, in die sie verschwunden war.

Geistesabwesend hob er den Arm, um an seinem Wein zu nippen. Und musste erkennen, dass er nichts mehr in den Händen hielt.

Die kleine goldäugige Hexe hatte sich doch tatsächlich sein Glas geschnappt, ehe sie auf Tauchstation gegangen war.

Er lachte hinter vorgehaltener Hand, ehe er mit einem Mal erkannte, dass ihm ein fataler Fehler unterlaufen war.

Verflixt und zugenäht. Das Weibsbild hatte wirklich Feuer. Vielleicht war sie sogar die einzige Frau an diesem Abend, die von Interesse für ihn war … und er hatte nicht einmal nach ihrem Namen gefragt.

Es war beinahe zwei Uhr morgens, und noch immer herrschte reges Treiben im MacLaren'schen Salon.

Im Grunde aber spielt das gar keine Rolle, dachte Anne. Spätestens in einer Stunde läge sie daheim in ihrem Bett … oder gefesselt auf einer Pritsche in einer Polizeistation. Der Gedanke rief ein heftiges Pochen in ihren Schläfen hervor.

»Anne, Lilywhite hat das Signal gegeben.« Elizabeth verließ ihren Wachtposten vor dem Kamin und wandte sich an Anne. »Der Korridor ist menschenleer. Los. Mach dich auf den Weg.«

Annes feine Nackenhärchen richteten sich auf. »Der Plan ist vollkommen verrückt, Elizabeth. Ich kann das einfach nicht.«

»Oh doch, du kannst. Und du weißt, du musst. Wir haben keine andere Möglichkeit. Dies ist unsere einzige Chance.«

»Aber es sind noch mindestens drei Dutzend Gäste im Haus. Was, wenn mich jemand sieht? Was, wenn mich – noch einmal – jemand erwischt?«

»Oh Anne, hör auf zu jammern. Der Mann war vollkommen bedeutungslos. Himmel, du hast ein Spiel gespielt, und wer von uns hat so was nicht schon mal auf einem Fest getan?«

»Es war kein Spiel, Elizabeth. Ich wollte meine Fähigkeiten testen und vor allem Mut sammeln. Aber dann hat er mich *gesehen*. Verstehst du nicht? Ich bin einfach noch nicht dazu bereit. Er hat mich *gesehen*.« Anne blickte besorgt in Richtung der Treppe am Ende des langen, dunklen Flurs.

»Es ist doch vollkommen egal, dass du ihm aufgefallen bist. Er war sturzbetrunken, und ich glaube nicht, dass er sich überhaupt noch an dich erinnern kann.« Elizabeth drückte ihr aufmunternd die Hände. »Außerdem werden die alten Wüstlinge dir helfen, falls irgendetwas passiert. Da drüben stehen sie.« Sie wies mit dem Kopf in Richtung eines älteren, rundlichen Gentlemans, der in der Salontür stand, seinen dicken Bauch kratzte und fröhlich zu ihnen herübersah. »Guck. Da ist Lilywhite.«

»Ist der Earl hier im Salon?« Anne sah sich suchend um. »Denn wenn er nicht hier ist, liegt er vielleicht bereits im Bett. Hat daran schon mal jemand gedacht?«

»Woher soll ich bitte wissen, wo er ist? Er war seit über einem Jahr nicht mehr hier in London. Deshalb würde ich MacLaren nicht mal dann erkennen, wenn er direkt vor mir stünde. Aber Lilywhite hat sich bereits vor einer Stunde an die Tür gestellt, und er hat mir versichert, dass niemand an ihm vorbeigegangen ist.«

»Ich kann es einfach nicht, Elizabeth.« Anne zitterte am ganzen Körper.

»Doch, du kannst.« Elizabeth schob Anne in Richtung Tür. »Und du bist die Einzige, die dazu in der Lage ist. Das weißt du genauso gut wie ich.«

Anne starrte ihre Schwester schweigend an.

Natürlich wusste sie, dass außer ihr niemand für diese Aufgabe infrage kam.

Ihre Schwester Mary war im sechsten Monat schwanger, hatte sich aufs Land zurückgezogen und wurde – wie Anne annahm – dort von ihrem Ehemann verwöhnt.

Und sie wusste auch genau, dass Elizabeth mit ihrem kupferroten Haar keine drei Schritte durch das Gedränge machen konnte, ohne dass sie bewundernde Blicke von diversen Gentlemen zugeworfen bekam.

Ganz anders als sie selbst. Es hatte sie schon oft gekränkt, dass ihr nie jemand Beachtung schenkte oder sich auch nur die Mühe machte, sie nach ihrem Namen zu fragen.

Aber weshalb sollte es auch anders sein? Schließlich war sie nur Anne, der mittlere Royle-Drilling. Sie wusste, wie man sich benahm, hielt sich stets an alle Regeln und hatte noch nie etwas getan, um aufzufallen.

Zumindest bis zu diesem Abend, dachte sie und blickte nervös zu Lilywhite.

Er erwiderte den Blick, bevor er mit dem Kinn in Richtung Treppe wies.

»Nun geh schon, Anne«, zischte Elizabeth.

Obwohl sie schlucken musste, nickte sie und lief entschlossen los.

Bis zu diesem Abend hatte sie sich nichts so sehr gewünscht, wie endlich einmal bemerkt zu werden und im Mittelpunkt zu stehen.

Doch in diesem Augenblick, in dem sie an der Creme der Londoner Gesellschaft vorbei durch den Salon in Richtung der Flurtür schlich, blickte sie absichtlich zu Boden und versuchte nicht, jemanden dazu zu bringen, sie zu fragen, wer sie war.

Sie verließ sich ganz auf ihr Talent, unauffällig zu sein. Praktisch unsichtbar.

Denn ihre gesamte Zukunft hing von diesem Können ab.

Sie raffte den Saum ihres Kleides und lief zu der breiten Treppe, über die man in das Schlafzimmer des Hausherrn gelangte.

Mit wild klopfendem Herzen schlich sie in den ersten Stock hinauf, presste ihr Ohr gegen die Tür des Schlafgemachs und lauschte angestrengt.

Als nichts zu hören war, tastete sie nach der Schlüsselbuchse, schob sie vorsichtig zur Seite, beugte sich hinab und spähte durch das kleine Schlüsselloch. Nirgends brannte eine Kerze. In dem Zimmer herrschte vollkommene Dunkelheit.

Sie richtete sich wieder auf. Himmel, ihr Korsett war plötzlich ungewöhnlich eng. Sie bekam nur noch mit Mühe Luft und atmete so flach wie möglich ein und aus.

Es war Wahnsinn. Einfach vollkommen verrückt!

Doch auch wenn sie beinahe zu ersticken drohte, war ihr klar, dass es kein Zurück mehr für sie gab.

Vorsichtig umfasste sie den Türgriff, drückte ihn hinunter, schlich sich lautlos in den dunklen Raum und schob leise die Tür hinter sich zu.

Himmel, sie war wirklich hier – *im Schlafzimmer des Earls.*

Jetzt hing alles von ihr ab.

Sie musste die verflixten Briefe einfach finden.

Die alten Wüstlinge hatten gesagt, dies wäre ihre letzte Chance. Wenn sie noch länger wartete, würde der neue Earl die Schreiben vielleicht finden und dem Prinzregenten übergeben. Deshalb hatte sie ganz einfach keine andere Wahl.

Anne blinzelte, um ihre Augen an das Dunkel zu gewöhnen, da jedoch noch nicht einmal der allerkleinste Lichtstrahl in das Zimmer fiel, hatte sie das Gefühl, als stünde sie unter einem Tuch aus dickem, schwarzem Samt.

Wenn sie doch nur das Fenster fände, dann könnte sie den Vorhang auf die Seite ziehen, damit ein wenig Mondlicht durch die Scheibe fiel. Der Vollmond hatte, als er vor Stunden aufgegangen war, ungewöhnlich nah gewirkt, und vielleicht würde sein blasses, blaues Licht für ihre Suche ausreichen.

Während das Blut in ihren Ohren rauschte, streckte sie die Arme aus und tastete sich blind durch das fremde Schlafgemach, bis sie endlich das Fenster fand.

Sie ergriff den weichen Vorhang, öffnete ihn eilig und atmete erleichtert auf, als sich eine Flut von kühlem Licht in den Raum ergoss.

Im selben Augenblick jedoch nahm sie ein leises Rascheln wahr, wirbelte herum und sah, dass ein riesengroßer Schatten auf sie zukam.

Sie riss erschreckt die Augen auf.

Grundgütiger Himmel.

Sie war nicht allein.

Kapitel zwei

Wie man sich in zwei Minuten oder weniger verlobt

Großer Gott, wie war das möglich?

Laird glitt von dem massiven Eichenbett und blinzelte verwirrt. Er konnte noch immer kaum glauben, was er sah.

Doch sie war tatsächlich da.

Eingehüllt ins fahle Licht des Mondes, stand ein ätherischer Engel im Schlafzimmer seines Vaters.

Nein. Laird rieb sich die Augen. Nein, es war nicht mehr das Schlafzimmer seines Vaters, sondern seins … genau wie das gesamte Stadthaus in der Cockspur Street, das nun ihm gehörte.

Eilig wandte sie sich von dem hellen Fenster ab und starrte in die Dunkelheit. Ihre Gestalt wurde zu einer dunklen, quecksilbergerahmten Silhouette, deren zartes Gesicht und deren bemerkenswerte goldene Augen er nicht sah.

»Wer ist da?« Ihre Stimme zitterte, und sie beugte sich vor in dem Bemühen, trotz der Dunkelheit etwas in dem Zimmer zu erkennen.

Sie konnte ihn nicht sehen, doch sie schien zu spüren, dass sie nicht alleine war.

Sie hatte ihn gesucht.

Weshalb, konnte er nicht sagen, doch das war ihm auch egal.

Immer noch war sein Gehirn im Nebel des Brandweines gefangen, mit dem er das Gefühl der Leere hatte vertreiben wollen, unter dem er schon den ganzen Abend litt. Er hielt sich nur noch mühsam auf den Beinen und bewegte sich leicht schwankend auf sie zu.

Sie spürte, dass er näher kam, und schob unruhig einen Fuß zurück, als könnte sie auf diese Weise vor ihm fliehen. »Bitte, wer ist da?«

Er hörte ein lautes Krachen, als die Ferse ihres Schuhs gegen die Fußleiste unter dem Fenster stieß. Und ein ebenso lautes Klirren, als ihr Rücken auf die geriffelte Fensterscheibe traf. Weiter zurückziehen konnte sie sich nicht.

»Ich bin es nur, mein Engel«, antwortete er. »Sie brauchen nicht vor mir davonzulaufen.«

Laird trat in den Lichtkegel, der durch das Fenster fiel, und blieb direkt vor ihr stehen.

Sie wagte nicht, ihn anzusehen, sondern hielt auch weiter ihren Kopf gesenkt. Ihre Nasenflügel bebten, und ihre schnellen, flachen Atemzüge trafen weich auf seine nackte Brust unter dem halb offenen Hemd, in dem er sturzbetrunken auf sein Bett gefallen war.

»Keine Angst.« Er streichelte sanft ihren Arm.

Sie stieß ein leises Keuchen aus, hob aber wenigstens den Kopf, und als sie zu ihm aufsah, glitt ein heller Lichtstrahl über ihr Gesicht. »I-ich … ich kann nicht –«

Laird glitt mit seinen Fingerspitzen über ihre Wange, umfasste dann ihr Kinn und hob ihren Kopf noch weiter an. »Oh doch, Sie können. Schließlich haben Sie die Dreistigkeit besessen, zu mir in mein Schlafzimmer zu kommen.«

»*Nein*. Sie verstehen nicht. Ich kann nicht –«, wiederholte sie mit dünner Stimme, er aber erstickte jeden weiteren Protest mit einem sanften Kuss. Ihre Lippen waren weich und warm, und nach einem Augenblick bewegte sie sich süß unter seinem Mund.

Stöhnend legte er den rechten Arm um ihre schlanke Taille und zog sie so eng an sich, dass ihr Leib an seinem Körper lag.

Sie legte eine Hand auf seine nackte Brust, um ihn von sich fortzuschieben, glitt dann aber mit ihren Fingern über seine Haut, umklammerte die Enden seines halb gebundenen Halstuchs und zerrte mit aller Kraft daran.

Es dauerte einen Moment, bis er erkannte, dass sie sich an seinem Halstuch festzuhalten schien.

Verwirrt zog er den Kopf zurück.

Sie starrte ihn ängstlich an, und plötzlich gaben ihre Knie nach.

Ihre freie Hand tastete verzweifelt nach dem Mieder, das sie unter ihrem Leibchen trug. »Ich … ich kann nicht *atmen*«, stieß sie aus, bevor sie den Griff um sein Halstuch lockerte, die Augen schloss und an seiner Brust zusammenbrach.

Anne kniff die Augen zu, obwohl ihr Instinkt ihr riet, sie sofort wieder aufzumachen, um zu sehen, was er tat.

Oh nein, das durfte nicht passieren.

Doch sie konnte nichts dagegen tun.

Anne spürte, dass er sie auf etwas Weiches legte ... vielleicht einen Teppich ... oder, nein, ein Bett. Genau.

Sein Bett.

Aber das war noch nicht alles.

Mach ja nicht die Augen auf. Denk nach. Denk, um Himmels willen, nach!

Oh Gott. Was tat er da?

Dann wurde es ihr klar. Große, warme Hände strichen zärtlich über ihre Brüste, zogen an den Bändern ihres Kleides und schoben es langsam auf.

Ihr Magen zog sich zusammen. Gleich würde sie den Wein, den sie vorhin genossen hatte – wirklich guten Wein –, in hohem Bogen wieder von sich geben.

Sie musste sich von diesem Kerl befreien, musste umgehend aus diesem Zimmer fliehen.

Aber wie in aller Welt sollte sie das tun? Elizabeth und Lilywhite hatten keine Ahnung, dass sie Hilfe brauchte, und der einzige Vorteil, den sie diesem Menschen gegenüber augenblicklich hatte, war, dass er wahrscheinlich annahm, dass sie immer noch bewusstlos war.

Starke, muskulöse Arme drehten sie entschlossen auf den Bauch, und einen Moment später nestelten geschmeidige Finger an den Schnüren ihres Korsetts.

Er würde doch wohl nicht –

Sie riss entsetzt die Augen auf, als er sie wieder auf den Rücken rollte.

Und dann erkannte sie ihn!

Gütiger Himmel. Es war der Mann, von dem sie sich hatte erwischen lassen, als sie den Gästen im Salon die Gläser abgenommen hatte. Der hünenhafte, langbeinige Gentleman.

»*Sie!*«, entfuhr es ihr. »Der Gentleman –«

Nur dass er jetzt rittlings auf ihr saß und sich ganz bestimmt nicht wie ein Gentleman benahm.

Er riss an ihrem Kleid, beugte sich zu ihr herab, senkte seinen Mund auf ihre Lippen.

Nicht mehr lange, und er würde …

Nein, nein, nein!

Laird beugte sich so nah wie möglich über ihr Gesicht und hoffte auf einen süßen Atemstoß.

Bitte, bitte, Mädchen, atme.

Er legte einen Daumen auf ihr Kinn und klappte ihren Mund noch weiter auf. *Atme.*

Mit einem Mal riss sie die Augen auf und schrie so gellend, dass es ihm beinah das Trommelfell zerriss.

»Verdammt!« Laird hielt sich die Ohren zu, fuhr

ruckartig zurück und rutschte eilig bis ans Kopfende des Betts. »Hören Sie auf zu schreien! Sie sind ohnmächtig geworden, und ich habe lediglich versucht, Sie wiederzubeleben!«, fauchte er erbost.

Ebenso plötzlich, wie sie losgeschrien hatte, klappte sie den Mund wieder zu, rappelte sich auf die Knie und schloss hektisch die Bänder ihres Kleides.

»Sie wollten mir helfen, indem Sie mir die Kleider vom Leib reißen?« Sie blitzte ihn zornig an. »Ein echter Gentleman nutzt die Hilflosigkeit einer ohnmächtigen Frau bestimmt nicht derart schamlos aus. Auch wenn ich erst seit ein paar Monaten in London bin, erkenne ich trotzdem eine Bestie, wenn ich in ihrer Nähe bin.«

»Nein, meine Gute, Sie haben das alles völlig falsch verstanden. Ihre *Atmung* hatte ausgesetzt.«

Ihre Hände zitterten. »D-drehen Sie sich bitte um, während ich mich anziehe«, stotterte sie, während sie mit ihrem Zeigefinger einen kleinen Kreis vor seiner Nase zog. »Oder seien Sie wenigstens so rücksichtsvoll, die Augen zu schließen, damit ich das bisschen Würde bewahren kann, das mir noch verblieben ist.«

Teufel noch eins. Trotzdem machte er die Augen zu.

Kein Wunder, dass sie ihm wie alle anderen das Schlimmste zuzutrauen schien.

Schließlich hatten sie damit bisher auch meistens recht gehabt.

Dieses Mal hingegen nicht.

Dieses Mal verhielt er sich … nun, ritterlich. Er warf sich stolz in die Brust. Er benahm sich richtiggehend *heldenhaft*.

»Hören Sie, Miss, ich habe Ihr Korsett geöffnet, damit Sie wieder Luft bekommen, weiter nichts.« Er massierte sich die pochenden Schläfen mit den Zeigefingern und fragte: »Sind Sie fertig angezogen?«

»Fast.«

Er hörte das Rascheln eines Lakens, als sie sich an den Rand des Bettes schob, und ein leises, zweifaches Klatschen, als sie mit ihren Pantoffeln auf den Boden traf.

Blinzelnd machte Laird die Augen wieder auf.

Im Licht des Mondes sah er, wie sie ihre Arme ähnlich einer Schlangenfrau verrenkte, während sie versuchte, die Schnur ihres Mieders zu erreichen, die genau in der Mitte ihres Rückens hing.

»Hätten Sie vielleicht gerne Hilfe, junge Frau?«, fragte er, doch sie bedachte ihn nur mit einem vorwurfsvollen Blick.

Als hätten ihn nicht bereits oft genug Frauen so angesehen.

Herrgott noch mal, er wollte ihr doch nur helfen, nachdem er sie zuvor so erschreckt hatte, aber selbst im Dämmerlicht, das in dem Zimmer herrschte, war ihr deutlich anzusehen, dass sie ihn für einen Schurken hielt. »Ich werde Ihnen nichts tun und Sie auch nicht unnötig berühren. Versprochen.« Damit streckte er die Arme nach ihr aus.

»Bleiben Sie, wo Sie sind.« Sie machte auf dem Absatz kehrt und stürzte Richtung Tür.

»Oh, meine Liebe, ich an ihrer Stelle würde nicht so aus dem Zimmer gehen«, warnte er.

Sie blieb stehen, reckte herausfordernd das Kinn und sah ihn fragend an. »Und warum, bitte, nicht?«

»Halb entkleidet, wie Sie sind, können Sie ja wohl unmöglich wieder auf dem Fest erscheinen. Unten sind noch jede Menge Gäste, und in dem Moment, in dem Sie diesen Raum verlassen, riskieren Sie Ihren völligen Ruin.«

Sie blickte nochmals Richtung Tür, und ihre Hand schwebte mehrere Sekunden lang über dem Messinggriff. Dann fuhr sie abermals zu ihm herum, kniff die Augen zusammen und schien zu überlegen, wie groß der Wahrheitsgehalt seiner Behauptung war.

»Ich habe in der Damenwelt wahrscheinlich nicht gerade den allerbesten Ruf, aber Sie können mir trotzdem glauben. Manch einer würde sagen, ich bin ein Experte auf dem Gebiet des Ruinierens.«

Ihr Blick wanderte zwischen Laird und der Tür des Zimmers hin und her. Dann aber traf sie offenbar eine Entscheidung und kam langsam wieder auf ihn zu.

»Kommen Sie. Sie brauchen sich nicht vor mir zu fürchten.« Er schwang seine langen Beine über den Rand des Bettes und winkte sie zu sich heran.

Immer noch mit argwöhnisch gerecktem Kopf kam sie in Richtung Bett, drehte sich, dort angekommen, wieder um und wandte ihm den Rücken zu. »Also gut. Ich fürchte, ich bin gezwungen, Ihre Hilfe anzunehmen.«

Laird fing an, die Bänder des Korsetts zu schnüren, und lachte dabei stumm in sich hinein.

»Es ist wirklich erstaunlich«, spottete sie. »Sie sind fast so geschickt wie meine Kammerzofe. Offenbar haben Sie Übung im Verschnüren von Korsetts.« Sie blickte über ihre Schulter, zog eine Braue hoch und wandte sich dann wieder ab.

»Wahrscheinlich könnte man das sagen.«

»Ich habe es gesagt.«

Laird verzog den Mund zu einem Grinsen. Sie war eindeutig entsetzlich angespannt, begann aber trotzdem ein Wortgefecht mit ihm.

In diesem Augenblick packte er die Bänder in der Mitte des Korsetts, zog sie straff und hielt sie fest. »Was haben Sie überhaupt in meinem Schlafzimmer gesucht? Mein Weinglas haben Sie bereits gestohlen. Hatten Sie es vielleicht noch auf etwas anderes abgesehen?«

Sie rang entsetzt nach Luft, blickte über ihre Schulter und versuchte, als sie seine ernste Miene sah, erneut vor ihm zu fliehen. Laird aber hielt einfach weiterhin die Bänder fest und ließ sie kurz nach vorn wippen, bevor sie das Gleichgewicht verlor und rückwärts gegen seinen Oberkörper prallte.

Er legte die Hände um ihre schlanke Taille und zog sie auf seinen Schoß, damit sie nicht vornüberfiel, als plötzlich die Tür geöffnet wurde und ein heller Lichtstrahl aus dem Flur ins Zimmer fiel.

»Oh … mein … Gott.« In Begleitung zweier Pagen, die zwei sechsarmige Leuchter trugen, betrat Countess MacLaren den Raum. Ein Stück hinter ihr standen Apsley sowie eine Reihe Herren und Damen, mit denen Laird bisher noch nicht bekannt gemacht worden war.

»Mutter.«

»Laird … was in aller Welt … oh, grundgütiger Himmel. Was für eine Schande, was für eine Schande. Dabei hattest du mir versprochen, dein närrisches Treiben zum Wohle der Familie zu beenden.« Die Countess schluckte, atmete tief durch und sah ihn aus zusammengekniffenen Augen fragend an. »Laird, wer in aller Welt ist diese junge Frau auf deinem Schoß? Kennst du wenigstens ihren Namen?«

Eilig machte Apsley einen Schritt nach vorn. Ein schalkhaftes Grinsen huschte über sein Gesicht, und er forderte Laird auf: »Los, Mann. Stell die junge Dame deiner Mutter vor.«

Laird schob den ungebetenen Gast von seinem Schoß, erhob sich ebenfalls und baute sich neben ihr auf.

Die junge Frau zog ihre goldenen Brauen hoch, riss verwirrt die Augen auf, und er hätte schwören können, dass ihr Mund den Namen *MacLaren* formte, so, als würde ihr erst jetzt bewusst, in wessen Zimmer sie hier war.

»I-ich …«, stotterte Laird, wandte sich von ihr ab und starrte seine Mutter an.

Apsley stieß einen dramatischen Seufzer aus. »Oh, ich weiß, du hattest dir die erste Begegnung der beiden anders vorgestellt, MacLaren, aber jetzt ist es nun einmal passiert. Wenn du mir also erlaubst –«

Er durchquerte das Zimmer, zwinkerte dem Freund verstohlen zu, nahm die Hand der jungen Frau und zog sie mit sich in Richtung der Countess.

»Apsley –«, begann Laird, doch es war bereits zu spät.

»Erlauben Sie mir, Ihnen diese junge Dame vorzustellen.«

Er atmete tief ein und sah Laird mit einem breiten Lächeln an. »Sie ist die *Verlobte* Ihres Sohns.«

Kapitel drei

Wie aus einer Lüge Wahrheit wird

Der Teufel soll dich holen, Apsley! In Lairds Schädel begann sich alles zu drehen wie eine Guinee am Spieltisch.

Die Countess erbleichte, und ihr Gesicht wurde ausdruckslos. »I-ich bitte um Verzeihung. Haben Sie gesagt, dass dies die Verlobte meines Sohnes, dass dies *Lairds* Verlobte ist?«

»Jawohl.« Apsley verzog den Mund zu einem selbstzufriedenen Grinsen und wies mit seiner Nase auf Laird. Mit ebender Nase, die der Earl zertrümmern würde, sobald er Gelegenheit dazu bekäme. »Los. Sag es ihr«, drängte der Freund ihn.

Lady MacLaren schüttelte den Kopf, als könne sie sich nicht entscheiden, ob Apsley vielleicht verrückt geworden war. »Nein, nein, nein. Das ist ganz sicher nur ein schlechter Scherz«, stellte sie am Ende, wenn auch wenig überzeugend, fest.

Sie hob ihr Lorgnon vor ihr Gesicht, unterzog die bleiche junge Frau, die direkt vor ihr stand, einer eingehenden Musterung, hielt einen Augenblick den Atem an und stellte nochmals fest: »Ich muss sagen, das zu glauben, fällt mir schwer. Vor allem, nachdem –«

Wegen all der Menschen, die sich hinter ihr versammelt hatten, führte sie den Satz jedoch nicht zu Ende – wofür Laird ihr wirklich dankbar war.

»Das kann einfach nicht sein.« Inzwischen war ihr deutlich anzuhören, wie verunsichert sie war. Die Countess lenkte ihren Blick auf ihren Sohn und sah ihn mit einem maliziösen Lächeln an. »Aber, Junge, du hast dich im letzten Jahr derart verändert … kann es also wirklich sein? Bist du tatsächlich verlobt? Ich weiß, du hast schon immer gern Spielchen mit mir getrieben, aber bitte, Laird, ich muss es einfach wissen.«

Er konnte seiner Mutter unmöglich in die Augen sehen. *Verdammt. Verdammt. Verdammt.*

Die junge Frau blickte ihn über ihre Schulter hinweg flehend aus ihren goldenen Augen an.

Teufel noch einmal. Was sollte er jetzt tun? Seine Mutter anlügen? Laut lachen über Apsleys schlechten Scherz und dadurch die junge Frau für alle Zeiten ruinieren?

Verflucht, aber sein Kopf war im Augenblick genauso leer gewischt wie montags die Schiefertafeln mit den Wetteinsätzen bei White's.

Laird blinzelte und öffnete den Mund, klappte ihn dann aber wieder zu, ohne etwas gesagt zu haben. Immer noch war sein Gehirn von all den alkoholischen Getränken wie betäubt. Er hatte keine Ahnung, was er sagen sollte. Weil es einfach keine Antwort gab, die auch nur halbwegs passend war.

»Und, junge Dame, was sagen *Sie* zu dieser Angelegenheit?« Die Respekt einflößende Countess lenkte ihren prüfenden Blick von ihrem Sohn auf die zitternde junge Frau und baute sich beinahe drohend vor ihr auf.

Doch irgendwie hielt dieses Fräulein ihrer strengen Prüfung stand. Und auch wenn Laird ihr Gesicht nicht sehen konnte, weil er immer noch hinter ihr stand, machte die überraschte Miene seiner Mutter deutlich, dass die junge Frau sie durchdringend aus ihren goldenen Augen anzusehen schien.

Die Countess verlor endgültig die Geduld und ließ ihr Lorgnon zurück auf ihren vollen Busen fallen, wo es an seiner Kette baumelte. »Also, junge Dame. Hat es Ihnen die Sprache verschlagen, oder sind Sie vielleicht stumm?«

Eilig trat Laird neben die junge Frau.

Sie gab noch immer keine Antwort, doch als sich Laird ihr näherte, bemerkte er, dass ihr Blick panisch über das Gedränge hinter seiner Mutter wanderte und dort auf einen älteren, ein wenig untersetzten Gentleman fiel. Die beiden schienen wortlos Zwiesprache zu halten, dann aber nickte der Gentleman ihr zu, sie nickte unmerklich zurück.

Und dann geschah das Wunder.

Das Mädchen ehrte die Countess mit einem tiefen Knicks, und als es sich wieder erhob, wirkte es wie verwandelt, denn mit einem Mal sprach es in ruhigem, selbstsicherem Ton. Von dem zitternden, verschreckten Fräulein war nichts mehr zu sehen. Urplötzlich war sie eine starke, selbstbewusste junge Frau.

»Weder das eine noch das andere, Lady MacLaren.« Sie setzte ein strahlendes Lächeln auf. »Ich bin Miss Anne Royle. Ich stamme ursprünglich aus Cornwall, lebe aber inzwischen mit meiner Schwester bei meiner Großtante am Berkeley Square.«

Laird blieb nicht verborgen, dass sie ihn mit einem kurzen Seitenblick bedachte, als wolle sie sich versichern, dass ihm ihr Name nicht entgangen war.

»Sind Sie die Verlobte meines Sohns, Miss Royle?«, fragte die Countess. »Antworten Sie mir. Dies ist nicht der rechte Augenblick für irgendeinen dummen Scherz.«

»Ja, Lady MacLaren.« Sie straffte ihre Schultern und richtete sich stolz zu ihrer ganzen Größe auf. »*Ich bin die Verlobte Ihres Sohns.* Er hat mich darum gebeten, allein mit mir sprechen zu dürfen, deshalb haben wir uns kurz zurückgezogen – bevor er mich um meine Hand gebeten hat. Was für ein wunderbarer Zufall, Lady MacLaren, dass Sie genau im rechten Augenblick erschienen sind, um diesen glücklichen Moment mit uns zu teilen.«

»Das ist wirklich ein wunderbarer Zufall«, stimmte Apsley ihr eilig zu, während er spöttisch mit den Brauen wackelte.

»Sie sind also glücklich, junge Frau?« Die Countess legte den Kopf zurück und sah ihr forschend ins Gesicht. »Und warum haben Sie dann so laut geschrien?«

Miss Royle sah auf die wesentlich kleinere Countess herab, hob dann wieder den Kopf, wandte sich an ihr Publikum und lachte leise auf. »Oje. War das etwa der Grund, aus dem Sie alle heraufgekommen sind?«

»Allerdings, Miss Royle«, erklärte Apsley. »Obwohl es einen Augenblick gedauert hat, herauszufinden, woher genau der Schrei gekommen war.« Er beugte sich ein wenig vor. »Aber warum haben Sie geschrien?«

»Nun, vor lauter Aufregung, weshalb wohl sonst?« Sie breitete die Arme aus und sprach wieder die Menge an. »Der Earl of MacLaren hat *mich,* Anne Royle, eine einfache junge Dame aus Cornwall, gebeten, ihn zu heiraten. Hätte in einem solchen Augenblick nicht jede Frau vor … hm … vor Glück geschrien?«

Mütter sahen ihre Töchter, Männer ihre Frauen an. Und wie aufs Stichwort nickten alle stumm.

»Und Sie, Lady MacLaren, gerade Sie werden verstehen, welch eine große Ehre mir Ihr Sohn durch seinen Antrag hat zuteilwerden lassen.«

Statt verkniffen und empört sah die Countess mit einem Mal rundum zufrieden aus.

Zur Hölle! Laird konnte nicht glauben, was er da erlebte. Steckte diese Miss Royle vielleicht mit Apsley unter einer Decke und sollte dafür sorgen, dass er die Wette gewann? Nein, noch nicht mal Apsley hätte eine derart irrwitzige Abfolge von Ereignissen planen können und damit Erfolg gehabt.

Verflixt und zugenäht.

Das konnte ganz einfach nicht sein.

Er hatte das Gefühl, als schwirre ein Schwarm Raben durch seinen vom Alkohol betäubten Kopf.

Er hatte sich geirrt. Der Abend hatte tatsächlich noch schlimmer werden können. Viel, viel schlimmer als in seiner schlimmsten Fantasie.

Und, bei Gott, genau das war geschehen.

Die nächste Stunde nahm Anne wie durch einen dichten Schleier wahr. Was für sie sicher das Beste war.

Hätte sie genügend Zeit gehabt, um sich die Folgen ihrer Behauptung, sie wäre die Verlobte des Earls of MacLaren, auszumalen – einer Behauptung, aufgrund derer sie problemlos auch im Irrenhaus hätte verschwinden können –, hätte sie wahrscheinlich sofort eins der Fenster aufgerissen und sich kopfüber hinausgestürzt.

Ja, hätte sie darüber nachgedacht, *ernsthaft* darüber nachgedacht, hätte sie sich lieber sämtliche Knochen gebrochen, als sich dem aufgesetzten Lächeln und den hämischen, herablassenden Blicken der gesamten besseren Gesellschaft auszusetzen – was unweigerlich geschehen würde, wenn man ihrer dreisten Lüge auf die Schliche kam.

Doch sie hatte keine Wahl gehabt. Nicht die geringste Wahl.

Zum Glück hatte sie – wenigstens im Augenblick – einen Verbündeten.

Nicht den rüpelhaften, betrunkenen Earl, ihren unfreiwilligen Komplizen bei ihrem schrecklich misslungenen nächtlichen Vorhaben.

Nein, zu ihrer Überraschung stand ihr ausgerechnet die Countess persönlich bei.

Es hatte nur einen Augenblick gedauert, bis sie nach Annes unverfrorener Lüge zu den anderen herumgewirbelt war. »Bitte, bitte«, hatte sie gerufen und das aufgeregte Plappern ihrer Gäste auf ein leises Tuscheln reduziert.

»Kehren wir doch in den Salon zurück und feiern dort!«, fügte sie gut gelaunt hinzu.

Eine Spur *zu* gut gelaunt.

Ihr durchdringender Blick wanderte über die Menge, als präge sie sich die Gesichter derer ein, denen der Eintritt in das Schlafzimmer gelungen war und die den fantastischen Skandal, der sich dort zu ereignen schien, mit eigenen Augen verfolgen konnten.

»Kommen Sie. Ich denke, es ist Zeit für einen Toast«, zwitscherte sie, scheuchte die Horde in den Flur zurück, wo sie auf eine noch größere Zahl neugieriger Mitglieder der besseren Gesellschaft stieß, und nickte der Armee livrierter Pagen zu, damit sie die Besucherschar wieder nach unten schob.

Anne wollte ihre Chance nutzen und lief ebenfalls eilig in Richtung Treppe, um dort in der Flut verwirrter Gäste abzutauchen und zu fliehen. Aber das gelang ihr nicht, denn Lady MacLaren ergriff entschlossen ihren Arm.

»Nicht *Sie,* meine liebe Miss Royle. Sie müssen mich

in mein Schlafzimmer begleiten. Schließlich gibt es jede Menge zu besprechen.«

Ehe Anne wusste, wie ihr geschah, saß sie vor einem zierlichen Ankleidetisch, und die französische Zofe der Countess richtete ihre Frisur, puderte ihr das Gesicht und trug ein wenig Rouge auf ihre Wangen auf.

»Ich weiß nicht, wie es wirklich zu dieser Verlobung gekommen ist, Miss Royle, und es interessiert mich auch nicht im Geringsten. Es ist mir sogar lieber, wenn ich möglichst nichts über die grässlichen Einzelheiten weiß.« Lady MacLaren schnippte mit den Fingern und wies ihre Zofe an: »Zieh das Haar ein wenig höher und kämm diese unschicklichen Wellen aus. Sie muss möglichst elegant aussehen. Du verstehst?«

»*Oui,* Madame«, murmelte die junge Frau.

»Sie und mein Sohn wurden allein in seinem dunklen Schlafzimmer überrascht. Ich habe keine Ahnung, weshalb oder wie lange Sie dort oben bei ihm waren, aber das ist auch ganz gleichgültig. Wir müssen die Situation schnell und möglichst umsichtig bereinigen, wenn wir verhindern wollen, dass Ihr Name – und natürlich auch der unsere – Schaden nimmt.«

Anne hatte keine Ahnung, was Lady MacLaren unternehmen wollte, doch zumindest war der Frau bewusst, dass sie nicht tatsächlich die Verlobte ihres Sohnes war. »Oh, ich bin wirklich froh, dass Sie verstehen. Ich hatte schon Angst, dass Ihnen nicht klar gewesen wäre, dass dieses Gerede von einer Verlobung nur –«

»Miss Royle.« Die Countess hob abwehrend die Hand. »Das ist jetzt vollkommen egal. Zwingen Sie mich nicht, mich zu wiederholen. Unser weiteres Vorgehen steht fest, denn ich schwöre Ihnen, ich lasse mich nicht noch einmal so blamieren. Es hat mir vollkommen genügt, eine solche Schande einmal zu erleben, Sie verstehen?«

Anne runzelte die Stirn. »Offen gestanden, nein, ich verstehe nicht, Lady MacLaren.«

Aber die Countess hörte ihr gar nicht zu, sondern sah sie unter ihren schweren Lidern hervor prüfend an. »Mit Ihrem Knochenbau scheinen Sie eine gute Abstammung zu haben, und mit Ihrer Größe – nun, damit sehen Sie beinahe majestätisch aus.«

»V-vielen Dank, Lady MacLaren.« Anne unterdrückte das Verlangen, unglücklich die Schultern sinken zu lassen, und saß weiter kerzengerade auf dem gepolsterten Hocker vor dem Tisch.

Bis die Countess sie plötzlich auf die Füße zog. »Stehen Sie auf, Mädchen, damit Solange die Bänder von Ihrem Korsett schließen kann.«

»Ja, Sie sehen wirklich bezaubernd aus. Das ist wenigstens ein kleiner Trost.« Die Countess stieß einen lauten Seufzer aus. »Ich muss zugeben, dass Ihre Haltung mich bereits in dem Moment, in dem ich Sie zum ersten Mal sah, an mich selbst in jüngeren Jahren erinnert hat. Sie sehen wirklich bezaubernd aus. Ich kann verstehen, weshalb mein Laird Gefallen an Ihnen gefunden hat.« Die vollen Wangen der Countess blähten sich, als sie eine Grimasse zog und die Augen zu schmalen Schlitzen zusammenkniff. »Oh, er weiß einfach genau, wie er mich ärgern kann. Das hat er immer schon gewusst.«

Sie begann im Zimmer auf und abzulaufen, und Anne starrte sie mit großen Augen an. Die Countess schien weniger mit ihr zu sprechen, als sich in einer bombastischen Schimpftirade auf ihren missratenen Zögling zu ergehen.

Ihre Hand zerschnitt die Luft, als schlage sie imaginären Feinden ihre Köpfe ab. »Ach, hätte er sich dieses Mal doch ordentlich verlobt. Aber dafür ist es jetzt zu spät, nicht wahr? Es ist geschehen, und wir müssen alle mit den Konsequenzen leben. Die Gesellschaft erwartet eine Hochzeit, und ich werde dafür sorgen, dass sie sie bekommt.«

»Eine *Hochzeit?*«

Die Frau konnte doch nicht allen Ernstes davon ausgehen, dass sie und der Earl den Bund fürs Leben schlossen, nur damit sie selbst nicht in Verlegenheit geriet! Er war ein unverbesserlicher Wüstling, ein Schuft der schlimmsten Art mit einem rabenschwarzen Ruf! »Das können Sie unmöglich ernst meinen, Lady MacLaren«, protestierte sie. »Ich kann ja wohl schwerlich –«

Solange drückte sie zurück auf den Hocker, wisperte: »Noch ein Tropfen Parfüm« und zog den Stopfen aus einem Flakon mit Duftwasser.

»Ich meine alles, was ich sage, ernst, Miss Royle,

und je eher Ihnen klar wird, dass mir diese Angelegenheit wirklich am Herzen liegt, umso besser.« Die Countess trat hinter sie und sprach zu ihrem Spiegelbild. »Es ist allerhöchste Zeit für Laird, zu heiraten und seine Rolle als Familienoberhaupt so ernst zu nehmen, wie sein Vater es getan hat. Das habe ich ihm bereits ein ums andere Mal gesagt. Deshalb ist eine möglichst schnelle Hochzeit die beste Lösung für uns alle, auch wenn die Verlobung meines Sohnes nicht so ordentlich und sorgfältig geplant verlaufen ist, wie ich es mir gewünscht hätte.«

»Aber ich kann ihn unmöglich heiraten. Ich kann unmöglich zulassen, dass mein Ruf durch eine Verbindung mit diesem Schwerenöter Schaden nimmt!« Anne drehte sich um, ergriff Lady MacLarens Hand, blickte in ihre überraschten Augen und wiederholte nachdrücklich: »Das kann ich einfach nicht.«

Die Countess starrte sie an und stieß ein herablassendes Lachen aus. »Ich fürchte, Sie haben gar keine andere Wahl. Dies ist die einzige Möglichkeit, um Ihren Ruf zu wahren. Wenn Sie diese Hochzeit platzen lassen, sind Sie ein für alle Mal ruiniert.«

Anne sah sie aus blitzenden Augen an. »Sie verstehen nicht. Ich werde den Earl nicht heiraten. Auch wenn ich ihn nicht wirklich kenne, habe ich bereits genug von ihm gehört.«

»Nein, Miss Royle. *Sie* sind es, die nicht versteht. Sie und auch die Schwester, von der Sie vorhin gesprochen haben, wären durch das Lösen der Verlobung ruiniert. Völlig ruiniert. Keine Familie würde eine Verbindung mit den Schwestern Royle eingehen wollen. Wenn Ihnen Ihr eigenes Schicksal schon egal ist, denken Sie wenigstens an sie.«

Anne zog ihre Hand zurück, wandte sich wieder ab und starrte reglos auf ihr Spiegelbild.

Sie würde den Earl nicht heiraten. Sie war nicht den ganzen Weg von Cornwall bis hierher gekommen, um dann mit dem widerlichsten Schuft des ganzen Königreichs die Ehe einzugehen. Das brächte sie einfach nicht über sich. Nein, sie musste eine andere Lösung finden für dieses unerwartete Problem.

Erst in diesem Augenblick fiel ihr Lady MacLarens ungewohnte Schweigsamkeit auf, und sie hob verblüfft den Kopf.

Himmel, die ältere Frau betrachtete erneut nachdenklich Annes Spiegelbild. Kein Teil ihres Körpers schien der Musterung der ehrwürdigen Dame zu entgehen.

»Ordentliche Hüften«, stellte die Countess zufrieden fest. »Das Gebären eines Erben wird damit ganz sicher kein Problem sein.«

Anne fühlte sich wie ein Kalb auf einer Versteigerung. Eine heiße Röte schoss ihr ins Gesicht. Wie konnte die Countess es wagen, sie derart zu taxieren? Es war einfach entwürdigend.

Was käme wohl als Nächstes? Würde sie sie bitten, ihren Mund zu öffnen und zu zeigen, ob auch ihr Gebiss in Ordnung war?

Dann aber wurde ihr klar, dass die Miene der Countess alles andere als kritisch war. Was sie angesichts der Tatsache, dass die Frau sie erst vor wenigen Minuten im Schlafzimmer ihres Sohnes angetroffen hatte, äußerst ungewöhnlich fand.

Anne beugte sich ein wenig vor und blickte auf Lady MacLarens Spiegelbild. Oh, sie nickte anerkennend mit dem Kopf.

Himmel, sie sah regelrecht *zufrieden* aus.

Anne richtete sich eilig wieder auf und drehte sich zu der älteren Dame um.

»Außerdem«, fuhr die Countess mit ruhiger Stimme fort, »scheinen Sie ziemlich zurückhaltend zu sein.«

»Das bin ich, Lady MacLaren, aber wenn ich mich entschließe, meinen Mund zu öffnen, rede ich nicht lange um den heißen Brei herum«, gab sie genauso ruhig zurück.

»Das habe ich bereits erlebt. Das ist ebenfalls etwas, worin Sie mir durchaus ähnlich sind«, zwitscherte die Countess. Tatsächlich hatte sie innerhalb von wenigen Minuten eine vollkommene Wandlung durchgemacht. »Außerdem kann ich es Ihnen nicht verdenken, dass Sie augenblicklich eher schweigsam sind, meine Liebe. Denn die Überraschung dieses Abends hat Sie sicher völlig aus dem Gleichgewicht gebracht … Miss Royle, es *war* doch eine Überraschung, oder nicht?«

»Allerdings. Eine *vollkommene* Überraschung.« Wenigstens das war endlich einmal keine Lüge.

Bevor Apsley behauptet hatte, sie wäre Lord

MacLarens zukünftige Frau, wäre sie niemals auf die Idee gekommen, sich als die Verlobte dieses Mannes auszugeben. Aber weshalb hätte sie das auch tun sollen? Schließlich war allein die Vorstellung, dass es eine Verbindung zwischen ihnen gab, vollkommen absurd!

»Das ist gut. Diesen Teil der Geschichte werden wir beibehalten.« Lady MacLaren kaute nachdenklich an ihrer Unterlippe und fügte nach einem Augenblick hinzu: »Natürlich werden die Leute von mir wissen wollen, ob Ihre Familie wusste, dass die Möglichkeit einer Verlobung zwischen Ihnen und Laird bestand, auch wenn ich selber völlig ahnungslos gewesen bin. Aber mein Sohn war immer schon sehr impulsiv, und wenn Ihre Familie von dieser Verlobung genauso überrascht wurde wie ich, müssen wir Laird umgehend losschicken, um den Segen Ihrer Eltern einzuholen. Damit alles seine Ordnung hat.«

»Ich bitte um Verzeihung, Lady MacLaren, aber meine Eltern sind nicht mehr am Leben. Wie ich bereits sagte, leben meine Schwester Elizabeth und ich bei unserer Großtante, Mrs Prudence Winks, am Berkeley Square.« Anne drehte ihren Kopf und sah Lairds Mutter reglos an. »Aber mein Vormund, Sir Lumley Lilywhite, ist darüber im Bilde, was geschehen ist. Er befindet sich nämlich unter den Gästen unten im Salon.«

»*Sir Lumley Lilywhite?*« Ein Ausdruck größter Überraschung blitzte in Lady MacLarens Augen auf.

Anne nickte vorsichtig. »J-ja.«

Die Countess griff sich ans Herz. »Gütiger Himmel, was für ein glücklicher Zufall das doch ist. Mein liebes Kind, hat er Ihnen erzählt, dass er ein guter Bekannter von mir ist? Himmel, es ist ewig her, seit wir uns zum letzten Mal gesehen haben. Dabei ist er ein so angenehmer Mann und hat die allerbesten Verbindungen.«

Anne runzelte verwirrt die Stirn. Sprachen sie tatsächlich von demselben Mann – einem der alten Wüstlinge von Marylebone? Das konnte ganz einfach nicht sein.

Der Hauch eines Lächelns umspielte die Lippen der Countess, und für einen langen Augenblick trieb sie auf einer Wolke angenehmer Erinnerungen dahin. Dann aber wandte sie sich abermals an Anne, und ihre Stimme drückte heiße Freude aus, als sie ihr erklärte: »Er und Malcolm, mein verstorbener Mann, waren zusammen in der Schule und standen einander lange Jahre nahe, bis … nun, ich bin mir nicht ganz sicher, weshalb sie irgendwann getrennte Wege gingen. Ich weiß nur, dass es irgendwann keinen Kontakt mehr zwischen ihnen gab.«

Anne rümpfte die Nase. »Ihre Wege haben sich getrennt?«

»Oh, vielleicht ist ihre Freundschaft im Verlauf der Zeit einfach etwas verblasst. So etwas kommt manchmal vor. Ich kann wirklich nicht sagen, was geschehen ist. Aber irgendwann kam Lilywhite nicht mehr vorbei, wenn ich in London war. Er hat mir fürchterlich gefehlt. Wissen Sie, mit seiner Fröhlichkeit hat er mich immer zum Lachen gebracht.« Die Miene der Countess wurde ein wenig wehmütig, dann aber setzte sie erneut ein breites Lächeln auf. Ihre anfängliche Strenge und die Reserviertheit gegenüber Anne waren wie verflogen, da sie sie mit einem Mal mit völlig anderen Augen sah.

Offenbar verschaffte die Beziehung zu dem alten Wüstling Anne den ehrlichen Respekt der anderen Frau.

Denn tatsächlich machte die Countess innerhalb der folgenden Minuten eine geradezu bemerkenswerte Wandlung durch.

Plötzlich sprach die vormals strenge Hausherrin mit ihr, als hätte sie gesellschaftlich denselben Rang wie sie, und plauderte gut gelaunt drauf los. »Wissen Sie, wenn das Parlament zusammentrat, hat mein Mann die meiste Zeit hier in der Cockspur Street gewohnt, während ich mit unseren heranwachsenden Söhnen in MacLaren Hall geblieben bin.«

Anne verbarg ihre Verwirrung und ihre sich überschlagenden Gedanken hinter einem zurückhaltenden Lächeln.

Vielleicht bliebe die Countess ihr ja gewogen, wenn sie keinen Grund mehr hätte, daran zu zweifeln, dass Anne begriffen hatte, dass die Hochzeit mit dem Earl der einzige Ausweg für sie war. Und vielleicht – eventuell – hätte sie dann nicht mehr das Bedürfnis, dafür

Sorge zu tragen, dass es möglichst schnell zu einer Heirat kam.

Oh, sie musste einfach hoffen, dass es ihr gelang, ihr vorzuspielen, dass ihr plötzlich etwas an der Hochzeit lag!

Denn sie hatte keine andere Wahl. Sie würde alles tun, damit sie etwas Zeit bekam, um sich diesem grässlichen Schlamassel zu entziehen.

»Oh, Sie müssen einmal mit mir dorthin fahren, Miss Royle. St. Albans ist gar nicht so weit von hier. Wenn das Wetter gut ist, sind es höchstens zwei, drei Stunden Fahrt.« Sie ergriff Annes Hand. »Ja, Sie müssen mich unbedingt dorthin begleiten. Mein Mann war so stolz auf seinen Landsitz, und wenn Sie ihn sehen, werden Sie verstehen, warum. Ich fand es immer schade, dass ihn seine Pflicht oft monatelang in London festgehalten hat. Er hat das Landleben derart geliebt. Laird hingegen, nun, der Junge lebt anscheinend lieber in der Stadt. Aber vielleicht ändert sich das ja, wenn er erst einmal verheiratet ist.«

Lady MacLaren machte eine Pause, und Anne wusste, dass sie ihre Schüchternheit besiegen und wieder die selbstbewusste junge Dame werden sollte, als die sie sich ausgegeben hatte, als ihr im Schlafzimmer des Earls in Gegenwart der gesamten besseren Gesellschaft die größte Lüge ihres Lebens über die Lippen gekommen war. »Aber Lady MacLaren«, stieß sie aus. »Sie sind ein angesehenes, bekanntes Mitglied der Gesellschaft. Sie müssen doch auch selbst des Öfteren in

London gewesen sein.« Auch wenn diese Antwort sicher nicht besonders geistreich war, war sie auch nicht wirklich schlecht.

»Bei Weitem nicht so oft, wie ich es gerne gewesen wäre. Mein Mann hat stets erklärt, dass die Gegenwart seiner Familie ihn von seiner Pflicht gegenüber der Krone ablenken würde. Deshalb haben wir zum Wohl des Königreichs …« Die Countess brach ab. »Tja, so war es nun einmal.«

Anne sah sie mit einem mitfühlenden Lächeln an.

»Außerdem ist es nicht der ständige Aufenthalt in der Stadt, der eine Lady unvergesslich macht«, die Stimmung der älteren Dame hellte sich sichtlich auf, »sondern es sind die prächtigen Feste, die sie gibt! Keine Angst, Miss Royle aus dem wilden Cornwall. Ich werde Ihnen zeigen, wie man Gäste würdevoll empfängt.«

Lächelnd strich sie über Annes elfenbeinfarbenen Rock und warf einen verstohlenen Blick auf ihr eigenes Spiegelbild. »Sind Sie bereit, sich Ihrem Publikum zu stellen, Miss Royle?«

Anne starrte in den Spiegel und entdeckte dort ihr eigenes entgeistertes Gesicht. Heute Abend war ihr schlimmster Albtraum wahr geworden.

Ich werde nie dafür bereit sein. Nie.

Trotzdem war ihr klar, dass es unmöglich war, das Unvermeidliche endlos hinauszuzögern, und so setzte sie ein Lächeln auf.

»Wunderbar. Kommen Sie, Miss Royle. Unsere

Gäste warten schon!« Die Countess nahm Anne am Arm und führte sie zurück ins Treppenhaus. »Ich werde Sie jedem geschätzten Gast vorstellen, der so anständig und vernünftig war, trotz der späten Stunde noch hier zu verharren. Keine Sorge. Überlassen Sie das Reden einfach mir, und Sie werden sehen, es wird alles gut.«

Als sie den eleganten Salon betraten, breitete sich vollkommene Stille unter den Gästen aus, dann aber ertönte donnernder Applaus.

Anne wurde siedend heiß. Nie zuvor in ihrem Leben hatte sie derart im Rampenlicht gestanden, und, bei Gott, sie hatte keine Ahnung, wie man sich in einem solchen Fall verhielt.

Mehrere Augenblicke vergingen, bis ihr der Gedanke kam, dass sie, wenn sie wirklich frisch verlobt wäre, als Erstes ihren zukünftigen Gatten suchen würde, um bei ihm zu sein. Und sie musste dafür sorgen, dass diese Scharade möglichst glaubhaft war.

Deshalb stellte sie sich auf die Zehenspitzen und blickte sich suchend nach ihrem *Verlobten* um.

Sie hatte den Earl nicht mehr gesehen, seit er von den Gratulanten und von seinem grauenhaften Freund Apsley aus dem Schlafzimmer gezogen worden war, und in ihrem Innern rang der Wunsch nach seiner Nähe mit der gleichzeitigen Angst vor seiner Gegenwart.

Doch noch ehe sie ihn fand, drängten sich unzählige elegante Damen wie ein Band aus schimmerndem Satin um sie, nahmen ihr die Luft und machten sie – oh Graus – zum pulsierenden Mittelpunkt des Fests.

Entschlossen legte die Countess erneut den Arm um sie. Anscheinend konnte sie einfach nicht von der jungen Dame lassen, dank derer die Erfüllung ihres größten Traums für ihren ungezähmten Sohn zum Greifen nahe war. Inzwischen war es ihr anscheinend vollkommen egal, dass diese Verlobung nichts als eine dreiste Lüge war.

Denn in diesem Augenblick erschien sie geradezu real.

Innerhalb von wenigen Minuten musste Anne erkennen, dass Lady MacLaren offenbar die Absicht hatte, die eher schäbige Verlobung ihres Sohns so lange zu polieren, bis sie glänzte wie ein Stern.

Wie es aussah, brachte es sie nicht aus dem Konzept, dass mindestens ein Dutzend Mitglieder der besseren Gesellschaft mitbekommen hatten, wie es wirklich abgelaufen war. Lady MacLarens Wahrheit war die Wahrheit, die die Gäste weitergeben würden – wenn ihnen etwas an weiteren Einladungen von Londons begehrtester Gastgeberin lag.

Niemals vorher hatte Anne eine derart selbstbewusste Frau wie die Countess gesehen. Wie wünschte sie sich, selbst so souverän zu sein!

Doch als Lady MacLaren sie endlich verließ, um die Gästeschar dazu zu bringen, ihrer Version der nächtlichen Verlobung zuzustimmen, musste Anne verblüfft erkennen, dass die Aufregung, die sie anfangs empfunden hatte, vollkommen verflogen war.

Plötzlich war die Lösung des Problems so klar wie das Kristall der Gläser, die sie erst vor ein paar Stunden aus den juwelengeschmückten Fingern der erlauchten Gäste stibitzt hatte, um sich zu beweisen, dass sie unsichtbar war.

Ja, sie brauchte sich nur selbstbewusst zu geben und so zu tun, als wäre sie die Frau, die der Earl genügend liebte, um mit ihr den Bund der Ehe einzugehen.

»Miss Royle?«, brummte in diesem Augenblick eine dunkle Stimme dicht an ihrem Ohr.

All der Mut, den sie soeben gesammelt hatte, schien sie wieder zu verlassen, und mit weichen Knien drehte sie sich um und blickte auf den Mann, der hinter sie getreten war.

»*Liebling.*« Der Sarkasmus in seiner Stimme war nicht zu überhören. »Würden Sie mir den Gefallen erweisen und mich in die Bibliothek begleiten?«

»In die Bibliothek, Mylord?« Ihre Augen fingen an zu brennen, und sie blinzelte unkontrolliert. »Es tut mir leid, Mylord, aber ich glaube, das möchte ich jetzt nicht. Ich muss mich zusammen mit Lady MacLaren um die Gäste kümmern –«

Der Earl zog eine Braue hoch und brachte sie dadurch wie schon beim Diebstahl seines Glases vollkommen aus dem Konzept. »Ich sollte mein Anliegen vielleicht anders formulieren. Folgen Sie mir in die Bibliothek, Miss Royle. Die Gäste sind versorgt.«

Eine große, warme Hand legte sich auf ihren Rücken und schob sie in Richtung Flur.

»Anne!«

Genau in diesem Augenblick tauchte Elizabeth neben ihr auf und bedachte sie mit einem sorgenvollen Blick. »Lilywhite möchte mit dir sprechen – dringend.« Sie zeigte auf den älteren Herrn, der seine rundliche Gestalt zwischen einer Wand und einer Horde plappernder Matronen hindurchzwängte und entschlossen auf sie zukam.

Der Earl zog seine Hand zurück, hakte sich dafür aber besitzergreifend bei seiner *Verlobten* ein. »Ich werde Miss Royle nicht lange beanspruchen.«

Elizabeth stürzte an ihm vorbei und baute sich in der Flurtür auf, der hochgewachsene Earl jedoch marschierte einfach weiter, und sie musste einen Satz zur Seite machen, denn sonst hätte er sie einfach umgerannt. »Bitte, Mylord, können Sie nicht noch einen Augenblick warten? Lilywhite ist bereits auf dem Weg.« Als sie merkte, dass der Earl nicht auf sie hörte, lenkte sie ihren sorgenvollen Blick von ihm auf Anne.

Doch auch Anne schaffte es nur, ihr kurz über die ausgestreckte Hand zu streichen, als Laird sie an ihr vorüberzog. »Keine Angst, Elizabeth. Ich werde nicht ohne dich nach Hause fahren. Geh und amüsier dich. Schließlich gibt es allen Grund zum Feiern.« Sie bedachte sie mit einem vielsagenden Blick und rief ihr, als der Earl sie weiterzog, über die Schulter zu: »Ich bin bald wieder zurück.«

In der Bibliothek brannte kein Licht, doch zwei Pagen betraten nach ihnen den Raum, und der kleinere der beiden, der ein rundes, pockennarbiges Gesicht besaß, zündete die Kerzen links und rechts der kalten Feuerstelle an, während der andere – ein großer, schlanker Kerl – nach dem Kandelaber auf dem langen Schreibtisch vor dem Fenster Richtung Garten sah.

Sicher sprengte ihr das wilde Klopfen ihres Herzens jeden Augenblick die Brust.

Langsam drehte Anne sich zu MacLaren um.

Es war, wie sie befürchtet hatte. Er stand völlig reglos da und bedachte sie mit einem kalten, harten Blick.

Dann trat er auf sie zu.

»Wir beide haben eine *Menge* zu besprechen … *mein Schatz.*«

Kapitel vier

Wie man sich sein eigenes Grab schaufelt

»Mylord, Sie wissen ganz genau, dass ich mir diese haarsträubende Geschichte von unserer Verlobung nicht ausgedacht habe! Das war Ihr … Ihr … dieser Schurke Apsley«, setzte sie stotternd an.

Der Earl sagte kein Wort, und ihr Magen fing an zu flattern wie ein verängstigtes Vögelchen. »Sie *wissen*, dass ich keine andere Wahl hatte, als seine Behauptung, ich wäre Ihre Verlobte, zu bestätigen. Sonst wäre ich schließlich ruiniert gewesen!«

»Das sind Sie wahrscheinlich auf jeden Fall.« Drohend trat er noch näher an sie heran und bekam vor lauter Zorn ein hochrotes Gesicht. »Denn obwohl Apsley es leugnet, haben Sie beide sich diese hanebüchene Geschichte doch sicher gemeinsam ausgedacht.«

»Ich habe nicht das Geringste mit Ihrem teuflischen Freund zu tun, Mylord.« Anne zog ihren linken Fuß zurück und verlagerte ihr gesamtes Gewicht auf dieses Bein. Der halbe Schritt nach hinten brachte ihr nicht viel, doch zumindest war sie außer Reichweite, falls Laird – was sie ihm schwerlich hätte verdenken können – tatsächlich beschließen sollte, ihr die Gurgel umzudrehen.

»Schwören Sie das?« Wieder zog er skeptisch eine Braue hoch.

Anne stemmte die Hände in die Hüften und erklärte nachdrücklich: »Mylord, ich bin einfach ein Opfer der Umstände, das Opfer einer grauenhaften, unvorstellbaren Situation, die mich dazu gezwungen hat, sofort zu reagieren, damit mein Ruf nicht dauerhaften Schaden nimmt.«

»Ging es Ihnen etwa auch um Ihren *Ruf,* als Sie sich heimlich in mein Schlafzimmer geschlichen haben, Miss Royle?« Er fuhr sich mit den Fingern durch das sanft gewellte, rabenschwarze Haar, und Anne wurde bewusst, dass er noch nicht einmal ansatzweise so gelassen war, wie sein Ton es glauben ließ.

Sie blickte in seine leuchtend blauen, müden Augen und auf den Schatten der nachwachsenden Bartstoppeln, der über seinem starken, ausgeprägten Kiefer lag. Er hatte den heutigen Abend eindeutig nicht so fröhlich und gesellig wie erwartet zugebracht. Und etwas an dem säuerlichen Ausdruck seines beinahe teuflisch anziehenden Gesichts machte ihr deutlich, dass das nicht an ihrer Lüge lag.

Als sie in seine schmerzerfüllte Miene sah, zog sich ihr Herz vor Mitgefühl zusammen.

Und die Angst vor seinem Zorn, die sie innerlich hatte erbeben lassen, löste sich in Wohlgefallen auf.

Anne verspürte das Verlangen, diesen armen Mann zu trösten, breitete die Arme aus und machte einen Schritt nach vorn.

Doch gerade noch zur rechten Zeit wurde ihr bewusst, was sie da tat.

Verflixt!

Genauso plötzlich blieb sie wieder stehen, ließ wie ein Soldat die Arme wieder nach unten schnappen und senkte peinlich berührt den Kopf.

Was genau hatte er sie gefragt? Oh ja.

Sie stieß einen leisen Seufzer aus und durchforstete ihr Hirn nach einem plausiblen Grund dafür, dass sie in das Schlafzimmer des Hausherrn eingedrungen war.

»Nun?« Er trat noch ein wenig näher, und sie hatte das Gefühl, als rage er mit seiner Größe und mit seinen breiten Schultern dunkler und bedrohlicher vor ihr auf als eine ganze Wand schwarzer Gewitterwolken.

»Miss Royle?«

Tapfer reckte sie das Kinn und bedachte ihn mit einem indignierten Blick. »Wenn Sie unbedingt wissen müssen, warum ich in Ihr Schlafzimmer gekommen bin, werde ich es Ihnen sagen. Obwohl ich gehofft hatte, dass Sie zu gut erzogen sind, um ein derartiges Geständnis zu erzwingen.«

»Ich bitte um Verzeihung für mein ungebührliches Benehmen. Aber fahren Sie fort.« Er schob sich noch dichter an sie heran und erschien ihr noch gefährlicher als im Augenblick zuvor.

Wie gern hätte sich Anne die zweite Lüge dieser Nacht erspart. Das Stirnrunzeln jedoch, das sein ansonsten durchaus anziehendes Gesicht verunzierte, ließ sie bezweifeln, dass er höflich genug war, nicht weiter in sie zu dringen, und so fügte sie hinzu: »Es ist mir furchtbar peinlich, den Grund für mein Erscheinen zu nennen. Schließlich müssen Sie wissen, dass ich eine gewöhnliche junge Frau aus Cornwall bin.«

»Sie sind alles andere als gewöhnlich, meine Liebe, doch ich muss darauf bestehen, dass Sie mir eine Erklärung geben, da Ihr Besuch in meinem Schlafgemach schließlich der Auslöser für unsere *Verlobung* war.« Da er direkt vor ihr stand, fühlte seine dunkle, volle Stimme sich an wie Donnergrollen.

»Es lag am Wein, Mylord.«

»Am Wein? Hat er Ihnen etwa nicht geschmeckt, Miss Royle?«

Anne wusste, dass es tödlich wäre, wenn sie jetzt die Maske fallen ließe, um sich zu verteidigen. »Oh, er war sogar ganz ausgezeichnet, Sir. Nur bin ich so viel Alkohol ganz einfach nicht gewohnt. Ich fürchte, ich brauchte dringend … einen Nachttopf … und einen Augenblick für mich.«

»Und? Haben Sie einen gefunden?«

»W-was?«, stammelte Anne. Es war wie verhext. Sie konnte sich einfach nicht konzentrieren, wenn er so dicht vor ihr stand.

»Einen Nachttopf. Danach hatten Sie doch wohl gesucht.«

»Sie sind einfach abscheulich.« Anne wandte den

Blick ab, und eine verlegene Röte stieg ihr in die Wangen.

Der Earl warf seinen Kopf zurück, stieß ein hartes Lachen aus und blickte abermals auf sie herab. »Erwarten Sie etwa allen Ernstes, dass ich Ihnen diese Geschichte glaube? Schließlich sind Sie erst vor wenigen Stunden durch meinen Salon geschlichen und haben meinen arglosen Gästen die Weingläser stibitzt.«

»Ah, ja. Tja, nun, auch daran muss der Wein schuld gewesen sein«, stellte sie schulterzuckend fest. Bei ihrer Geschichte passte wirklich alles zueinander. Wunderbar. »Offenbar ist er mir erst zu Kopf gestiegen, bevor er mir auf den Magen geschlagen ist. Ich wollte Ihnen wirklich keine Schwierigkeiten machen. All das tut mir furchtbar leid.«

Der Ausdruck ungläubiger Belustigung, der Lairds Augen hatte aufblitzen lassen, verflog.

Anne verbarg ihr aufblühendes Lächeln dadurch, dass sie sich entschlossen auf die Lippe biss. Er hatte ihr diese Geschichte wirklich abgekauft! Das war ihm deutlich anzusehen. »Damit wäre wohl alles gesagt. Meinen Sie nicht auch?«

Sie raffte die Röcke ihres Kleids und wandte sich zum Gehen. »Wenn Sie mir jetzt also gestatten würden, an Ihnen vorbeizugehen, werde ich Ihr Heim umgehend verlassen, und Sie können Lady MacLaren erklären, wie es zu diesem Missverständnis kam.« Sie machte einen Schritt nach vorn, doch er packte sie am Arm und zog sie zurück an seine Brust.

»Oh nein, meine Liebe.« Sein Mund lag dicht an ihrem Ohr. »Sie werden Ihre Hände nicht einfach in Unschuld waschen und mich in der Patsche sitzen lassen, als hätten Sie nichts damit zu tun. Wir stecken *gemeinsam* in diesem Schlamassel, Miss Royle, und bis wir eine Erklärung finden, die uns nicht als Lügner dastehen lässt, bleiben Sie mit mir verlobt.«

Anne schüttelte vehement den Kopf. »Nein. Nein, nein, nein. Ich weiß, dass Ihre Mutter davon ausgeht, dass es bald eine Hochzeit geben wird. Aber das tun Sie doch sicher nicht. Sie sind ebenso ein Opfer dieser Scharade wie ich. Aber *zusammen* finden wir sicher einen Weg, auf dem sich diese dämliche Verlobung wieder lösen lässt.«

»Das glaube ich auch, aber bis es so weit ist, bleiben wir verlobt.«

»Sie können doch nicht ernsthaft von mir erwarten, mich auch weiter als Ihre Verlobte auszugeben.«

»Genau das tue ich.« Der Earl griff nach einer ihrer behandschuhten Hände, hob sie an seinen Mund, als wolle er sie küssen, und ließ sie auch nicht los, als sie versuchte, ihren Arm zurückzuziehen. »Vorhin in meinem Schlafgemach haben Sie sich deutlich weniger geziert.«

Der schwache Geruch von Brandy, der in seinem warmen Atem lag, lenkte ihren Blick auf seinen Mund und zwang sie, an den Kuss zurückzudenken, der ihr vorhin von ihm aufgezwungen worden war. Er hatte ihr regelrecht die Luft geraubt!

»A-aber, Mylord, es gibt eine ganz einfache Lösung. Wenn ich wieder in den Salon komme, werde ich einfach behaupten, ich hätte mich überstürzt bereit erklärt, Sie zu heiraten. Ich werde es einfach darauf schieben, dass ich zu viel Wein getrunken habe. Ich werde die Verlobung lösen, und dann sind wir beide wieder frei, ohne dass jemand zu Schaden kommt.«

Der Earl aber schüttelte den Kopf. »Nein. So machen wir es nicht.«

»Nein?« Anne starrte ihn ungläubig an. »Warum denn nicht? Das wäre die perfekte Lösung.«

»Ich muss Sie bitten, die Sache etwas differenzierter zu betrachten.«

»Und warum? Ich weiß, dass Sie mich nicht wirklich heiraten wollen. Obwohl meine Schwestern und ich erst seit kurzer Zeit in London leben, habe ich bereits mehr als genug über Sie gehört.«

»Ach ja?«

»Ja. Als ich nach London kam, wurde mir gleich von mehreren Seiten erzählt, dass die jungen Damen sich glücklich schätzen sollen, weil Sie sich aufs Land zurückgezogen haben, statt sich in Mayfair darum zu bemühen, den guten Ruf möglichst vieler junger Frauen in den Schmutz zu ziehen. Ich kann also ganz unmöglich zulassen, dass man mich mit *Ihnen* in Verbindung bringt.«

Er zuckte zusammen, und sie wünschte sich, sie könnte die bösen Worte zurücknehmen, mit denen er von ihr verurteilt worden war.

Lord MacLaren räusperte sich leise und blickte sie reglos an. »Offensichtlich haben Sie nicht die ganze Geschichte gehört, Miss Royle. Denn dann wäre Ihnen bekannt, dass ich schon einmal verlobt war, bis meine Verlobte, Lady Henceforth, mich vor fünfzehn Monaten alleine in der Kirche stehen ließ.«

Anne starrte ihn entgeistert an. »Sie wollten heiraten? *Sie*? Der neu ernannte Earl of MacLaren, der größte Frauenheld des Königreichs?«

»Der größte Frauenheld des Königreichs? Wohl kaum. Es gibt Schlimmere als mich. Zum Beispiel Apsley.« Er richtete sich zu seiner vollen Größe auf. »Aber ja, Miss Royle. Ich wollte heiraten. Nur hat sie mich einfach in der Kapelle stehen lassen, und mir blieb nichts anderes mehr zu tun, als meine am Boden zerstörte Mutter zu trösten und mich bei meinem Vater zu entschuldigen, dem das Ganze furchtbar peinlich war.«

»Das tut mir leid, Mylord.« Sie sah kurz zu Boden. »Aber, um ganz sicherzugehen, dass ich Sie richtig verstanden habe. Ich gehe davon aus, dass –«

Er ließ sie nicht zu Ende sprechen, sondern fiel ihr ungnädig ins Wort. »Es kommt eindeutig nicht infrage, dass Sie diese Verlobung einfach wieder lösen. Haben Sie also noch irgendeine andere Idee?«

»Tja, nun, ich nehme an, wir könnten …« Anne kniff die Augen zusammen und blickte wieder zu ihm auf. »Moment mal, Sir, warum muss ich mir etwas ausdenken? Sie haben bisher noch gar keinen Vorschlag gemacht.«

»Das werde ich heute Nacht auch sicher nicht mehr tun. Ich war viel zu betrunken, um angemessen darauf reagieren zu können, als Sie plötzlich verkündet haben, wir wären verlobt, und ich bin immer noch nicht wieder vollkommen klar. Deshalb werde ich morgen Abend bei Ihnen vorbeikommen, wenn der Alkohol aus meinem Körper verschwunden ist, um mit Ihnen zu besprechen, wie in dieser Sache weiter vorzugehen ist.«

»Morgen Abend?«, keuchte Anne.

»Ja. Berkeley Square, nicht wahr? Und eines noch.« Lord MacLaren schob zwei Finger in die Uhrentasche seiner Weste, wühlte kurz darin herum, zog einen saphirbesetzten Ring daraus hervor und griff kommentarlos nach ihrer Hand.

Anne schrie leise auf, als sich der Stoff ihres Glacéhandschuhs zusammenschob, doch Laird war anscheinend fest entschlossen, den verdammten Ring an ihrem Finger zu platzieren, selbst wenn er ihr dabei einen Knochen brach. Obwohl Anne vehement versuchte, ihre Hand zurückzuziehen, schob er immer fester, bis das Ding an ihrem Finger saß.

Dann erst ließ er von ihr ab und sah sie mit einem Lächeln an. Einem warmen, wunderbaren Lächeln, weder boshaft noch verrucht. So sollte er viel öfter lächeln, dachte sie, und hätte es ihm sicher auch gesagt, hätte er sich kurz zuvor bei ihr nicht derart unbeliebt gemacht.

»Ein Verlobungsring«, erklärte er. »Er hat meiner

Großmutter gehört. Die Countess erwartet, ihn an Ihrer Hand zu sehen, wenn wir wieder in den Salon kommen.«

»Ich werde diesen Ring nicht tragen. Dadurch wird die Lüge schließlich nur noch vertieft.« Anne atmete flach ein und begann, an dem schimmernden Erbstück zu drehen und zu ziehen. »Verflixt! Er geht nicht über das Gelenk!«

»Das freut mich«, stellte er mit einem selbstzufriedenen Grinsen fest.

Anne hatte sich lange genug wie eine echte Dame aufgeführt, und öffnete den Mund, um ihn in seine Schranken zu verweisen, als er plötzlich gierig seine Zunge zwischen ihre Lippen schob.

Er raubte ihr die Luft, doch der süßliche Geschmack des Brandys, der noch leicht auf seiner Zunge lag, wärmte ihr den Mund.

Genauso schnell jedoch, wie er begonnen hatte, endete der Kuss.

Für einen Augenblick stand sie wie benommen da. Ihre Lippen pochten von der glühenden Berührung, und sie starrte Laird verwundert an.

Er setzte ein kesses Grinsen auf, stieß ein leises Lachen aus und rieb seine feuchten Lippen aneinander. Dann stellte er durchaus nicht unzufrieden fest: »Mm. Nicht schlecht.«

Sofort kam Anne wieder zu Besinnung. Sie warf eine Hand vor ihren Mund, um sich eilig die Lippen abzuwischen und dem Kerl auf diese Weise deutlich zu verstehen zu geben, wie entsetzlich dieser Kuss für sie gewesen war. Aber sie hatte den vermaledeiten Ring vergessen, der mit einem lauten Klirren gegen ihre Schneidezähne schlug.

Eine dunkle Röte schoss ihr ins Gesicht, und sie starrte den Earl aus zusammengekniffenen Augen an. »S-Sie sind einfach ein schlechter Mensch. Und mit Ihnen habe ich heute Abend auch noch Mitgefühl gehabt.«

»Das durchaus nicht unbegründet war. Schließlich bin ich ebenso ein Opfer der Umstände wie Sie.«

»Das stimmt. Aber auch wenn alle anderen denken, wir wären verlobt, sind wir es in Wahrheit nicht. Deshalb … hören Sie gefälligst auf, sich irgendwelche Freiheiten herauszunehmen, ja?«

»Der Kuss war einfach köstlich. Geben Sie es zu.«

»Ich gebe gar nichts zu. Außerdem haben Sie mich heute Abend schon einmal geküsst. Also war es jetzt ja wohl kaum eine neue Erfahrung für Sie.«

Abermals lachte MacLaren leise auf. »Sie irren, meine Liebe, denn natürlich war es das. Schließlich waren wir bei unserem ersten Kuss noch nicht *verlobt.*«

Kapitel fünf

Wie man ein Ausbeinmesser benutzt

Es wurde beinahe schon hell, als Sir Lumley Lilywhite vor Anstrengung keuchend hinter Elizabeth und Anne das prachtvolle Haus ihrer Mentorin am Cavendish Square in Marylebone betrat.

Anne war geistig und körperlich erschöpft, jedoch anscheinend nicht so sehr wie Lady Upperton. Wie es schien, hatte die alte Dame, statt ins Bett zu gehen, die ganze Nacht darauf gewartet, dass endlich der Kurier mit Lilywhites Bericht von dem Fest bei den MacLarens kam.

Ihre blassblauen Augen waren rot geädert, und blinzelnd sah sie von dem kleinen Sofa auf, auf dem sie bei der Ankunft des Trios saß.

Da eine lästige Erkältung ihre Bronchien plagte, trug sie trotz des erwarteten Besuchs eines Gentlemans einen Morgenmantel aus zerknittertem Brokat, hatte eine bestickte Schlafhaube auf dem gelockten weißen Haar, und ihre kleinen Füße baumelten in winzigen Satinpantoffeln mehrere Zentimeter über dem Boden und strampelten vor Aufregung, als sie die Royle'schen Schwestern näher kommen sah.

»Seid ihr vollkommen verrückt geworden?«,

kreischte sie, als Lilywhite die beiden jungen Frauen brüsk in Richtung Sofa schob. »Anne, es heißt, du wärst mit ihm *verlobt!* Oje.« Sie hob einen Finger in die Luft, kniff die Augen zu, hielt sich ein Taschentuch unter die rote Nase, da sie einen Niesanfall befürchtete, und stieß mit erstickter Stimme aus: »Einen Moment, bitte.«

Anne warf einen Blick auf Lilywhite, Lady Upperton jedoch fuchtelte mit ihrem spitzengesäumten Leinentüchlein vor ihrem Gesicht herum.

»Himmel, wie es aussieht, sprechen sich gute Nachrichten in London schnell herum.« Anne sah ihre Schwester an. »Nicht wahr, Elizabeth?«

»Das ist keine wirklich gute Nachricht, Anne«, schalt diese. »Aber zugegeben, er ist wirklich attraktiv. Hast du jemals Augen in der Farbe gesehen? Sie sehen aus wie zwei Saphire.«

»Bitte sprich nicht von Saphiren, Elizabeth.« Anne blickte auf den Ring, der immer noch an ihrem Finger saß.

Nachdem die Niesattacke offenkundig abgewendet war, schlug Lady Upperton die Augen wieder auf. »Die Verlobung ist tatsächlich *keine* gute Nachricht. Ganz im Gegenteil.« Sie legte ihr Taschentuch in ihren Schoß und nahm eine zerbrechliche blau-weiße Tasse von dem überdimensionalen Tisch, der vor dem Sofa stand. »Lilywhite, seien Sie doch bitte so gut und lassen die Herren wissen, dass die Mädchen angekommen sind.«

Lilywhite nickte und ging durch die Bibliothek bis zu dem von Säulen gerahmten Regal neben dem kalten Kamin. Obwohl Anne und Elizabeth das Wunder bereits mehrfach beobachtet hatten, rissen sie auch jetzt beeindruckt die Augen auf, als er seine plumpe Hand auf das geschnitzte Bildnis des Gesichts einer Göttin auf einer der Säulen legte und die spitze Nase mühelos zusammenzudrücken schien.

Einen Moment später hörten sie ein leises Klicken und das Quietschen von Scharnieren, und dann schwang die untere Hälfte des Regals zur Seite und enthüllte den dahinter verborgenen geheimen Gang. Der kräftige ältere Herr verlagerte sein beachtliches Gewicht von einem Bein aufs andere, watschelte durch die dunkle Öffnung und verschwand in dem Gang.

»Liebe Lady Upperton, wenn Sie es mir gestatten, werde ich Ihnen alles zu Ihrer Zufriedenheit erklären.« Anne schloss die Lücke zwischen sich und der winzigen älteren Frau und setzte sich zu ihr auf die schmale Couch.

»Liebes Kind«, gab Lady Upperton zurück. »Du bist ein intelligentes, einfallsreiches Mädchen, aber ich kann mir nicht vorstellen, was für eine Folge von Ereignissen dich dazu bewogen haben kann, eine derart absurde Behauptung aufzustellen wie die, dass du Lord MacLarens Verlobte bist.«

»Ich hatte keine andere Wahl.« Anne drückte die beinah kindlich kleine Hand ihrer Mentorin und zerknitterte dabei die durchscheinende Haut, als wäre sie aus dünnem Stoff gemacht. »Er hat mich in seinem Schlafzimmer erwischt, ich habe vor Schreck geschrien, und die Countess – nein, alle Gäste, die zu dieser Zeit noch auf der Feier waren – haben uns in einer höchst kompromittierenden Lage überrascht. Sie müssen doch wissen, wie sehr ich es verabscheue, im Mittelpunkt zu stehen. Wie schwer es für mich war, den abwertenden Blicken der Mitglieder der besseren Gesellschaft ausgeliefert und gezwungen gewesen zu sein, mich mithilfe einer Lüge aus der misslichen Lage zu befreien.«

»Aber Anne, einfach zu behaupten, du wärst mit dem Earl verlobt! Statt Aufheben zu vermeiden, liebes Kind, hast du dadurch alles noch schlimmer gemacht. Dadurch hast du das Interesse der Leute an dir noch um ein Vielfaches verstärkt.«

»Ich habe diese Lüge nicht gewählt. Der Freund des Earls, Lord Apsley, hat sich die *Verlobung* als Begründung dafür ausgedacht, dass ich ganz allein mit seiner Lordschaft war. Ich hatte in dem Augenblick gar keine andere Wahl, als mich der Erklärung anzuschließen, die er angeboten hat.«

Als das Klackern eines Stocks an ihre Ohren drang, drehte Anne den Kopf. Zwei große, elegant gekleidete ältere Herren traten durch die geheime Verbindungstür zwischen dem Heim von Lady Upperton und dem nebenan gelegenen Herrenklub der alten Wüstlinge von Marylebone. Sir Lumley, der sich nicht mehr ganz so schnell bewegen konnte, bildete den Schluss des Trupps, einen Moment später jedoch hatte sich auch er wieder zu den Damen in der Bibliothek gesellt.

»Lilywhite, was sind Sie für ein Narr. Wie konnten Sie dem Mädchen nur erlauben, so etwas zu behaupten?« Lord Lotharian, der selbst ernannte König dieses Kaders, blickte zwischen Lilywhite und dessen Schützling hin und her und schüttelte unglücklich den Kopf.

Anne hob hilflos beide Arme und erklärte noch einmal: »Ich sage Ihnen, ich hatte ganz einfach keine andere Wahl.«

»Nun, sie hätte es schlimmer treffen können – selbst wenn man bedenkt, was für einen Ruf als Herzensbrecher der gute MacLaren hat. Schließlich gibt es hier in London nur eine begrenzte Zahl noch ungebundener Earls.« Lord Gallantine, dessen kastanienfarbene Perücke wie so oft leicht schief auf seinem kahlen Schädel saß, legte eine Hand auf Lotharians Schulter und schränkte kopfschüttelnd ein: »Trotzdem gebe ich dem Mann hier recht. Schließlich hätte der Earl die Verlobung auch einfach leugnen und erklären können, Sie wären eine kleine Diebin, die sich einfach bei ihm eingeschlichen hat.«

»Ja, das hätte er, aber er hat nichts gesagt, als Apsley mit der tolldreisten Behauptung, wir wären verlobt, vor die Menge getreten ist. Er hat einfach nichts dazu gesagt. Und in dem Moment wurde mir klar, dass die angebliche Verlobung die einzige Hoffnung für mich war, meinem Ruin – oder meiner Verhaftung – aus dem Weg zu gehen.«

»Sie ist wirklich ungeheuer clever«, stellte Lord Lotharian leise lachend fest. »Vielleicht sollte ich ihr zeigen, wie man Pikett spielt?«

»Das werden Sie bestimmt nicht tun, Lotharian«, erklärte Lady Upperton und lenkte ihren kühlen Blick von den Herren zurück auf Anne. »Hast du wenigstens die Briefe ausfindig gemacht?«

»Nein. Dieser Schuft von Earl hat mich in dem Moment erwischt, als ich den Vorhang aufgezogen habe, damit etwas Licht ins Zimmer fiel.«

»Und was für einen Grund hast du dafür genannt, dass du dich in sein Schlafzimmer geschlichen hast?« Die ältere Frau spitzte die Lippen und zog fragend eine ihrer weißen Brauen hoch. »Was auch immer du gesagt hast, muss ihn überzeugt haben, denn schließlich bist du hier und nicht auf einer Polizeistation.«

»Ich konnte ihm gar nichts erklären, bevor –« Anne riss die Augen auf und atmete tief durch.

Elizabeth kniete sich eilig vor das Sofa und legte ihr tröstend die Hand aufs Knie. »Bevor was? Schon gut. Uns kannst du es sagen. Ganz egal was er getan hat … wir sind für dich da. Und das werden wir auch weiter sein – ganz gleich was auch geschehen ist.«

»W-was? Oh grundgütiger Himmel! Nein.« Anne schob die Hand der Schwester fort. »Als er auf mich zukam, ist er dabei zufällig auf den Rand einer der Holzdielen getreten. Einer ganz bestimmten Holzdiele, die sich plötzlich geöffnet hat!«

Ihre Mentorin rang nach Luft und warf sich eine ihrer rundlichen Hände vor den Mund. »Er hat es nicht bemerkt?«

Anne schüttelte bereits den Kopf. »Nein. Ich bin auf der anderen Seite auf das Brett getreten, habe mich gegen ihn geworfen und so getan, als würde ich ohnmächtig.«

»Sie haben recht, Lotharian. Sie ist wirklich unglaublich gewitzt.« Lilywhite sah Anne mit einem breiten Lächeln an. »Ihr Vater wäre furchtbar stolz auf Sie gewesen, Miss Anne.«

Elizabeth hingegen runzelte die Stirn. »Und was ist mit den Briefen? Hast du sie gesehen? Liegen sie noch dort unter der Holzdiele?«

Anne verzog unglücklich das Gesicht. »Ich wünschte, ich wüsste es. Aber ich hatte keine Zeit, um nachzusehen. Ich hatte keine Zeit für irgendwas. Das Nächste, was ich mitbekommen habe, war, dass sämtliche Gäste in das Zimmer drängten und ich zu der größten Lüge meines Lebens gezwungen war.«

»Oh Täubchen, vielleicht ist die Situation ja doch gar nicht so schlimm, wie wir bisher angenommen haben.« Wahrscheinlich aufgrund ihrer Bronchitis stieß die gute Lady Upperton ein leises Schniefen aus und zog Anne an ihre Brust. »Wenn wir erst die Briefe haben, kannst du die Verlobung einfach wieder lösen, und dann wird es so sein, als wäre nie etwas geschehen.«

Anne machte sich müde von ihr los. »Genau das dachte ich auch. Aber als ich heute Abend … nein, es ist schon beinahe Morgen … also, als ich *gestern* Abend mit dem Earl gesprochen habe, musste ich erkennen, dass ich diesen direkten Weg nicht gehen kann. Es sieht also ganz so aus, als müsste ich es noch etwas ertragen, derart im Mittelpunkt zu stehen.«

Lilywhite ließ seine alten Knochen matt in seinen Sessel sinken und stieß auch noch ein leises Stöhnen aus. »MacLaren hat ihr rundheraus erklärt, dass er es nicht duldet, dass sie die Verlobung einfach wieder löst. Er hat gesagt, er lasse es nicht zu, dass seine Mutter abermals derart erniedrigt wird. Wobei es ihm wahrscheinlich mehr um seine eigene Schande geht, nun, da die Verantwortung für die Familie auf ihn übergegangen ist und er vielleicht auch noch einen Sitz im Oberhaus bekommt.«

Lord Lotharian fuhr aufgeregt mit einem dünnen Finger durch die Luft. »Aber nicht seine geliebte Mutter, sondern unser armes Mädchen ist das wahre Opfer des Skandals. Schließlich hat MacLarens schurkenhafter Vater den Beweis für Annes königliche Abstammung gestohlen und versteckt. Sie hat nichts Unrechtes getan, indem sie versucht hat, den Beweis an sich zu bringen. Das ist schließlich ihr angeborenes Recht.«

»Nein, Mylord.« Anne stand langsam auf. »Es war

ein Verbrechen, in sein Schlafzimmer zu schleichen, um einen Stapel geheimer Briefe des Prince of Wales an Maria Fitzherbert zu stehlen, egal was durch sie vielleicht bewiesen wird. Dafür hätte mich MacLaren ins Gefängnis werfen lassen können! Stattdessen hat er mich, auch wenn das unglaublich ist, vor dieser Schmach bewahrt.«

»Ich bin sicher, dass das keine Absicht war. Er war einfach betrunken«, stellte ihre Schwester sachlich fest. »Einfach zu beduselt, um auf das zu reagieren, was vorhin geschehen ist. Das Wort Ehre kam ihm dabei ganz bestimmt nicht in den Sinn.«

»Trotzdem ist mein Name jetzt mit dem des Earls verbunden, ob wir wollen oder nicht.« Anne hob ihre linke Hand und hielt sie Lady Upperton vor das Gesicht. »Das ist der Ring seiner Großmutter. Seine Mutter hat gesagt, dass ich als seine Verlobte ihn von jetzt an tragen soll.«

Die alte Frau nahm ihre Hand und sah sich den Ring genauer an. »Mein liebes Kind, den kannst du unmöglich behalten.«

»Das sehe ich genauso, aber ich bekomme weder ihn noch den verflixten Handschuh wieder ab.« Anne stieß einen Seufzer aus, zog erneut mit ihrer freien Hand an dem vermaledeiten Ring und bedachte die alten Wüstlinge mit einem vorwurfsvollen Blick. »Ich hätte mir denken sollen, dass ich auf die eine oder andere Art in Fesseln enden würde, als Sie mich gebeten haben, die Briefe aus dem Schlafzimmer des Earls zu stehlen.«

»Ich kann nur noch einmal wiederholen, dass es meiner Meinung nach nicht wirklich tragisch ist, wenn Sie einen Earl zum Mann bekommen«, widersprach Gallantine ihr.

»Das steht gar nicht zur Diskussion. Schließlich ist diese Verlobung nur gespielt.« Anne stieß einen frustrierten Seufzer aus. »Sie tun gerade so, als wollte dieser Mann mich wirklich heiraten. Doch das will er nicht. Und auch ich verspüre nicht den Wunsch, mit ihm den Bund fürs Leben einzugehen. Bitte, lassen Sie uns nicht mehr davon sprechen. Ich will nur diesen Ring von meinem Finger kriegen. Und zwar jetzt sofort.«

»Oh Schwester, sei doch nicht so theatralisch«, bat Elizabeth, nahm Annes Hand und zerrte selber an dem Ring herum.

»Er geht einfach nicht ab.« Anne riss ihre Hand zurück. »Wenn du so daran herumdrehst, wird davon höchstens mein Knöchel dick.«

»Ich kriege ihn ganz sicher ab«, gab Elizabeth zurück. »Wenn wir wieder zu Hause sind, schneiden wir ihn einfach mit Mrs Polkshanks Ausbeinmesser durch, und schon ist das Problem gelöst.«

»Meinen Finger oder den Ring?« Anne sah ihre Schwester aus zusammengekniffenen Augen an. »Das ist völlig ausgeschlossen. So leicht setze ich mein Leben nicht aufs Spiel, Elizabeth.«

»Weder noch, du dumme Gans. Wir schneiden einfach den blöden *Handschuh* durch.«

Lilywhite räusperte sich leise. »Egal wie wir das Problem mit der Verlobung lösen wollen, wir sollten es möglichst auf der Stelle tun. Denn MacLaren hat die gute Anne und mich darüber informiert, dass er vorhat, bereits heute Abend bei ihr vorzusprechen, um zu sehen, wie sich die Sache richtigstellen lässt.«

»Dann drängt also die Zeit.« Lotharian klatschte vernehmlich in die Hände, und alle wandten sich ihm zu. »Lady Upperton, würden Sie es übernehmen, sich ein angemessenes Ende für Annes Verlobung mit MacLaren auszudenken?«

Ohne auch nur die Antwort der alten Dame abzuwarten, wandte er sich an Elizabeth und sah sie mit blitzenden Augen an. »Wenn ich mich recht entsinne, meine Liebe, hat Ihre Köchin, Mrs Polkshank, das einmalige Talent, den Dienstboten anderer Leute alle gewünschten Informationen zu entlocken. Würden Sie sie also bitten herauszufinden, ob das Personal im Stadthaus der MacLarens heute Abend freibekommen wird? Nach großen Festen soll Lady MacLaren oft so großzügig zu ihren Angestellten sein.«

Elizabeth nickte verständnislos.

»Lord Lotharian, weshalb ist es für Sie von Interesse, was die Bediensteten der MacLarens heute Abend tun?« Anne konnte ihren Argwohn nicht verbergen. »Sie führen irgendwas im Schilde, stimmt's? Das sehe ich Ihnen überdeutlich an.«

»Das sehen Sie mir an?« Lotharian lachte fröhlich auf.

»Falls es darum geht …« Anne kniff die Augen zusammen, als ihr plötzlich dämmerte, worum es dem alten Herrn möglicherweise ging. »*Oh nein.* Ich werde dieses Schlafzimmer nicht noch einmal betreten. Das werde ich nicht tun.«

»Mein liebes Kind, das würden wir niemals von Ihnen erwarten.« Lord Lotharian streckte einen seiner langen Arme aus, tätschelte ihr begütigend die Schulter und sah sie mit einem breiten Lächeln an. »Keine Angst.«

Gerade als sich ihre angespannten Muskeln wieder lockern wollten, merkte Anne, dass er verstohlen zwinkerte und dass ein kurzes, beinahe unmerkliches Grinsen Gallantines schmale Lippen nach oben zog.

Sie erschauderte.

Oh Gott. Was hatten diese Kerle jetzt schon wieder vor?

Halb zehn abends

Die vom Regen feuchte Abendluft hätte beinahe als mild bezeichnet werden können, und Laird fühlte sich pudelwohl, als er in seinem pflaumenblauen Kaschmirmantel durch die Straßen lief. Es war nicht zu kalt und nicht zu warm, und er empfand es als erfrischend, den Weg von der Cockspur Street zum Berkeley Square zu Fuß zu gehen.

Und vor allem hatte Apsley diesen Marsch verdient,

denn schließlich hatte er ihm den Schlamassel eingebrockt.

»Könntest du vielleicht ein bisschen schneller gehen, du hohlköpfiger Narr?«

»Ich bin nicht alleine schuld an diesem Durcheinander«, schnauzte Apsley schlecht gelaunt. »Du hättest eben nicht behaupten dürfen, dass ich es nicht schaffe, dich zu einer Verlobung zu bringen.«

Laird antwortete nicht.

»Und was hat dieses Mädchen überhaupt in deinem Schlafzimmer gemacht? Weißt du, ich könnte mir denken, dass sie mitbekommen hat, wie völlig wehrlos du warst, und deshalb zu dem Schluss gekommen ist, dass sie dich problemlos in die Falle locken kann.«

»Halt die Klappe, Apsley.«

»Ich habe gehört, dass Lilywhite, einer der alten Wüstlinge von Marylebone, ihr Vormund ist. Ein ziemlich wilder Haufen – glaubst du, dass sie mir erlauben werden, dem Klub beizutreten, wenn ich älter bin? Aber wie dem auch sei, es würde mich nicht überraschen, wenn er hinter dieser ganzen Sache steckt. Wie ich gehört habe, haben sie die älteste Schwester mit einem Herzog verheiratet. Weshalb also die zweite nicht mit einem Earl?« Apsley war es nicht gewohnt, zu Fuß zu gehen, und so rang er vor Anstrengung nach Luft. »Wirklich, MacLaren, ich hätte meinen Landauer oder eine Droschke bestellen können, statt halb London auf zwei Beinen zu durchqueren.«

»Auch wenn du es vielleicht nicht willst, wirst du mir auf alle Fälle helfen, dieses Chaos, das du angerichtet hast, schadlos zu überstehen.« Er brachte es nicht über sich, Apsley auch nur anzusehen. »Und hör endlich auf zu jammern. Wir laufen zum Berkeley Square.«

»Das ist mir bereits aufgefallen.« Apsley ließ sich deutlich anmerken, wie anstrengend und wenig amüsant er diesen Fußmarsch fand. »Verdammt, hätte ich die halbe Stadt zu Fuß durchqueren sollen, wäre ich als Kohlenträger auf die Welt gekommen … nicht als zukünftiger Earl.«

»Ein Spaziergang wird dich in Form bringen.« Selbst als Apsley sich bemühte, mit ihm Schritt zu halten, sah Laird weiter geradeaus.

»Meine Form ist ausgezeichnet. Das sagen alle Frauen.«

»Davon bin ich überzeugt. Zumindest, bis du deinen Frack, die Weste und das Hemd ablegst und dein Korsett zu sehen ist.«

»Kein Grund, gemein zu werden.« Apsley blieb stehen. »Außerdem tragen die meisten Männer ein Korsett, denn das macht schließlich einen herrlich flachen Bauch.«

Laird beschleunigte sein Tempo noch. »Männer in einem bestimmten Alter«, murmelte er gerade laut genug, dass Apsley ihn verstand.

»Weil nicht jeder von uns mit einer Figur wie Michelangelos *David* gesegnet ist.« Übellaunig setzte sich auch Apsley wieder in Bewegung und trottete neben dem Earl den Bürgersteig hinab.

»Großer Gott, man kann wohl kaum behaupten, dass der arme Kerl gesegnet war.«

»Verzeih mir, Mac. Ich mache es auf alle Fälle wieder gut.«

»Davon bin ich überzeugt. Und ich habe auch schon einen Plan.«

»Du weißt, dass ich dir helfen werde. Ich schwöre dir, ich werde alles tun, was du von mir verlangst.« Apsley packte Laird am Ärmel seines Mantels und zwang ihn, sich zu ihm umzudrehen. »Aber woher weißt du, dass *sie* tun wird, was du sagst?«

»*Sie* hat einen Namen. *Sie* heißt Miss Anne Royle.«

Apsley kratzte sich nachdenklich an der Schläfe. »Warum nur kommt mir dieser Name so bekannt vor?«

»Weil sie, verdammt noch mal, meine Verlobte ist.«

»Oh, richtig.« Apsley passte seine Schritte abermals an die des Freundes an. »Würdest du mir jetzt, da ich mich mehr oder weniger bei dir entschuldigt habe, vielleicht endlich erklären, warum wir nicht mit deiner Kutsche fahren? Schließlich fährt sie uns schon hinterher, seit wir bei dir zu Hause aufgebrochen sind.«

Laird schüttelte Apsleys Hand von seinem Arm und marschierte weiter. »Sie wird für etwas anderes gebraucht.«

»Dafür, uns zu verfolgen?« Apsley musste sich beeilen, denn sonst hätte Laird ihn abgehängt.

»Sie transportiert etwas für mich.«

»Und was? Was kann derart wichtig sein, dass ich den ganzen Weg zum Berkeley Square zu Fuß gehen muss?«

»Ein Geschenk für meine *Verlobte*«, klärte Laird ihn grinsend auf, bevor er ihm kraftvoll auf den Rücken schlug. »Es ist höchstens noch eine Meile. Lauf also endlich ein bisschen schneller, Mann.«

Berkeley Square

Die Damen saßen im Salon und warteten darauf, dass Lord MacLaren endlich kam.

Er hatte sich nicht die Mühe gemacht, sie mit einer Karte darüber zu informieren, wann mit seinem Besuch zu rechnen war. Das hätte darauf hingewiesen, dass er wohlerzogen war, und das war er natürlich nicht. Also warteten die Frauen.

Und zwar bereits seit Stunden. Endlos langer, langweiliger Stunden, während derer Anne sich ausmalte, wie schrecklich dieser Abend vielleicht für sie enden würde, weshalb sie unruhig durch das Zimmer lief.

Tante Prudence schlief gewohnheitsmäßig in dem großen Ohrensessel neben dem Kamin, hielt aber noch immer ihr Likörglas in der welken Hand.

Vorsichtig nahm Cherie, ihre kleine, stumme Dienerin, das Glas, stellte es auf das Tablett aus altem

Sterlingsilber, das der grauhaarige Butler der Familie in den Händen hielt, und trat mit ihm gemeinsam wieder in den Flur hinaus.

»Inzwischen hätte uns Lotharian längst eine Nachricht schicken müssen.« Lady Upperton schob eine Hand hinter den Vorhang, zog ihn einen Spaltbreit auf und spähte durch das Fenster auf die Straße und den Platz.

Anne hatte ihre Ellbogen auf dem Kaminsims abgestützt. Sie nahm in dem goldgerahmten Spiegel, der darüber hing, eine Bewegung wahr, drehte sich um und blickte auf Elizabeth, die zusammen mit der ehemaligen Schankmagd und jetzigen Köchin ihres Haushalts, Mrs Polkshank, den Salon betrat.

»Sind Sie sich ganz sicher, Mrs Polkshank?«, drang die Stimme ihrer Schwester an ihr Ohr.

»Oh ja.« Als die Köchin nickte, wackelten ihr Doppelkinn und ihre voluminöse Brust. »Lady MacLaren hat allen Angestellten heute freigegeben. Und zwar nich' nur den Dienstleuten, sondern allen andern auch. Vom Butler bis runter zur Zofe, dem dummen jungen Hüpfer.«

Lady Upperton zog ihre Nase aus dem Vorhangstoff und sah die Köchin fragend an. »Und Lord Lotharian weiß Bescheid – da sind Sie sich ganz sicher?«

»So sicher, wie's nur geht. Hab ihm die Nachricht schließlich selber gebracht.«

»Sie?« Anne hatte das vorlaute Weib noch nie gemocht und wusste, dass auch sie nicht unbedingt der Liebling ihrer Köchin war. Mrs Polkshank hatte immer Mary vorgezogen, die sparsame Älteste der Royle'schen Drillinge. Aber schließlich hatte Mary sie auch – ohne Referenzen – angeheuert und sie gut dafür bezahlt, dass sie lüsternen Pagen, deren Hirne offenbar in ihren Hosen steckten, Gästelisten zu den Festen ihrer ehrenwerten Herrschaft entlockte.

Und jetzt erwartete die ungehobelte Person Geld für alles, was sie für sie tat. Wobei sie für jeden … Sonderdienst auch noch jedes Mal den Preis verdoppelte.

Mrs Polkshank blickte Anne mit einem selbstbewussten Lächeln an. »Jawohl, ich. Und als echter Gentleman, wie er einer is', hat er mich in der Bibliothek zum Tee eingeladen. Is' ihm völlig schnurz gewesen, dass ich nur 'ne kleine Köchin bin. Er hat 'nen Blick für echte Frauen, und wir ham 'ne Stunde geredet, wie wenn ich 'ne echte Lady gewesen wär.«

Lady Upperton hob eine Hand an ihre leuchtend rot bemalten Lippen, um ein leichtes Lächeln zu verbergen, und wandte sich abrupt wieder dem Fenster zu.

»Oje!« Sie machte einen Satz zurück und fuhr auf den sehr hohen Absätzen ihrer Satinpantoffeln zu den anderen herum. »Ich habe die Kutsche gar nicht kommen hören. Gütiger Himmel, er ist da, und er hat auch noch Lord Apsley mitgebracht!«

Der Schlag des Messingklopfers an der Haustür hallte laut wie ein Pistolenschuss durch das gesamte Haus.

Elizabeth stürzte durch den Salon, packte Anne am Arm, drückte sie auf die Couch und setzte sich neben sie. »Mrs Polkshank, bringen Sie uns bitte eine Kanne Tee.«

»Nein, nein. Lieber Rumpunsch.« Lady Upperton warf sich mit weit aufgerissenen blauen Augen in den zweiten Sessel neben dem Kamin, der dem von Tante Prudence gegenüberstand.

»Warten Sie!«, rief Anne der Köchin leise hinterher. »Brandy. Den haben sie zumindest gestern Abend getrunken.«

»Sie ham recht, Miss Anne. Männer trinken immer gerne 'nen Brandy, das weiß keine besser als ich.« Mrs Polkshank schlug sich stolz gegen die Brust und watschelte eilig aus dem Raum.

Tante Prudence schlief noch immer wie ein Murmeltier. Nicht einmal ihre Lider flatterten, ihr Atem ging weiterhin gleichmäßig und ruhig, und das einförmige, leise Schnauben, das beim Ausatmen aus ihrer langen Nase drang, bezeugte, dass sie von dem ganzen Durcheinander völlig unberührt blieb.

Einen Moment später trat der Butler MacTavish mit den beiden Herren durch die Tür und sah die vier Frauen nacheinander an.

Es war deutlich zu erkennen, dass der ständig schlecht gelaunte Schotte, der von ihrer knauserigen Schwester Mary – ebenfalls ohne Empfehlungsschreiben – angeheuert worden war, keine Ahnung hatte, welche der Damen er zuerst ansprechen sollte, und zu

Annes Entsetzen formte er mit seinem Mund ein lautloses *Verdammt.*

»Meine Damen«, fand er schließlich einen Kompromiss. »Der Earl of MacLaren und Viscount Apsley.«

Sofort erhoben sich die Frauen mit Ausnahme von Tante Prudence, die noch immer schlief, von ihren Plätzen.

Verflixt und zugenäht.

Laird hob sein Glas an seinen Mund und trank den Rest seines Brandys aus. Er und Apsley hatten jetzt seit beinahe einer halben Stunde Höflichkeiten mit den Frauen ausgetauscht, und nicht einmal hatte Lady Upperton, Miss Royles Mentorin, ihnen wenigstens den Rücken zugewandt.

Es war allerhöchste Zeit, dieser Farce ein Ende zu bereiten. Alle hier im Zimmer wussten, dass diese Verlobung nur eine Scharade war. Er musste also endlich etwas tun.

»Miss Royle«, platzte es ein wenig lauter als beabsichtigt aus ihm heraus. »Wenn ich vielleicht kurz allein mit Ihnen sprechen dürfte …«

Sofort schob sich Lady Upperton vor ihren jungen Schützling, doch bevor sie protestieren konnte, griff er über sie hinweg und zog Anne an ihr vorbei, bis sie an seiner Seite stand. »Bitte.«

Auch Elizabeth trat einen Schritt nach vorn, Anne aber winkte müde ab. »Schon gut. Wirklich.« Dann blickte sie Laird aus ihren erstaunlichen goldenen Augen an, und während mehrerer Sekunden war sein Hirn wie leer gefegt.

»Hier entlang, Mylord.« Sie führte ihn aus dem Salon, doch bevor sie einen anderen Raum betreten konnte, hielt er sie zurück.

»Ich habe einen Plan«, erklärte er und setzte eine möglichst zuversichtliche Miene auf, die ihr vermitteln sollte, dass sie nichts zu befürchten hatte. »Einen Plan, von dem wir beide profitieren werden, wie ich Ihnen versichern kann.«

Anne sah ihn mit einem Lächeln – einem echten Lächeln – an und atmete erleichtert auf. »Oh, dem Himmel sei Dank, Sie haben es eingesehen.«

»Was habe ich eingesehen?«

»Dass es das Beste ist, wenn ich diese Verlobung wieder löse.«

»Oh, das. Ja, das habe ich eingesehen.«

Sie ließ ihre schmalen Schultern sinken und entspannte sich. »Sie können sich gar nicht vorstellen, wie erleichtert ich darüber bin.«

Laird legte einen Finger an ihre Lippen, damit sie nicht weitersprach. »Nur geht das nicht sofort.«

Sie packte seine Hand und zog seinen Finger fort. »Oh. Und wann dann? Vielleicht am Freitag? Die *Times* kommt immer samstags raus, und wenn die Gesellschaftskolumnisten über die Geschichte unserer kurzlebigen Verlobung schreiben können, werden sie begeistert sein.«

»Am Ende der Saison. Bis dahin dürfte genügend

Zeit verstrichen sein, um niemanden mehr wirklich zu interessieren.«

»Am Ende der Saison?« Zwei rosige Flecken bildeten sich auf ihren schmalen Wangen, und genauso plötzlich drückte ihre Miene heißen Ärger aus. »Das geht auf keinen Fall, Mylord. Denn, was meinen Sie, wie viele Jahre mir noch bleiben, bis ich als sitzengebliebene Jungfer gelte, die zu alt für eine Heirat ist?«

Laird zuckte mit den Schultern, denn er wusste, ganz egal was für eine Zahl er nennen würde, wäre seine Antwort grundverkehrt.

»Nun, Mylord, ich will es Ihnen sagen. Ich darf keine einzige Saison derart vergeuden! Keine einzige. Denn die Chance, eine gute Partie zu machen, nimmt beständig ab.« Sie griff in die Tasche ihres Rocks, zog den Verlobungsring daraus hervor und drückte ihn ihm in die Hand.

Er aber packte wenig sanft ihr Handgelenk und steckte ihr den Ring entschlossen wieder an. »Ich bitte um Verzeihung, falls dadurch Ihre Jagd auf einen Ehemann in diesem Jahr verhindert wird, nur fürchte ich, Sie haben einfach keine andere Wahl, Miss Royle.«

»Sie sind wirklich unglaublich arrogant. Natürlich habe ich eine andere Wahl. Und ich mache dieses Spiel bestimmt nicht länger mit.« Trotzig reckte sie das Kinn.

»Oh doch, das werden Sie.« Er legte eine Hand um ihre schlanke Taille und schob sie den Flur entlang.

»Kommen Sie, meine Liebe. Ich möchte Ihnen etwas zeigen, was Sie sicher überzeugt.«

Obwohl sie ihm brav folgte, setzte sie sich gegen seinen festen Griff zur Wehr.

Laird riss die Haustür auf und zeigte auf das prächtige Gefährt, das auf der Straße stand. »Überzeugen Sie sich selbst.«

Mit einer kurzen Handbewegung wies er seinen Pagen an, die Tür des Wagens zu öffnen, worauf dieser eilig an die Kutsche trat.

»Nichts, was Sie möglicherweise in der Kutsche haben, wird mich dazu bringen, es mir noch einmal zu überlegen, Sie brutaler Kerl!«, schnauzte sie ihn an, während sie in Richtung Straße sah.

In dem Augenblick jedoch, in dem die Tür geöffnet wurde und das Licht einer Laterne in das Innere der Kutsche fiel, erstarrte sie vor Schreck.

Die Zornesröte wich aus ihren Wangen, und sie wurde kreidebleich.

»Ausgenommen *das.*«

Kapitel sechs

Wie man Spinnen fängt

Anne starrte ungläubig auf das Trio alter Herren, das in der Kutsche saß. Die ihr wohlbekannten Männer, die von einem muskulösen Kerl mit einem Stock in Schach gehalten wurden, waren von Kopf bis Fuß in Schwarz gekleidet, und saßen, sorgfältig gefesselt, wie die sprichwörtlichen Hühner auf der Stange auf einer der gepolsterten Bänke des Gefährts.

Der Earl ließ seine Verlobte los. »Also sind wir uns einig, Miss Royle? Werden Sie mir bis Ende der Saison behilflich sein? Ich glaube, danach brauche ich Sie nicht mehr.«

Anne wandte sich von der Kutsche ab und bedachte Laird mit einem bitterbösen Blick. »Ich weiß nicht, was all das zu bedeuten hat, aber Sie bilden sich offensichtlich ein, dass ich aus irgendeinem Grund im Nachteil bin und mir deshalb nichts anderes übrig bleibt, als mich Ihrem Diktat zu unterwerfen.«

»Da haben Sie vollkommen recht.« Er räusperte sich leise und fügte hinzu: »Allerdings können Sie zwischen zwei Möglichkeiten wählen.«

»Das ist natürlich wirklich großzügig.« Anne verschränkte die Arme vor der Brust.

»Wir können hier draußen stehen bleiben, während ich Ihnen erkläre, weshalb Ihr Vormund und die Vormunde Ihrer Schwestern auf dem Weg zu einer Vernehmung sind. Aber das kann ein wenig dauern, und wer weiß, was in dieser Zeit passiert.« Er sah sich vielsagend nach Ohrenzeugen ihrer Unterhaltung um.

»Und was wäre die Alternative?«, stieß Anne wutschnaubend aus.

»Sie müssen sich einfach nur bereit erklären, sich bis zum Ende der Saison als meine Verlobte auszugeben, und schon werden die alten Wüstlinge auf freien Fuß gesetzt. Wenn Sie sich für diese Möglichkeit entscheiden, kehren wir alle zusammen ins Haus zurück und unterhalten uns in aller Ruhe darüber, wie weiter vorzugehen ist.«

»Grundgütiger Himmel«, rief Anne dem Kerl mit dem Knüppel zu. »Legen Sie den Stock zur Seite und lassen Sie die Männer gehen.« Dann wandte sie sich abermals erbost an Laird. »Können wir jetzt vielleicht endlich wieder reingehen?«

Der Earl legte eine Hand hinter sein Ohr. »Verzeihung, aber bisher habe ich nicht gehört, dass Sie –«

»Ich bin einverstanden – ich bin *einverstanden*. Ich werde tun, was Sie von mir verlangen.« Anne blickte sich um, um sich davon zu überzeugen, dass es keinen Zeugen dieser Unterhaltung gab. »Bitte, Mylord, lassen Sie uns reingehen.«

»Gerne, meine Liebe.« Grinsend winkte der Earl dem Mann in der Kutsche zu. »Binden Sie sie los.«

Lord Lotharian verrieb die Salbe, die Cherie auf seine Handgelenke aufgetragen hatte, auf der von den Fesseln aufgerauten Haut, und schüttelte schlecht gelaunt den Kopf. »Dass man uns erwischt hat, war allein die Schuld von Gallantine. Ich wollte mich gerade durch das Fenster des Schlafzimmers abseilen, als er plötzlich an mir vorbeigeschwungen ist und sich unsere Seile verheddert haben wie ein verdammtes Spinnennetz!«

»Glauben Sie etwa, das hätte ich absichtlich gemacht? Es lag einfach daran, dass der dumme Lilywhite mein Seil viel zu schnell losgelassen hat. Wenn ich mich nicht an Ihnen festgeklammert hätte, wäre ich abgestürzt und hätte mir sämtliche Knochen gebrochen.«

Lilywhites rundliches Gesicht war puterrot. »Sie haben geschrien wie ein Schulmädchen und dadurch die Wachmänner angelockt. Lotharian hat recht. Es war Ihre Schuld, dass wir nicht unbemerkt entkommen sind.«

Laird stieß ein leises Lachen aus. »Ehrlich gesagt standen die Wachmänner die ganze Zeit bereit. Sie sollten das Haus bewachen, denn schließlich hatte unser gesamtes Personal an dem Abend frei.«

»Und warum dachten Sie, dass irgendwer das Haus bewachen muss?«, fragte Anne.

Lord MacLaren sah auf seine Hände und wich einer Antwort aus. Deshalb legte Apsley eine Hand auf seine Schulter und setzte zu einer Erklärung an. »Sein Vater wurde vor etwas über einem Jahr von Einbrechern überrascht und umgebracht, und vor einer Woche – kurz bevor das Haus für die Saison geöffnet wurde – wurde noch einmal dort eingebrochen und alles auf den Kopf gestellt. Ich selbst habe den Einbruch bemerkt. Ich kam zufällig in der Cockspur Street vorbei und sah, dass in der Residenz Licht brannte. Erst dachte ich, MacLaren wäre früher als erwartet nach London zurückgekehrt, doch das war nicht der Fall. Die Kerle hatten das gesamte Haus verwüstet. Es sah wirklich furchtbar aus. Überall waren Papiere und anderes Zeug verstreut.«

»Einen Augenblick.« Elizabeth sah zu Laird hinüber und fragte leise: »Die Einbrecher haben Ihren Vater umgebracht?«

Er nickte langsam mit dem Kopf. »Wahrscheinlich wurden diese Kerle, genau wie die drei Herren heute Abend, direkt nachdem sie eingestiegen waren, überrascht, denn es hat nichts gefehlt.«

»Noch einen Brandy, Mylord?«, fragte MacTavish in der Gesprächspause, die entstanden war.

Laird reichte ihm sein Glas. »Ich hatte meine Mutter zu dem Musikabend bei Lady Fustian eskortiert. Stellen Sie sich meine Überraschung vor, als ich wieder nach Hause kam und einer der Wachmänner mich in den Garten führte, wo Lilywhite sich gerade mithilfe irgendeines seltsamen Geräts vom Dach herunterließ.«

»Das war ein Kran, wie sie in den Docks verwendet werden«, klärte Lady Upperton ihn strahlend auf. »Das heißt, kein echter Kran, sondern eine Miniaturversion, die ich entwickelt habe und mit der man eine größere vertikale Mobilität erreicht.«

»*Um in fremden Häusern einzubrechen.* Sie sind mir wahrlich ein feines Quartett, denn Sie, Lady Upperton, waren offensichtlich in die Planung dieses Einbruchs involviert. Dabei sollte man annehmen, dass der Preis für ein solches Verbrechen die Mühe wert war.«

Lotharian und die beiden anderen alten Wüstlinge tauschten verstohlene Blicke miteinander aus.

Laird stand auf, schob eine Hand in seine Jackentasche und zog ein kleines Messer mit Elfenbeingriff daraus hervor. »Doch dieser kleine Brieföffner oder Papierschneider scheint das Einzige zu sein, das von Ihnen aus dem Haus oder, genauer gesagt, aus einem kleinen Hohlraum unter einer losen Holzdiele in meinem Schlafzimmer entwendet worden ist.«

Offenbar hatten die Schwestern Royle das Messer nie zuvor gesehen, denn sie drängten sich um ihn und sahen es sich mit großen Augen an.

Langsam drehte Laird das Messer, das die Blicke aller auf sich zog, in seiner Hand. »Deshalb nehme ich an, dass dieses Messer eine andere Bedeutung und Funktion hat, als lediglich Briefe damit zu öffnen oder Buchseiten zu durchtrennen.«

»Dürfte ich vielleicht –« Lotharian trat vor Laird und streckte eine Hand nach dem Brieföffner aus.

Laird zog eine Braue hoch. »Irre ich mich oder wurde mir gesagt, dass dieser Gegenstand bei Ihnen gefunden wurde, Lord Lotharian? Also haben Sie ihn doch bestimmt schon einmal gesehen.«

»Natürlich. Weil er nämlich mir gehört.« Lotharian wollte sich das Messer nehmen, aber Laird zog eilig seine Hand zurück.

»Ach, tatsächlich?«, fragte er, während er das Ding zurück in seine Tasche gleiten ließ. »Dann können Sie mir sicher sagen, was für eine Gravur die Klinge hat.«

Lotharian griff sich an die Stirn und stieß einen unglücklichen Seufzer aus. »Ich kann mich leider nicht erinnern. Schließlich bin ich ein alter Mann, und mein Gedächtnis lässt mich immer häufiger im Stich.«

Entschlossen trat Anne zwischen die beiden Herren und wandte sich an Laird. »Genug von diesem Katz-und-Maus-Spiel«, sagte sie. »Ich habe Ihnen gesagt, ich würde tun, was Sie von mir verlangen. Also geben Sie ihm bitte das Messer zurück, wenn es Ihnen nicht gehört.«

»Ich habe nie behauptet, dass es mir gehört.« Er sah ihr forschend ins Gesicht, während er das Messer wieder aus der Tasche zog. »Aber vielleicht gehört es ja *Ihnen,* Miss Royle.«

»Mir?«

Er nahm ihre Hand, klappte ihre Finger auseinander und legte das Messer vorsichtig hinein. »Sehen Sie? Ja, da stehen auch noch andere Buchstaben und Zahlen, aber schauen Sie hier, am Rand des Griffs.«

Sie riss verblüfft die goldenen Augen auf, wirbelte herum, trat vor den Kamin und hielt das Stück ins Licht der Kerze auf dem Sims.

»R-O-Y-L-E.« Ihr Blick suchte den der Schwester, und sie bat: »Sieh dir das mal an, Elizabeth.«

Elizabeth trat eilig neben sie, nahm ihr das Messer aus der Hand, drehte es im Schein der Kerze hin und her und fuhr wieder zu den anderen herum. »Sie haben recht, Lord MacLaren. Dieses Stück muss meinem Vater gehört haben. Sein Name ist in die Klinge eingraviert.« Dann sah sie ihn aus zusammengekniffenen Augen an. »Aber warum sollte es unter einer Holzdiele in Ihrem Schlafzimmer versteckt gewesen sein?«

»Ich hatte gehofft, dass Lotharian uns das vielleicht erklären kann. Denn er wusste offenbar, dass es dort verborgen war.« Mit einem stählernen Blick nagelte Laird den alten Lord fest.

»Bei meiner Ehre, ich hatte keine Ahnung, dass dort ein Brieföffner lag.« Jetzt starrte Lotharian seinerseits den Earl durchdringend aus seinen grauen Augen an.

»Wollen Sie mich vielleicht zum Narren halten?« Laird trat drohend auf ihn zu. Auch Lord Lotharian war groß und breitschultrig, doch hatten seine Muskeln sich aufgrund seines fortgeschrittenen Alters aufgelöst, weshalb er, rein körperlich gesehen, keine Bedrohung für ihn war. Doch er war gewitzt und hatte bei den Buchmachern der Stadt einen beinahe legendären Ruf. »Sie sind durch mein Schlafzimmerfenster in mein Stadthaus eingebrochen, haben eine Holzdiele gelöst und das Messer gestohlen.«

Apsley stieß ein leises Kichern aus. »Nun, offensichtlich wusste er, dass unter diesem Brett *irgendetwas* verborgen war. Nur war das Messer offenbar das Einzige, was er gefunden hat.«

»Er hatte keine Ahnung, dass unter der Holzdiele ein Messer lag«, erklärte Elizabeth entnervt. »Er dachte, das heißt, wir alle dachten, dass unter dem Brett ein Stapel *Briefe* liegt.« Als sie ihren Fauxpas bemerkte, schlug sie sich erschrocken die Hand auf den Mund.

»Briefe? Was für Briefe?« Laird blickte fragend von einem zum anderen, und als er nichts als ausdruckslose Mienen sah, wandte er sich sanft an Anne. »Miss Royle, würden Sie mir vielleicht sagen, wovon Ihre Schwester spricht?«

Anne trat langsam auf ihn zu. »Von Briefen, die der Prince of Wales an Maria Fitzherbert geschrieben hat.«

Ihre Mentorin keuchte leise auf. »Oh nein, mein Kind! Sei still.«

»Ich finde, dass er es wissen muss. Schließlich wird er früher oder später die Gerüchte hören, wenn er sie nicht schon längst kennt.« Anne reckte auf die bewundernswerte Art den Kopf, wie sie es immer tat, wenn sie etwas sagen wollte, was in deutlichem Kontrast zu ihrem zurückhaltenden Wesen stand. »Die alten Wüstlinge sind davon überzeugt, dass Ihr Vater mehrere Briefe an sich genommen hat, die der Prince of Wales an Maria Fitzherbert geschrieben hat, als die beiden zu Beginn ihrer Beziehung eine Zeit lang getrennt waren.«

Laird stieß ein leises Lachen aus, blieb mit seiner Belustigung jedoch allein. »Weshalb hätte mein Vater diese Briefe in seinem Besitz haben sollen? Der Gedanke ist einfach absurd! Es ist allgemein bekannt, dass der Prinzregent mit ihm auf Kriegsfuß stand.«

»Aber so war es nicht immer, Junge. Wie Lotharian, Gallantine und ich war auch Ihr Vater eine Zeit lang mit dem Prinzen sehr vertraut.« Lilywhite nahm einen Schluck von seinem Brandy, als müsse er sich für die nächsten Worte wappnen oder als warte er darauf, dass einer der anderen beiden alten Herren weitersprach.

Schließlich ergriff Gallantine das Wort. »Es stimmt. Ihr verstorbener Vater war einmal der engste Freund des Prinzregenten. Er war ihm treu ergeben, und so hat der Prinz ihm seine privatesten Schreiben an seine heimliche, katholische Gemahlin, Maria Fitzherbert, anvertraut. Bis anscheinend der Ehrgeiz Ihres alten Herrn die Oberhand gewann und er einige der Briefe, statt sie Maria zu überbringen, einbehalten hat. Gerüchten zufolge hat er sie irgendwo versteckt, um damit seinem Einfluss auf das Parlament einen gewissen Nachdruck zu verleihen. Ich wage zu behaupten, dass es Leute gibt, die davon überzeugt sind, dass es sich tatsächlich so zugetragen hat. Was, wie ich fürchte, der Grund für das Ende der innigen Freundschaft zwischen dem Prinzen und Ihrem Vater war.«

Laird verschluckte sich an seinem Brandy und brach in ersticktes Husten aus. »W-was ist das für eine wahnwitzige Geschichte?«

»Setzen Sie sich, MacLaren. Das ist schließlich nicht einfach zu verdauen.« Lotharian scheuchte Lilywhite aus dem bequemen Sessel neben dem Kamin und wies auf den frei gewordenen Platz. »Sie haben von all dem nichts gewusst, Mylord?«

Laird schüttelte den Kopf. All das ergab für ihn nicht den geringsten Sinn. Es musste ein fürchterlicher Irrtum sein.

»Ihr Vater hat dem Prinzen einmal einen großen Dienst erwiesen, wofür ihm die Krone für alle Zeiten hätte dankbar sein sollen.« Auf seinen Stock gestützt, bahnte sich Lotharian einen Weg zum Sofa und setzte sich neben Lady Upperton. »Wollen Sie die Geschichte hören? Dann werde ich Sie Ihnen jetzt erzählen, obwohl sich Ihr Bild von Ihrem verstorbenen Vater dadurch möglicherweise ändern wird. Und zwar nicht zum Positiven«, warnte er.

»Trotzdem möchte ich sie hören.« Laird beugte sich vor und stützte seine Ellenbogen auf die Knie. »Erzählen Sie.«

Lotharian nickte, ließ sich von MacTavish Brandy nachschenken und fuhr mit ruhiger Stimme fort. »Als der König seine erste längere Phase geistiger Verwirrung hatte –«

»Er wurde *verrückt«*, erklärte Lady Upperton.

»Nun denn, wie dem auch sei ... auf jeden Fall gelang es damals Premierminister Pitt, seinen Platz im Parlament dadurch zu sichern, dass er vor aller Welt verschleierte, wie ernst der Zustand des Königs war.«

Lady Upperton fuchtelte zornig mit der Hand. »Er hat die Sache vertuscht! Hat einen der Ärzte optimistische Prognosen schreiben lassen, statt zu sagen, wie es wirklich um den König stand.«

Lotharian stieß ein leises Stöhnen aus. »Ihr Vater hat sich auf die Seite des Anführers der Opposition, Charles James Fox, gestellt, dessen Stärke im Oberhaus beständig zuzunehmen schien. Die beiden haben nichts unversucht gelassen, um das Parlament dazu zu bringen, für die Verabschiedung eines Gesetzes zu votieren, das den Prince of Wales anstelle seines Vaters zum Regenten macht.«

»Oh, reden wir doch nicht um den heißen Brei herum«, bat Lady Upperton. »Er und Fox haben das Parlament *bestochen* und die Gelder öffentlich als Pensionen und Geschenke deklariert.«

»Ähm ... danke, Lady Upperton«, murmelte Lotharian. »Der Prinz gab Fox und Ihrem Vater deutlich zu verstehen, dass er seine Ehe mit Maria Fitzherbert, einer Katholikin, öffentlich machen wollte. Was jedoch, solange sein Vater auf dem Thron saß, völlig ausgeschlossen war. Also hoffte er auf ein Gesetz, mit dem die Regentschaft auf ihn übergehen würde, denn dann könnte er vielleicht endlich zu der Ehe mit Maria stehen.«

Wieder mischte Lady Upperton sich ein. »Natürlich wäre das niemals passiert, denn wenn die gesetzeswidrige Ehe des Prinzen mit Maria Fitzherbert öffentlich bekannt geworden wäre, hätte sich die ganze Nation darüber empört.«

»Genau«, pflichtete Gallantine ihr bei und kratzte sich die unter der Perücke verborgene Stirn. »Das war auch der Grund, aus dem jeder Gesetzesvorstoß des Parlaments zugunsten des Prinzen von vornherein zum Scheitern verurteilt war. Trotzdem setzten Fox und Ihr Vater weiter alles daran, die Parlamentarier dazu zu bewegen, den König durch den Prinzen zu ersetzen, denn davon versprachen sie sich nicht nur eine gesicherte Zukunft, sondern auch oder vielleicht sogar vor allem, grenzenlose Macht im Parlament.«

»Ich glaube, das reichte als Motivation schon aus«, fügte Lotharian hinzu, wodurch er das Gespräch erfolgreich wieder an sich riss. »Irgendwie *verschwand* der Beweis, den Pitt angeblich für die heimliche Ehe des Prinzen hatte. Fox erklärte, die Geschichte von der Ehe wäre nichts als ein Gerücht. Und schließlich wurde, vor allem dank der Bemühungen Ihres Vaters, der Prinz per Gesetz zum Regenten ernannt.«

»Wollen Sie mir etwa erzählen, dass mein Vater für den Übergang der Regentschaft vom König auf den Prince of Wales verantwortlich war?« Laird hatte das Gefühl, als treffe ihn jeden Moment der Schlag.

»Nun, ja, oder zumindest größtenteils. Aber das hat er in aller Heimlichkeit getan.« Gallantine schob seine Perücke auf seinem sichtbar schwitzenden Kopf zurück. »Was er und natürlich auch Fox erreicht haben, war ein regelrechtes Wunder. Pitt und seine Anhänger hatten lange und hart darum gekämpft, das Bild des Königs zu bewahren und ihre Position im Parlament zu stärken«, erläuterte er. »Aber dank der Cleverness und des Einfallsreichtums Ihres Vaters ist die Waagschale schließlich zugunsten des Prinzen gekippt.«

Apsley trat vor den Kamin und lehnte sich an den Marmorsims. »Aber der Prinzregent hat seine Ehe mit Maria Fitzherbert nie öffentlich bekannt gegeben.«

»Nein, das hat er nicht«, antwortete Anne anstelle von Gallantine. »Er war ein schwacher Mann und hat sich dem Druck gefügt, eine andere zu heiraten, wenn dafür das Parlament seine Schulden übernimmt.«

Sie sah Laird direkt ins Gesicht. »Deshalb sind diese Briefe oder irgendein anderer Beweis, den Ihr Vater hatte, von solcher Wichtigkeit.«

»Ich verstehe nicht …« Laird wandte sich an seinen Freund, denn er war sich sicher, dass ihm irgendetwas entgangen war.

»Mein Gott!« Apsley riss die Augen auf, starrte die beiden Schwestern an und rief: »Sie sind diese Mädchen! Erinnerst du dich nicht? Ich habe dir schon auf dem Weg hierher gesagt, dass mir der Name Royle bekannt vorkommt.«

Elizabeth stellte sich neben Anne und packte Hilfe suchend ihre Hand.

»Weißt du, wer sie sind? Sie sind die *Geschwister Royle.*« Apsley wurde immer aufgeregter, als er darauf wartete, dass Laird verstand. Doch das war nicht der Fall.

»Ich habe das vergangene Jahr um meinen Bruder … und um meinen Vater getrauert, Apsley«, antwortete er. »Ich war nicht hier in London, sondern in St. Albans auf dem Land. Falls es also etwas gibt, was ich über die Familie wissen sollte, klärst du mich vielleicht freundlicherweise auf.«

»Gütiger Himmel, MacLaren! Im ganzen letzten Jahr hat kein Gerücht für mehr Aufhebens gesorgt.« Apsley riss die Augen auf. »Miss Anne und Miss Elizabeth sind –«

Doch es war Anne, die seinen Satz beendete. »Gerüchten zufolge war Maria Fitzherbert schwanger. Es gibt Hinweise darauf, dass sie eventuell mit meinen Schwestern und mir niedergekommen ist. Mit *Drillingen.* Dann wären wir die geheimen Töchter von Maria Fitzherbert und dem Prince of Wales.«

Laird starrte sie mit großen Augen an. Die Behauptungen, die diese Leute aufstellten, wurden immer haarsträubender. »Aber wenn Sie die Töchter des Prinzen sind, würde das heißen, dass Sie wenigstens dem Blut nach –«

»*Prinzessinnen* sind.« Wieder strahlte Lady Upperton über das ganze Gesicht. »Ja, genau. Deshalb müssen Sie verstehen, wie wichtig diese Briefe für uns alle sind.«

Es war alles zu viel. *Verdammt.* Mit wem hatte er sich da gestern Abend eingelassen?

Oder hatte Apsley vielleicht recht gehabt, als er behauptet hatte, die Schwestern und die alten Wüstlinge hätten ihn absichtlich ins Visier genommen? Hatten sie sich vielleicht tatsächlich mit Lug und mit Trug einen Weg in sein Leben gebahnt?

Nein, nein. All das war vollkommen absurd. An dieser Geschichte war bestimmt nichts dran.

Lairds Schläfen begannen zu pochen, und er reichte MacTavish abermals sein Glas. »Schenken Sie mir noch mal ein, Mann. Und zwar bitte schnell.« Dann aber zog er abrupt die Hand zurück. »Nein, warten Sie.«

»Sehr wohl, Mylord.« Der Butler stellte die Karaffe mit der bernsteinbraunen Flüssigkeit zurück auf sein Tablett. »Möchten Sie keinen Brandy mehr, Mylord?«

»Oh doch. Aber bringen Sie mir die ganze verdammte Karaffe.«

Kapitel sieben

Wie man das Ansehen eines Menschen aufpoliert

»Oh nein«, murmelte Anne. Keine Verzögerungen mehr. Sie würde es einfach nicht aushalten, noch länger darauf zu warten, endlich die Einzelheiten ihres Schicksals als seine Verlobte zu erfahren.

Sie machte einen Satz nach vorn, schaffte es, dem Butler die Karaffe aus der Hand zu nehmen, bevor er sie pflichtbewusst dem Besucher überlassen konnte, und stellte sie vorsichtig auf dem Teetisch ab. »Lord MacLaren, auch wenn es mir fernliegt, einem Gast eine Erfrischung zu versagen, haben wir doch noch sehr viel zu besprechen. Ich nehme an, die Dinge, die man Ihnen heute Abend über Ihren Vater erzählt hat, waren Ihnen unbekannt, aber Sie, Mylord, haben Ihrerseits Informationen, von denen ich nichts weiß, und ich würde mich glücklich schätzen, wenn Sie sie endlich mit mir teilen wollten.«

»Wie bitte?« Der Earl wirkte verwirrt, aber, Himmel, er konnte sie nicht täuschen. Er wusste ganz genau, wovon sie sprach.

»Ach verflixt.« Elizabeth faltete ihre Hände vor der Brust. »Sie spricht von den grässlichen Details Ihrer Verlobung.«

»Ah ja. Das.«

»Lord MacLaren, ich möchte das Gespräch nicht noch einmal verschieben. Den gesamten heutigen Tag und den halben Abend darauf zu warten, war schon ärgerlich genug.« Anne zerknüllte den Stoff ihres Rocks in der Faust. »Und da mir bewusst ist, dass Sie einen klaren Kopf für diese Unterhaltung brauchen, würden Sie statt des Brandys vielleicht lieber eine Tasse Tee trinken.«

Der Earl legte den Kopf zwischen die Hände, und sie hätte schwören können, dass ein leises Stöhnen über seine Lippen drang. »Ich gebe zu, die Enthüllungen über die Taten meines Vaters haben mich vollkommen abgelenkt.« Er wendete seinen durchdringenden Blick von Anne ab und fixierte Lotharian mit seinen kobaltblauen Augen.

Seine Lippen wurden schmal, und zum ersten Mal kamen Anne gewisse Zweifel daran, ob es wirklich klug gewesen war, MacLaren zu enthüllen, dass sein Vater offenbar in das Geheimnis ihrer Herkunft eingeweiht gewesen war.

»Auch wenn die Einzelheiten des Bestrebens meines Vaters nach Erfolg im Parlament alles andere als beruhigend klingen«, stieß MacLaren aus, ohne die Lippen zu bewegen, »zweifle ich doch nicht am Wahrheitsgehalt Ihres Berichts. Weil nämlich unsere Familie jahrelang unter den hochfliegenden politischen Ambitionen meines Vaters und seiner Bereitschaft, alles und *jeden* dafür zu opfern, gelitten hat.«

Apsley stieß ein nervöses Lachen aus. »Also bitte, ich sage immer, dass man nie zurücksehen soll. Ich glaube, mir ist immer noch ein wenig kalt von unserem Marsch hierher. Dir nicht auch, MacLaren?« Wie um sich zu wärmen, rieb er sich demonstrativ die Hände vor einem imaginären Feuer in dem kalten Kamin. »Ich stimme Ihnen von ganzem Herzen zu, Miss Royle. Ein Tee wäre genau das Richtige, um unsere Körper aufzuwärmen. Vielen Dank.«

Das Klappern von Geschirr drang aus dem Flur, und einen Moment später betrat die stumme Cherie den Salon mit einem Tablett, auf dem eine Kanne dampfend heißen Tees, ein Teller mit Gebäck, Servietten sowie eine Reihe zarter, blau-weißer Tassen standen.

MacTavish hinkte durch den Raum, befreite die junge Frau von ihrer Last und deckte umständlich den Tisch.

Anne hatte keine Ahnung, wie Cherie es machte, doch aus irgendeinem Grund wusste sie immer ganz genau, was die Familie wollte, ohne dass sie irgendeine Anweisung bekam. Die übernatürliche Fähigkeit, Dinge vorauszusehen, und ihre stille, sanfte Art hatten sie in kurzer Zeit zu einem wichtigen Haushaltsmitglied gemacht.

Bevor sie den Salon wieder verließ, trat Cherie einen Schritt nach vorn, zog Annes Blicke auf sich und nickte dezent in Richtung einer Tasse, die ein wenig abseits von den anderen auf dem Teetisch stand. Diese Tasse würde Anne nehmen, denn sie hatte einen winzig kleinen Riss, und der Earl und Apsley brauchten nicht zu wissen, dass ihre Familie sogar bei der Auswahl ihres Teegeschirrs zu allergrößter Sparsamkeit gezwungen war.

Sie nickte Cherie dankbar zu, übernahm, da Tante Prudence schlief, die Rolle der Gastgeberin und schenkte ihnen allen ein.

Ihre Finger zitterten ein wenig, und die Tasse klapperte für alle hörbar auf dem kleinen Teller, als die Reihe an MacLaren kam. Er streckte eine Hand aus, wie um ihr die Tasse abzunehmen, legte sie dann aber sanft auf ihren Arm und führte ihre Hand mit dem klappernden Geschirr zurück in Richtung des Tabletts.

Als die Tasse sicher stand, hob Anne den Kopf und sah ihn fragend an.

»Wirklich, Miss Anne, ich möchte keinen Tee«, erklärte er ihr ruhig, denn die Enthüllungen der alten Wüstlinge hatten ihn anscheinend seines Kampfgeistes beraubt. »Gewähren Sie mir bitte ein kurzes Gespräch unter vier Augen, damit wir, wie von Ihnen erbeten, über die Einzelheiten der Verlobung sprechen können. Ich möchte nicht, dass Sie noch länger böse auf mich sind.«

»Oh, na dann.« Anne nickte zustimmend, entschuldigte sich bei den anderen und führte Laird den dunklen Flur hinab in die Bibliothek.

Die Tür des Raums stand bereits offen, Kerzen tauchten die Regale an den Wänden in ein weiches Licht, und ein frisch entfachtes Kohlefeuer brannte im

Kamin und zauberte ein leichtes Lächeln auf Annes Gesicht. Cherie hatte hier gewirkt, wahrscheinlich schon bevor sie mit dem Tee gekommen war.

Ehe sie ihm auch nur einen Platz anbieten konnte, sah der Earl sie an. »Miss Anne, lassen Sie mich damit beginnen, Sie darum zu bitten, ja keine Zeit allein mit meiner Mutter zu verbringen.«

»Ihre Mutter? Ich verstehe nicht.«

»Wir dürfen nicht das Risiko eingehen, dass sie den wahren Grund für Ihren Besuch in meinem Schlafzimmer erfährt. Obwohl die Beziehung zwischen mir und meinem Vater durchaus problematisch war, möchte ich doch ihr liebendes Andenken an ihren Ehemann bewahren. Wenn sie von seinen politischen Ränkespielen erführe, würde dadurch ihre Erinnerung an ihn getrübt.« Laird hob eine Hand, um die Reihe von Fragen abzuwehren, die er offenbar von ihr erwartete. »Ich schwöre Ihnen, es wird sicherlich nicht leicht, Lady MacLaren aus dem Weg zu gehen. Sie ist bereits furchtbar neugierig auf Sie und kann äußerst beharrlich sein. Sie wird Sie wesentlich besser kennenlernen und Sie vor allem unter ihre Fittiche nehmen wollen, bis Ihnen ein angemessener Platz in der Gesellschaft sicher ist.«

Anne wies auf einen Stuhl vor dem Kamin, doch er ging achtlos über dieses Angebot hinweg, runzelte die Stirn, stapfte unruhig auf dem langen türkischen Teppich hin und her und wandte ihr seinen muskulösen Rücken zu.

Himmel, was musste er ihr noch gestehen, was ihn derart nervös zu machen schien? Argwöhnisch ließ sich Anne in einen Sessel sinken und sah ihn aus den Augenwinkeln an.

Tja, nun. Er hatte einen wirklich guten Schneider, dachte sie, denn die Jacke schmiegte sich perfekt an seinen muskulösen Körper. Genau wie seine modisch schmal geschnittene Hose. Beide Teile saßen einfach tadellos. Nun, sie hatte keine Ahnung, ob die Straffheit seiner Oberschenkel vielleicht nur dem guten Schnitt der Hose zu verdanken war. Wobei der Earl natürlich auch mit einer ausgezeichneten Figur gesegnet war. Das stand außer Zweifel. Trotzdem hatte auch sein Schneider seine Sache wirklich gut gemacht.

»Miss Anne?«

Sie sah wieder auf. Er war stehen geblieben und blickte sie fragend an.

»Ja, Mylord?«

»Stimmt etwas nicht mit mir?« Er sah an sich herab und tastete kurz nach den Zierknöpfen an seiner Hose.

»Oh nein, Mylord.« Anne lenkte ihren Blick auf ihre Hände und hoffte, er hätte ihre Wertschätzung der … Fähigkeiten seines Schneiders nicht bemerkt.

Als sie wieder aufsah, bildeten MacLarens dunkle Brauen beinahe einen durchgehenden schwarzen Strich.

Verdammt. Dann aber zuckte sie mit ihren Schultern und stellte mit ruhiger Stimme fest: »Sie haben mich durchschaut. Ich war in meine eigenen verdrießlichen Gedanken versunken. Bitte verzeihen Sie, Lord MacLaren.«

»Bitte nennen Sie mich Laird.« Er atmete hörbar aus. »Als mein Vater starb, waren wir beide zerstritten. Immer wenn mich jemand ›Lord MacLaren‹ nennt, ist das für mich wie ein Schlag ins Gesicht. Also nennen Sie mich bitte, zumindest wenn wir beide allein sind, einfach Laird.«

Laird.

Das klang stark. Schroff. Nach einer Führungspersönlichkeit.

Oh, der Name stand dem Mann ebenso gut wie seine eng sitzende Hose. Er passte ganz genau zu ihm. Aber, Himmel, es erschien ihr geradezu verrucht, ihn bei seinem Vornamen zu nennen. Außer … er täte es andersherum auch.

Sie sah ihn unter ihren Lidern hervor an und kam sich ungewohnt kokett vor. »Vielleicht, wenn Sie mich dafür Anne nennen. Einverstanden?«

»Einverstanden«, antwortete er, setzte dann aber ein etwas schiefes Grinsen auf. »Obwohl ich es Ihnen nicht verdenken kann, wenn Sie mich mit einer ganzen Reihe anderer, farbenfroher Bezeichnungen belegen, wenn Sie erst vernommen haben, was für Bedingungen mit dieser Verlobung verbunden sind.«

Anne erschauderte erneut und erinnerte sich daran, dass der Mann ein Schwerenöter und deswegen alles andere als vertrauenswürdig war.

»Mylord –«

»Nein, Mädchen«, widersprach er ihr mit übertrieben schottischem Akzent. »Sie müssen es mehr wie die Schotten aussprechen. *Laird*, nicht Lord.« Dann winkte er ihr zu, als sollte sie aufstehen oder so. »Versuchen Sie's am besten gleich noch mal. Los. Mein *Laird* …«

Eine ungeahnte Hitze stieg ihr ins Gesicht. Sie schluckte und versuchte, nicht auf dieses Spielchen einzugehen, sondern an der Stelle fortzufahren, an der sie rüde von ihm unterbrochen worden war. »*Laird*, ich habe kein Talent für die Schauspielerei. Ich hasse es, im Mittelpunkt zu stehen. Es macht mir Angst. Und das, was Sie von mir erbitten … nun, ich bin mir nicht sicher, ob ich dazu fähig bin.«

»Dabei haben Sie Ihr Publikum bereits betört.« Er kam auf sie zumarschiert und ging vor ihr auf die Knie. »*Anne.*«

Gütiger Himmel. Ein wilder Schauder durchlief ihre Glieder. Er würde sie doch wohl nicht wirklich bitten, ihn zu heiraten? Nur um seiner Mutter die Schande zu ersparen?

Das wäre eindeutig zu viel von ihr verlangt. Ihre Beine zuckten, sie wand sich wie ein Aal und suchte fieberhaft nach einer Möglichkeit, ihm zu entfliehen.

Doch er durchschaute ihre Absicht, legte seine Hände auf die Lehnen ihres Sessels und verhinderte auf diese Art die Flucht.

»Warum diese List?«, wimmerte sie. »Ich verstehe

Ihren Wunsch, Ihre Mutter vor der Peinlichkeit zu bewahren, die unsere falsche Verlobung für sie darstellt –«

Er schüttelte den Kopf, und aus irgendeinem Grund konzentrierte sie sich ganz auf die winzige Vertiefung in der Mitte seines Kinns.

»Ich möchte sie beschützen«, antwortete er. »Sie hat bereits genug durchgemacht. Aber ich bitte Sie um *meinetwillen,* sich als meine Verlobte auszugeben. Für niemand anderen sonst.«

Im sphärisch goldenen Licht der Kerzen, die die Bibliothek erhellten, schwebten kleine Staubkörner wie Glühwürmchen durch die Luft.

Selbst die Iris in Annes Augen schimmerten wie zwei kleine goldene Rahmen, in denen er das Spiegelbild seiner dunklen Jacke sah. Sie atmete tief ein und aus, und er brauchte seine ganze Kraft, um nur ihren Blick zu halten, statt der jungen Dame selbst.

Noch vor einem Augenblick, als er seine Hände auf die Lehnen ihres Sessels gelegt hatte, hatte er gedacht, die plötzliche Nähe hätte sie aus dem Gleichgewicht gebracht. Doch die Röte ihrer Wangen machte deutlich, dass dieser Gedanke voreilig gewesen war.

»Was meinen Sie damit, um *Ihretwillen?*«, fragte sie ihn atemlos, und er spürte, dass sein Blick auf ihre Lippen fiel.

Dann wurde ihm mit einem Mal bewusst, wie absurd das Ganze war.

Hier stand er und wünschte sich nichts mehr als einen Kuss von diesem wunderschönen, faszinierenden und rätselhaften Wesen … das er gleichzeitig dazu bewegen wollte, ihm dabei zu helfen, einer anderen Frau zu zeigen, dass er ihrer würdig war.

Er stieß sich von ihrem Sessel ab, wippte auf den Fersen, stand entschlossen wieder auf und trat, unfähig, ihr ins Gesicht zu sehen, vor den Kamin.

Er wusste, sie war nur bereit, bis zum Ende der Saison mit ihm verlobt zu sein, weil er sie dazu zwang. Das war nicht gerade ehrenwert. Dabei hatte er sich doch geschworen, sich zu ändern, und das hatte er im letzten Jahr auch beinahe geschafft. Weshalb dieser Abend eindeutig als Rückfall anzusehen war.

Er hatte die Gelegenheit genutzt, als er nach der Rückkehr in die Cockspur Street auf die alten Wüstlinge getroffen war. Er war ein Spieler wie Lotharian, und er wusste, hin und wieder war es durchaus lohnenswert, drei Buben zu opfern, wenn man nur auf diese Art an die Herzdame kam.

Er atmete tief ein und zwang sich, Anne wieder anzusehen, bevor er sprach. »Anne, der Laird Allan, der London vor über einem Jahr verlassen hat, war genau der Mann, vor dem man Sie gewarnt hat. Ein unglaublicher Flegel und ein skrupelloser Frauenheld. Er hat sich nicht im Geringsten für die Frauen interessiert, deren Ruf er ruiniert und deren Herzen er gebrochen hat. Er war ein oberflächlicher Geselle, dem es immer nur um sich und sein Vergnügen ging. Er war ein Spieler, liebte niederträchtige Spielchen, vor allem aber hat er es genossen, seinen Vater, den gestrengen Lord MacLaren, vor seinesgleichen bloßzustellen.«

Anne legte ihren Kopf ein wenig schräg und schien ihn eingehend zu betrachten, ehe sie ihm eine Antwort gab. »Ich verstehe nicht … Sie haben gesagt, Ihnen wäre klar, wie wichtig ihm sein Ansehen war. Weshalb also hätten Sie es darauf anlegen sollen, ihn zu erniedrigen?«

»Ich glaube, ich habe bereits erwähnt, dass wir zerstritten waren, als er starb.« Laird stieß ein kurzes Lachen aus, denn er hatte plötzlich einen dicken Kloß im Hals, aufgrund dessen er nur noch mit Mühe Luft bekam. »Schon als Junge habe ich die hochgesteckten Erwartungen, die er an seinen Erben hatte, nie erfüllen können. Was er mich deutlich hat spüren lassen. Als ich schließlich nach Oxford ging, hatte ich resigniert. Ich habe nicht länger versucht, sein Lob und seine Anerkennung zu verdienen. Ganz im Gegenteil. Ich habe nichts unversucht gelassen, mich in genau den Dingen hervorzutun, die er verabscheute. Ich habe getrunken und gespielt und sogar den Frauen seiner Freunde nachgestellt, nur um ihn zu verletzen. Was mir vortrefflich gelungen ist.«

»Und warum vertrauen Sie ausgerechnet mir all diese Dinge an?« Anne stand auf und bat: »Bitte, sagen Sie mir nur, was Sie von mir erwarten. Alles andere interessiert mich nicht.«

»Dazu komme ich gleich.« Verdammt, er wünschte sich, sie würde nicht so unschuldig und zart wirken, denn schließlich hatte ihre Bereitschaft, heimlich in sein Schlafzimmer zu schleichen, um ihn zu bestehlen, ihm gezeigt, dass sie noch nicht einmal annähernd so arglos war, wie sie ihm gegenüber tat. »Mein schlechter Ruf war wohl verdient. Das gebe ich unumwunden zu.«

Sie stieß einen Seufzer aus, denn er zögerte die Antwort immer noch hinaus. »Das ist nicht gerade ein Geheimnis, Laird. Das weiß schließlich die ganze Stadt.«

»Genau. Nach einer Weile haben meine Eskapaden meinen Vater nicht einmal mehr aufgeregt. Und, offen gestanden, war auch mir egal, was er von mir hielt. Ich war ein erwachsener Mann und kein kleiner Junge mehr, dem man den Kopf tätschelt, wenn man mit ihm zufrieden ist. Also schwor ich mir, all meine Laster abzulegen, eine Frau zum Heiraten zu finden und ein guter, ehrenhafter Mann zu werden, wie mein Bruder Graham einer war.«

Verflucht. Dieses Geständnis fiel ihm alles andere als leicht, und er sah sich suchend um. »Gibt es hier vielleicht irgendwo einen Brandy?«

Anne verschränkte die Arme vor der Brust. »Sie brauchen nichts zu trinken. Bringen Sie das Geständnis zu Ende, das Sie angefangen haben, und sagen Sie mir dann endlich, was ich machen soll!«

Laird atmete hörbar aus. »Dazu werde ich noch kommen.«

»Nur leider nicht schnell genug. *Bitte.*«

Sie hatte recht damit, dass er gestehen musste. Er musste einfach endlich einmal einem Menschen sagen, was ihm auf der Seele lag. Auch wenn er keine Ahnung hatte, weshalb nach all der Zeit, in der er diese Last mit sich herumgetragen hatte, ausgerechnet *sie* von ihm als Vertraute auserkoren worden war.

»Wie Sie selbst gesagt haben, wussten alle anständigen jungen Damen der besseren Gesellschaft über meinen schlechten Ruf Bescheid. Aber als ich in St. Albans war, habe ich eine Witwe kennengelernt, Constance, Lady Henceforth.«

»Und Sie haben sie gebeten, Sie zu heiraten, und sie hat angenommen, dann aber die Hochzeit abgesagt … als sie auf irgendeinem Weg von Ihrer Vergangenheit erfahren hat.« Anne machte einen Schritt in seine Richtung und sah ihn mit blitzenden Augen an. »Habe ich recht?«

»Ja, sie ist die Frau, die mich allein vor dem Altar stehen gelassen hat.« Laird trat auf sie zu, umfasste beinahe zärtlich ihre Schultern und schob dabei versehentlich die kühlen blauen Seidenärmel ihres Kleides an ihren Armen herab, was ihr ein erschrecktes Keuchen entlockte. »I-ich hatte nicht die Absicht …«

Oder vielleicht doch? Genauso hatte er es schon mit unzähligen Frauen gemacht, und er hatte wirklich keine Ahnung, ob nicht doch der alte Schuft in seinem Inneren mit ihm durchgegangen war.

Anne hob beide Arme an, schob seine Hände fort

und zog die Ärmel ihres Kleides so gut es ging zurück an ihre angestammte Position. »Machen Sie sich darüber keine Gedanken. Die Ärmel rutschen schon den ganzen Abend.« Dann drehte sie sich um und machte, wie um auf Distanz zu ihm zu gehen, einen Schritt in Richtung Tür.

»Warten Sie!« Er streckte eine Hand aus, doch sie war bereits zu weit von ihm entfernt, als dass er sie noch hätte erreichen können. »Ich habe Ihnen noch nicht gesagt, was ich von Ihnen verlange.«

Anne blieb wieder stehen und sah ihn über ihre bleiche Schulter hinweg an. »Oh doch, das haben Sie.« Dann drehte sie sich wieder ganz zu ihm herum. »Sie wollen, dass ich Ihnen dabei helfe, allen zu beweisen, dass Sie jetzt ein ehrenwertes Mitglied der Gesellschaft sind.«

Laird hatte das Gefühl, als hätte sie ihm einen Schlag versetzt. »Das sind nicht ganz die Worte, die ich erwartet hatte.«

»Aber es ist die Wahrheit, oder etwa nicht?« Anne zog ihre goldenen Brauen hoch, sah ihn abwartend an, und er stieß einen unglücklichen Seufzer aus.

»Ja.«

»Und sobald Sie vor den anderen wie ein Ehrenmann dastehen, darf ich die Verlobung lösen? Stimmt's?«

»Die Leute müssen davon überzeugt sein, dass ich mich verändert habe und dass ich es wert bin, den Sitz meines Vaters im Oberhaus zu übernehmen. Aber all das tue ich nicht, um der Gesellschaft zu beweisen, dass ich ihrer würdig bin.«

»Für wen tun Sie es dann? Für Ihre Mutter? Ich weiß, wie sehr sie sich für Ihr beschmutztes Ansehen schämt.« Jetzt zog sie beide Brauen hoch.

»Ich tue es für Lady Henceforth, und sobald sie glaubt, dass ich ein guter, ehrenwerter Gentleman geworden bin, brauche ich den Ring, der momentan an Ihrem Finger steckt.«

»Dann muss ich Ihnen also nur helfen, allen zu beweisen, dass Sie sich verändert haben und ein anständiger Mensch geworden sind. Und dann kann ich behaupten, dass ich Sie, obwohl Sie gut und respektabel sind, nicht heiraten kann, weil einfach die Liebe fehlt.«

»Oder aus irgendeinem anderen Grund, der nicht einen von uns beiden als den Schuldigen dastehen lässt.« Laird sah sie reglos an.

Wieder kreuzte sie die Arme vor der Brust und stieß einen abgrundtiefen Seufzer aus. »All das soll ich tun, damit Sie vor Lady Henceforth in einem schmeichelhafteren Licht erscheinen und sie Sie doch noch heiratet?«

»Ja.« Laird blickte zu Boden und wartete ängstlich ihre Entscheidung ab.

»Tja, wenn das alles ist, dann lege ich am besten schon einmal das Ausbeinmesser bereit.« Mit einem verschmitzten Lächeln drehte sie sich wieder um und trat in den Flur hinaus.

Kapitel acht

Wie man sich eine Einladung erschmeichelt

Cockspur Street

Laird hatte von seinem verstorbenen Vater eine Reihe von Wertgegenständen geerbt, darunter das elegante Stadthaus in der Cockspur Street, zwei ausgezeichnete von George Romney gefertigte Porträts ausnehmend hübscher Frauen (die, kaum überraschend, zu ihrer Zeit Geliebte des Prince of Wales gewesen waren), ein Anwesen im schottischen Hochland, einen etwas heruntergekommenen Landsitz in St. Albans sowie eine Sammlung alter Karten von den Kreuzzügen.

Doch nichts von alledem schätzte er so sehr wie Rupert Festidious, den Butler, der auch nach dem Ableben des älteren Earls of MacLaren in dem Stadthaus verblieben war.

Die Lage des Hauses in der Cockspur Street war für einen Junggesellen geradezu ideal. Es lag praktisch am Ende der Pall Mall, von wo aus in einer Minute die Oper mit ihren liebreizenden Tänzerinnen und in vier Minuten die Spieltische von White's Herrenklub zu erreichen waren.

Angesichts der Dinge, die er am Vorabend erfahren hatte, ging Laird davon aus, dass sein Vater vor allem die Tatsache geschätzt hatte, dass die Residenz des Prinzen, Carlton House, ebenfalls nicht weit entfernt war. Zumindest, bevor der Prinz die Regentschaft angetreten hatte. Irgendwann nach diesem bedeutungsvollen Tag hatte er die plötzlich unangenehme Nähe sicherlich bereut.

Festidious war sich der günstigen Lage des Hauses wahrscheinlich nicht bewusst. Er verließ das Anwesen nur sehr selten, denn er hatte offensichtlich Angst, dass die Angestellten Amok liefen und das Silber unzulänglich putzten oder die Bettlaken nicht richtig glätteten, wenn er sie unbeaufsichtigt ließ. Was Laird durchaus gefiel.

Seiner Meinung nach waren die Ansprüche des Mannes einfach unübertroffen, und der reibungslose Ablauf des Haushalts erfüllte den älteren Mann sichtlich mit Stolz.

Nie gingen der Tee, der Wein oder der Brandy aus. Die Mahlzeiten, die er mit der Köchin plante, waren köstlich und einzigartig, ohne allzu kostspielig zu sein, und das Personal, das den Butler eindeutig bewunderte, gab sich stets die allergrößte Mühe, nur um ihn unter allen Umständen zufriedenzustellen.

Laird hatte keine Ahnung, wie es seinem verstorbenen Vater, einem kalten, selbstsüchtigen Mann, gelungen war, sich die Loyalität des Butlers zu verdienen. Doch das hatte er eindeutig getan. Und Laird hatte die Absicht, das ebenfalls zu tun und alles Erforderliche zu unternehmen, damit Festidious blieb.

Deshalb schenkte er dem Butler vollen Glauben, als dieser ihn davon in Kenntnis setzte, dass das Personal bei seiner Suche keinen Winkel des Gebäudes ausgelassen hatte, jedoch kein einziger versteckter Brief zutage getreten war.

Aber er glaubte auch Lotharian und zweifelte nicht einen Augenblick daran, dass der alte Earl – zumindest irgendwann – im Besitz der Briefe gewesen war, die die alten Wüstlinge erwähnt hatten. Oder dass er versucht hatte, den Inhalt der Schreiben zu verwenden, falls es seinen politischen Bestrebungen dienlich gewesen war.

Natürlich hätte er damit ein durchaus gewagtes Spiel gespielt. Eines, das, wenn man den Rückgang seines Einflusses im Oberhaus im Verlauf der letzten Jahre seines Lebens als Zeichen nahm, aus irgendwelchen Gründen schiefgegangen war.

Der fehlgeschlagene Plan des alten Earls war Laird jedoch vollkommen egal. Dass die Briefe nicht mehr hier in seinem Stadthaus waren, interessierte ihn hingegen sehr.

Diese Information führte ihn in sein Arbeitszimmer.

Er würde Anne umgehend eine Nachricht schicken und sie wissen lassen, dass bei der Durchsuchung seines Hauses nichts gefunden worden war. Vielleicht sollte er auch den alten Wüstlingen ein kurzes Schreiben schicken, denn sonst tauchten sie vielleicht noch einmal heimlich nachts auf seinem Grundstück auf.

Er zog die Schublade des Schreibtischs auf und nahm ein Blatt Papier, eine Feder und ein Tintenfass heraus.

Anne würde über diese Nachricht sicher nicht erfreut sein. Sie wünschte sich nichts sehnlicher, als etwas zu finden, was bewies oder widerlegte, dass blaues Blut durch ihre und die Adern ihrer Schwestern rann. Doch im Augenblick war Laird einfach erleichtert, dass es nirgends in der Cockspur Street auch nur den kleinsten Hinweis auf die Briefe gab. Oh, er war nicht so dumm, sich einzubilden, dass dadurch sein Vater von dem grässlichen Verbrechen reingewaschen wurde, dessen er von den drei alten Herren beschuldigt worden war. Es hieß nur, dass es in seinem eigenen Haus keinen Beweis für seine Taten gab.

Laird tauchte die Feder so tief in die Tinte, dass ein wenig von der Flüssigkeit an seinen Fingern kleben blieb, und grübelte über die beste Formulierung nach.

Anne war eine kluge Frau und würde sofort merken, wenn er nicht die ganze Wahrheit schrieb.

Er musste Vorsicht walten lassen bei dem Brief. Allergrößte Vorsicht.

Denn sie musste glauben, dass die gründliche Durchsuchung aller Räume, jeder noch so kleinen Nische oder Spalte, jedes Mauselochs und jedes Rauchfangs seines Hauses einzig *ihr zuliebe* von ihm angeordnet worden war.

Nicht um den Beweis für den möglichen Verrat des Vaters zu verbergen. Nicht um seine Mutter und den Namen der Familie vor der Schande zu bewahren …

… sondern einzig weil das Auffinden der Briefe *ihr* so wichtig war.

Laird blickte durch das Fenster in das abnehmende Licht des späten Nachmittags. Es war noch gar nicht so spät. Und je länger er überlegte, was er ihr am besten schreiben sollte, umso überzeugter war er, dass es äußerst unvernünftig wäre, hielte er das Resultat der Durchsuchung seines Hauses schriftlich fest.

Weshalb fuhr er nicht einfach zum Berkeley Square und sprach mit ihr? Er dachte kurz darüber nach und nickte mit dem Kopf. Ja, auf jeden Fall wäre es deutlich höflicher, wenn er sie persönlich über das Ergebnis seiner Nachforschungen aufklärte.

Er schlenderte durch den Salon und öffnete die Tür zum Flur, um Festidious zu bitten, seine Kutsche vorfahren zu lassen, als der Butler wie durch Zauberhand plötzlich direkt vor ihm stand.

»Verdammt, Mann. Sie haben mich derart erschreckt, dass ich um mindestens ein Jahr gealtert bin!«

»Ich bitte um Verzeihung, Eure Lordschaft.« Statt Laird ins Gesicht zu sehen, starrte der kahlköpfige Mann reglos geradeaus.

»Würden Sie bitte meine Kutsche rufen? Ich möchte zum Berkeley Square.«

»Sie müssen entschuldigen, Mylord, aber Ihre Mutter ist mit Ihrer Kutsche unterwegs. Ich werde umgehend einen Pagen losschicken, damit der einer Droschke winkt.«

Laird bedachte ihn mit einem argwöhnischen Blick. Er war ungewöhnlich steif, und selbst als er ihm direkt in die Augen sah, starrte er weiter reglos auf die Wand.

»Lady MacLaren hat die Kutsche genommen, ohne mir etwas davon zu sagen? Wohin ist sie denn gefahren?«

»Ich bitte um Nachsicht, Euer Lordschaft, aber ich hatte keine Ahnung, dass Sie ebenfalls den Wunsch verspüren würden, zum Berkeley Square zu fahren. Ich hätte Sie nach Ihren Terminen fragen sollen, bevor die Countess losgefahren ist. Bitte verzeihen Sie.«

Laird kniff die Augen zusammen. »Soll das etwa heißen, dass sie auch zum Berkeley Square gefahren ist?«

»Ja, Mylord. Kurz nachdem Sir Lumley Lilywhite das Haus verlassen hat, hat sie sich auf den Weg gemacht.«

»Lilywhite?« *Annes Vormund?* Laird erschauderte. Was hatte der gewiefte Kerl von seiner Mutter gewollt?

»Ja, Mylord. Lady MacLaren wollte ebenfalls zum Berkeley Square. Das hat sie jedenfalls … *gesagt.*«

»Was wollen Sie damit zum Ausdruck bringen, Mann? Gibt es irgendeinen Grund, an ihrer Aussage zu zweifeln?«

»Oh nein, Mylord, ganz sicher nicht. Nur fand ich es ein wenig seltsam, dass sie einen Koffer auf das Dach der Kutsche laden ließ und auch ihre Zofe mitgenommen hat … zum Berkeley Square.«

Zur Hölle. Laird hatte keine Ahnung, was er davon halten sollte. Selbst für seine Mutter war dieses Verhalten äußerst rätselhaft. »Festidious, Sie wissen nicht zufällig, ob sie die Absicht hatte, Miss Anne Royle ihre Aufwartung zu machen?«

»Doch, Mylord, ich glaube, sie hat den Namen erwähnt.« Immer noch starrte der Butler an Lairds Kopf vorbei, als wäre er blind oder hätte es mit dem Regenten persönlich zu tun. »Soll ich dann also eine Droschke rufen lassen, Eure Lordschaft?«, fragte er.

»Teufel noch einmal!« Laird raufte sich die Haare. »Dazu reicht die Zeit nicht mehr. Lassen Sie mein Pferd satteln. Machen Sie schnell!«

Er durfte seiner Mutter einfach nicht erlauben, Zeit allein mit seiner Verlobten zu verbringen.

Denn dann rutschten der jungen Frau vielleicht irgendwelche Geheimnisse heraus. Geheimnisse, von denen er vor vierundzwanzig Stunden nicht einmal gewusst hatte, dass es sie gab.

Berkeley Square

Als MacTavish Lairds Erscheinen meldete und ihn in den Salon geleitete, bestätigten sich Lairds schlimmste Befürchtungen.

Außer Miss Elizabeth und Mrs Winks, der stets schlafenden Großtante der Drillinge, waren auch Lady Upperton und die drei alten Wüstlinge von Marylebone anwesend, von Miss Anne und seiner Mutter jedoch keine Spur.

»Tut mir leid, mein Junge, aber sie sind bereits fort«, dröhnte Lord Lotharian, verzog dabei jedoch den Mund zu einem Lächeln, das verriet, dass er mit den Geschehnissen durchaus nicht unzufrieden war. »Sie sind vor einer Stunde abgereist. Das Wetter ist gut, und die Straßen sind trocken, sie dürften also bereits auf halbem Weg zu Ihrem Landsitz sein. Sie holen sie ganz sicher nicht mehr ein.«

»Ich verstehe nicht …« Laird drehte seinen schimmernden Biberhut in seiner Hand. »Sie wissen, dass unsere Verlobung nur eine Scharade ist. Aber vielleicht ist es schon zu spät. Wenn nämlich meine neugierige Mutter Anne mit ihren Fragen löchert, kommt bestimmt heraus, weshalb sie wirklich in mein Schlafzimmer geschlichen ist – und das wäre für keinen von uns gut.« Laird lief unruhig vor der Flurtür auf und ab. »Warum haben Sie Anne gestattet, die Countess nach St. Albans zu begleiten?«

»Das hat niemand getan, Mylord. Sie ist mitgefahren, weil sie wusste, dass es wichtig ist – weil nämlich die Briefe nicht in Ihrem Stadthaus sind«, informierte ihn Lilywhite. »Deshalb ist der nächste logische Ort für ihre Suche der Landsitz Ihrer Familie, MacLaren Hall. Das ist Ihnen doch sicher klar.«

Laird blieb stehen und fuhr zu ihm herum. »Aber ich habe noch gar nicht erwähnt –«

»Dass die Briefe nicht gefunden worden sind?«, fiel Elizabeth ihm ins Wort. »Wir wissen bereits über die erfolglose Suche Bescheid. Wahrscheinlich wussten wir es sogar früher als Sie selbst.« Sie durchquerte den Salon und führte Laird am Ellbogen zu ihrem eigenen Platz auf dem Sofa neben Lady Upperton.

»Aber wer hat Ihnen das gesagt?«, fragte Laird die junge Frau.

Obwohl er davon ausging, dass auch sie sich setzen würde, blieb sie weiterhin stehen. »Mrs Polkshank, unsere Köchin«, antwortete sie. »Auf unser Drängen hin hat sie eine … neue Freundschaft in der Cockspur Street geschlossen.«

»Oh, reden Sie nicht um den heißen Brei herum, Elizabeth«, beschwerte sich Lotharian. »Ich habe Mrs Polkshank dafür bezahlt, dass sie den alten Wüstlingen von Marylebone umgehend Meldung macht, wenn die Suche nach den Briefen in Angriff genommen wird oder falls ein Mitglied Ihres Haushalts sie entdeckt.«

»Aber die Briefe wurden nicht gefunden.«

»Nein, die von Ihnen organisierte Suche war ergebnislos. Aber uns hat sie trotzdem sehr geholfen.« Lotharian nickte ihm kurz zu. »Dafür danken wir Ihnen, Mylord.«

Lady Upperton tätschelte Laird begütigend den Unterarm. »Da die Briefe nicht in Ihrem Haus in der Cockspur Street versteckt gewesen sind, gehen wir davon aus, dass Ihr Vater sie mit nach MacLaren Hall genommen hat.«

Lilywhite zupfte an seinem Rockaufschlag und reckte stolz den Kopf. »Ich bin anscheinend wesentlich charmanter, als mir je bewusst gewesen ist. Denn ich habe Ihre Mutter mühelos dazu bewogen, dass sie ihre zukünftige Schwiegertochter sofort mit auf ihren Landsitz nimmt.«

»Dann war das also der Grund für Ihren Besuch in unserem Haus?« Laird schüttelte den Kopf. Auch ohne dass Sir Lumley eine Antwort gab, wusste er, dass es so war.

»Nun, während unserer durchaus angenehmen Unterhaltung über die bevorstehende Hochzeit ist mir vielleicht herausgerutscht, dass sich die liebe Anne noch ein wenig unbeholfen auf dem gesellschaftlichen Parkett bewegt. Und dass ich Lady MacLaren ewig dankbar dafür wäre, wenn sie unserem Mädchen noch den letzten Schliff verpasst. Ich glaube, am Schluss hat sie sich sogar eingebildet, sie hätte selbst diese Idee gehabt.«

»Sir Lumley, auch wenn ich Ihren *Charme* ganz sicher nicht in Zweifel ziehen will, bin ich mir ziemlich sicher, dass sie schon die ganze Zeit die Absicht hatte, sich mit Anne dorthin zurückzuziehen. Schließlich hat sie mir bereits deutlich zu verstehen gegeben, wie entsetzt sie über die Umstände der Bekanntgabe unserer Verlobung war. Sie will auf jeden Fall vermeiden, dass es nochmals irgendwelche Peinlichkeiten im Zusammenhang mit der bevorstehenden Hochzeit gibt.«

Seufzend klappte Laird die Augen zu. Inzwischen war ihm alles klar. »Und was wäre da geeigneter als ein Aufenthalt auf unserem Landsitz, um ihr dort in aller Ruhe alles beizubringen, was von meiner zukünftigen Gattin erwartet wird?«

»Das ist kein Problem. Anne ist eine wirklich kluge junge Frau. Sie wird alles tun, was Ihre Mutter wünscht. Aber, Lord MacLaren, täuschen Sie sich nicht. Sie ist nur deshalb dort, damit sie nach den Briefen suchen kann – und genau das wird sie tun.«

Laird sprang von seinem Platz auf. »Ich kann einfach nicht glauben, dass sie damit einverstanden war. Sie hat behauptet, es übersteige bereits ihre Fähigkeiten, so zu tun, als wären wir verlobt.«

Ihre Schwester schüttelte den Kopf. »Mylord, bis vor einem Jahr haben sie, unsere älteste Schwester Mary und ich gedacht, irgendeine arme, unglückliche Seele hätte uns vor der Haustür eines kleinen Landarztes abgelegt. Anne hat ihre Familie, ihre Geschichte nie gekannt.«

»Mir ist nicht ganz klar, was Sie damit sagen wollen.«

»Als sie klein war, war sie derart scheu und linkisch, dass sie von den anderen Kindern aus dem Dorf dafür verspottet worden ist. Dadurch hat sie es gelernt, sich immer im Hintergrund zu halten und alles zu vermeiden, wodurch sie das Interesse anderer Menschen auf sich zieht.«

»Trotzdem ist sie mit meiner Mutter abgereist.«

»Nur weil der Wunsch, endlich etwas über ihre Herkunft zu erfahren, größer ist als ihre Angst davor, im Mittelpunkt zu stehen.« Sie streckte ihre Finger aus und drückte ihm die Hand. »Sie haben keine Ahnung, wie es ist, ohne Wurzeln und vor allem ohne das geringste Ansehen aufzuwachsen, Lord MacLaren, also verurteilen Sie sie bitte nicht für etwas, was Sie nicht verstehen.«

Laird sah sie schweigend an, nickte kurz und wandte sich wieder zum Gehen.

Elizabeth hatte mit einer Sache recht gehabt – er hatte keine Ahnung, was es hieß, nicht zu wissen, wer man war. Schließlich brauchte er nur einen Blick auf die Ahnengalerie in MacLaren Hall zu werfen, um den Stammbaum seiner Familie zu sehen.

Mit einem Leben ohne Ansehen jedoch kannte er sich aus. Er wusste, welche schmerzliche Verzweiflung man deshalb empfand.

Er musste seine Verlobte einholen, bevor sie etwas tat, was sie im Nachhinein bereuen würde. Deshalb schwang er sich entschlossen in den Sattel seines Pferdes und machte sich eilig auf den Weg.

Cavendish Square
Später am selben Abend

»Ich sage euch, die Briefe, die wir suchen, *waren* in dem Haus und sind es wahrscheinlich immer noch.« Lotharian lief durch die Bibliothek, blieb vor einem der Regale stehen und strich geistesabwesend mit den Fingern über die ledernen Buchrücken, als stöbere er, ohne es auf einen bestimmten Titel abgesehen zu haben, zwischen den Bänden herum.

»Was macht Sie da so sicher?« Elizabeth spielte mit Lady Uppertons mechanischem Teeservierer, und die ältere Frau stellte die Tassen auf, die das heiße Gebräu aufnehmen sollten.

Bevor Lotharian eine Antwort geben konnte, wehte ein kalter Luftzug durch den Raum, als die Geheimtür hinter dem Regal zur Seite schwang.

Lotharian zog ein Taschentuch aus seinem Frack und wischte sich das Öl von den Scharnieren von den Fingerspitzen ab. Dann drehte er sich um und wartete zusammen mit Elizabeth und Lady Upperton auf Lilywhite und Gallantine.

Einen Moment später kamen beide Männer in den Raum geschlurft und nahmen in zwei Sesseln Platz.

»Ich habe gerade zu Elizabeth gesagt, dass die Briefe ganz bestimmt im Stadthaus der MacLarens in der Cockspur Street versteckt waren. Die Durchsuchung des Hauses müsste also irgendwas ergeben haben.«

»Wie können Sie sich da so sicher sein, Lotharian?« Lady Upperton betätigte einen Hebel, und der Teeservierer rollte auf die Tassen zu.

Elizabeth sah dem Geschehen mit großen Augen zu und neigte ihren Kopf, bis ihre Nase fast den Rand des Teetisches berührte, während sie verfolgte, wie der Teeservierer leicht nach vorn kippte und den frisch gebrühten Tee in die erste Tasse fließen ließ. »MacLaren hat das Haus gründlich durchsuchen lassen, und auch wenn er ein Schurke ist, kommt er mir nicht wie ein Lügner vor.«

»Nein, das ist er sicher nicht. Davon bin ich überzeugt«, stimmte Lotharian ihr zu. »Aber die Briefe waren in dem Haus und können frühestens in der Woche, ehe er das Haus für die Saison geöffnet hat, von dort verschwunden sein.«

Elizabeth richtete sich wieder auf und nahm die ihr von Lady Upperton gereichte Tasse Tee entgegen. »Hat nicht Apsley an dem Abend, als Sie drei am Dach gebaumelt haben« – sie stieß ein vergnügtes Kichern aus –, »erwähnt, dass in der Woche vor der Rückkehr der MacLarens in das Stadthaus eingebrochen worden ist?«

Lilywhite zog seine dichten, weißen Brauen hoch. »Das beweist noch nicht, dass die Briefe zu dem Zeitpunkt noch dort waren. Es bedeutet lediglich, dass die Einbrecher – falls es dieselben Kerle waren wie vor einem Jahr – sie entweder beim ersten Einbruch nicht gefunden haben und deshalb noch mal zurückgekommen sind, oder dass es ihnen gar nicht um die Briefe ging. Es stand in allen Zeitungen, dass mit dem großen Fest die Rückkehr der Countess und ihres Sohnes in die Stadt gefeiert wird. Also kann man davon ausgehen, dass die Kerle dachten, die MacLarens wären noch auf ihrem Landsitz und das Stadthaus in der Cockspur Street stünde noch leer.«

Gallantine räusperte sich leise und warf ein. »Nur dass bereits zum zweiten Mal nichts gestohlen worden zu sein scheint.«

»Beim ersten Mal hat der verstorbene Lord MacLaren die Einbrecher überrascht und beim zweiten Mal Apsley.« Lilywhite nahm eine Tasse Tee von Lady Upperton entgegen und schnupperte daran. »Hätten Sie vielleicht noch einen Tropfen Brandy, meine Liebe?«

Seufzend drückte Lady Upperton auf einen Knopf an ihrem Sitz, und sofort schoss ein kleiner, gepolsterter Hocker unter ihrem Kanapee hervor. Sie stellte ihre winzig kleinen Füße auf das Möbelstück, kletterte von ihrem Platz herunter, trippelte durch die Bibliothek und nahm eine Karaffe von einem Tisch.

»Dieser Apsley kommt mir wie ein Schwindler vor. Ich traue ihm nicht über den Weg.« Elizabeth half Lady Upperton wieder auf ihren Platz. »Hat er nicht gesagt, überall wären Papiere verstreut gewesen, als er das Haus betreten hat? Falls er auf die Briefe gestoßen ist, hat er sie vielleicht gelesen, ihren Wert erkannt und sie einfach eingesteckt.«

Sir Lumley nickte zustimmend und stieß einen zufriedenen Seufzer aus, als Lady Upperton eine großzügige Dosis Brandy in seinen Tee kippte.

»Vielleicht, Elizabeth.« Auch Gallantine hielt Lady Upperton seine gefüllte Tasse hin. »Aber ich glaube eher, dass Annes Vermutung richtig ist und sie die Briefe in MacLaren Hall entdecken wird.«

»Vor allem, fürchte ich, haben wir keine andere Wahl, als abzuwarten und zu hoffen, dass die Suche dort erfolgreich ist.« Jetzt hielt auch Lotharian der alten Dame seine schon geleerte Tasse hin.

Elizabeth atmete hörbar aus. Sie hatte sich noch nie gut in Geduld üben können, aber seit sie in London war, schien sie kaum etwas anderes zu tun.

»Noch ein Schlückchen Tee, Lotharian?« Lady Upperton wies auf den Teeservierer, doch der alte Wüstling winkte ab.

»Nein, meine Liebe.« Extra ihr zuliebe setzte er ein durch und durch charmantes Lächeln auf. »Aber meine Knochen sind noch immer etwas steif von dem Gebaumel an dem verflixten Seil. Vielleicht wäre ein Schluck Brandy genau das Richtige.«

Kapitel neun

Wie man stilvoll reist

MacLaren Hall, St. Albans
Mitternacht

Viscount Apsleys Kutsche eignete sich für die zweistündige Fahrt in das nördlich gelegene St. Albans deutlich besser als die Postkutsche, mit der Laird hatte fahren wollen, da sein eigenes Gefährt von der Countess beschlagnahmt worden war. Sie mussten nicht so oft anhalten wie die Postkutsche, und vor allem bot Apsleys Reisewagen deutlich mehr Komfort als jedes andere Vehikel, in dem er jemals gefahren war.

Deshalb hätte er sich, als das elegante Fahrzeug die von Pappeln gesäumte Einfahrt des Anwesens hinunterfuhr, beinahe gewünscht, die Fahrt wäre noch nicht vorbei. Seit sie London verlassen hatten, hatte der Freund ihn rundum verwöhnt, und Laird hatte das Gefühl gehabt, er sei in einem fahrbaren Herrenklub unterwegs. Sie hatten teuren Brandy getrunken, Delikatessen aus dem geflochtenen Picknickkorb geknabbert, Karten gespielt und Zigarren von den Westindischen Inseln geraucht.

Laird war froh, dass der Viscount darauf bestanden

hatte, ihn auf seinen Landsitz zu begleiten, um dort einen Weg zu finden, Miss Anne aus den Klauen seiner Mutter zu befreien und dafür zu sorgen, dass sie umgehend zurück nach London fuhr.

Die dreistündige Wartezeit, während derer sein Freund erst ein ausgiebiges Bad genommen und sich dann mit seinem Kammerdiener über die angemessene Garderobe für einen kurzen Aufenthalt auf dem Land beraten hatte, hatte sich eindeutig gelohnt. Doch das sagte er nicht laut, denn dann hätte Apsley sicherlich gedacht, er hätte ihm verziehen.

Nein, je länger Apsley ein schlechtes Gewissen wegen der angeblichen Verlobung hatte, umso mehr würde er versuchen ihm zu helfen, den Kopf aus der Schlinge zu ziehen.

Holpernd blieb die Kutsche vor der großen Eingangstür des Herrenhauses stehen. Zwei junge Pagen rieben sich die müden Augen, zogen eilig ihre Jacken an, liefen auf sie zu und hievten zusammen mit dem Kutscher und dem Stallburschen Lairds kleine Ledertasche und Apsleys riesigen Koffer vom Dach.

Laird schob den Freund vor sich aus dem Gefährt. »Aussteigen. Wir sind da.«

Apsley hatte auf der Fahrt zu tief ins Glas geschaut und stieß ein müdes Knurren aus.

»Aber du musst leise sein. Es ist schon spät, und Lady MacLaren und Miss Royle schlafen sicher längst.«

Statt zu nicken, strich sich Apsley mit dem Kinn über die Brust.

Laird setzte den erschöpften Freund im ersten freien Gästezimmer ab, ging in das obere Geschoss und machte sich auf den Weg zu seinem eigenen Raum am Ende des langen Korridors.

Es herrschte vollkommene Dunkelheit im Haus, doch er hatte den Großteil seiner Kindheit in MacLaren Hall verbracht und brauchte deshalb keine Kerze, um den Weg zu seinem Zimmer zu finden. Er kannte sich in dem Gebäude aus wie in seiner eigenen Westentasche.

Er ging etwas langsamer, als er zum Schlafzimmer seines verstorbenen Bruders kam. Wie oft waren sie beide durch die Tür geschossen und in hohem Tempo auf die Treppe zugerannt. Dann hatte sich jeder von ihnen auf eins der Geländer geschwungen, sie hatten ihre imaginären Pferde angefeuert und waren unter lautem Johlen, dem ängstlichen Geschrei der Gouvernante und dem fröhlichen Gelächter ihrer Mutter bis ins Erdgeschoss gerutscht.

Die glückliche Erinnerung zauberte ein Lächeln auf Lairds Gesicht, bis er plötzlich das flackernde Licht bemerkte, das durch den Türspalt fiel. Sein Gehirn war leicht umwölkt vom Alkohol, und ohne nachzudenken, öffnete er vorsichtig die Tür. »Graham?«

Jemand lag in seinem Bett.

»Graham?« Laird fuhr sich mit den Händen durchs Gesicht.

Was tat er da? Was bildete er sich nur ein?

Graham ist nicht mehr am Leben. Er ist tot.

Trotzdem schlief jemand in seinem Bett.

Er streckte eine Hand nach dem Vorhang vor dem Fenster aus und zog ihn einen Spaltbreit auf, bis ein dünner Lichtstrahl auf die schlafende Gestalt im Bett des Bruders fiel.

Laird atmete tief durch.

Anne.

»Das Mondlicht steht dir gut, meine Liebe«, wisperte er so leise, dass sie nur einen Seufzer vernommen hätte, wäre sie in diesem Augenblick erwacht. Schlafend war sie sogar noch schöner und ätherischer als sonst, stellte er bewundernd fest.

Im fahlen Licht des Mondes wirkte ihre Haut wie Porzellan, ihr weizenblondes Haar ergoss sich wie flüssiges Silber über ihre glatte, nackte Schulter, und er hätte sie am liebsten sanft geküsst.

Er konnte nichts dagegen tun. Er streckte seine freie Hand in ihre Richtung aus und ließ die Fingerspitzen sanft über ihr Haar und ihre Wange gleiten, bis er ihre volle Unterlippe fand.

Im selben Augenblick bewegte sie sich leicht, und er riss seine Hand zurück, ließ den Vorhang los, machte lautlos auf dem Absatz kehrt und trat eilig wieder in den Flur hinaus.

Endlich fielen die ersten Strahlen Tageslicht durch die dichte Wand aus Bäumen, die die ausgedehnte Rasenfläche im Osten des Hauses säumten, und erhellten die Bibliothek.

Lady MacLaren hatte Anne erzählt, dass ihr lieber verstorbener Gatte meistens in diesem Raum gesessen hatte, wenn er – leider viel zu selten – auf MacLaren Hall gewesen war. Deshalb hatte Anne, als sie am frühen Morgen ihre Haare hochgesteckt hatte, beschlossen, sich als Erstes dort nach den versteckten Briefen umzusehen.

Sie war in dem dunklen Zimmer auf und ab gelaufen, hatte den rot-goldenen Teppich umgeklappt, nach einer Parkettdiele gesucht, die vielleicht beschädigt oder etwas lose war, hatte sich auf die Knie sinken lassen, auf der Suche nach einem Geheimfach gegen die Fußbodenleisten gedrückt und die Fingerspitzen in die Spalten zwischen die unteren Regalhälften geschoben, denn vielleicht gab es wie im Haus von Lady Upperton auch hier eine versteckte Tür, durch die man in einen Geheimgang kam.

Inzwischen war es hell genug, um sich genauer umzusehen, nur wurde die Zeit allmählich knapp.

Zum Schutz vor neugierigen Pagen oder Stubenmädchen hatte Anne die Tür des Raums von innen zugemacht, bald aber würde Lady MacLarens Magen knurren, sie würde herunterkommen, um zu frühstücken, und dabei die Bibliothek passieren.

Anne lenkte ihren Blick auf den großen Mahagoni-Schreibtisch, der neben der breiten Flügeltür zum Garten stand, und zog an den Messinggriffen, aber keine einzige der Schubladen ging auf.

Also setzte sie sich auf den Boden und kroch rücklings in die höhlenartige Öffnung, die normalerweise für die Knie vorgesehen war.

Vielleicht hatte der verstorbene Earl den Schlüssel zu den Schubladen ja irgendwo versteckt, aus Gründen der Bequemlichkeit jedoch bestimmt an einem Ort, an dem er leicht erreichbar war.

Sie tastete die Unterseite der mittleren Lade ab und erforschte die splitterigen Spalten zwischen den Verzahnungen, die sich im Verlauf der Zeit etwas gelockert hatten, ohne dass sie etwas fand.

Plötzlich tauchte ein Schatten vor dem Fenster auf. Vielleicht war ja einfach eine Wolke vor der Sonne aufgezogen, überlegte sie, wusste aber instinktiv, dass es einen anderen Grund für die Verdunklung gab.

Sie reckte den Kopf und blinzelte, bevor ihr Magen sich furchtsam zusammenzog.

Oh, verdammt.

Man hatte sie entdeckt.

Plötzlich packten starke Hände ihre Knöchel und zogen sie unter dem Tisch hervor. Sie richtete sich derart eilig auf, dass sie mit der Stirn gegen die Schreibtischkante schlug.

»Verflixt!«, entfuhr es ihr, bevor sie auf die hünenhafte Silhouette vor dem Fenster sah.

»Passen Sie auf die Schublade auf!«, bat Laird sie amüsiert. »Oje. Zu spät.«

Anne schob sich an dem Schreibtisch vorbei, setzte sich auf und rieb sich die schmerzende Stirn. Dann, ihre Augen mit der Hand gegen die Sonne abschirmend, fragte sie ihn erbost: »W-was machen Sie hier?«

»Dasselbe wollte ich gerade Sie fragen.« Er sah sie nicht drohend, sondern grinsend an. Was bestimmt ein gutes Zeichen war.

Sie fuchtelte mit der Hand über ihrem Kopf, bis Laird sie ergriff und sie auf die Füße zog.

»I-ich habe nach etwas ... zu lesen gesucht«, erklärte sie in möglichst selbstbewusstem Ton.

»Unter dem Tisch?«

»I-ich hatte den Ring Ihrer Großmutter fallen lassen.« Eilig griff sie nach dem Ringfinger der linken Hand und drehte an dem teuren Stück herum. »Aber ich habe ihn wiedergefunden. Sehen Sie?« Sie hielt ihm stolz die Hand entgegen.

»Hm. Bitte entschuldigen Sie mich einen Moment.« Laird beugte sich an ihr vorbei, zog einen kleinen Gegenstand unter der klobigen, hölzernen Stiftablage hervor, richtete sich wieder auf und sah sie abermals mit einem breiten Grinsen an. »Ich dachte, Sie hätten vielleicht *danach* gesucht.«

Als er ihr seine Hand unter die Nase hielt, sah sie, dass ein schimmernder Messingschlüssel darin lag, und runzelte die Stirn.

»Wenn Ihnen die ganze Zeit bewusst gewesen ist, was ich hier mache, warum haben Sie das nicht einfach gesagt?«

»Weil das nicht halb so amüsant gewesen wäre, meinen Sie nicht auch?«

Sie verschränkte die Arme vor der Brust und warf erhaben den Kopf zurück. »Dann wissen Sie also, weshalb ich hierhergekommen bin.«

»Oh ja.«

»Sie haben Ihr Londoner Stadthaus nach den Briefen durchsucht, was sehr großzügig von Ihnen war.« Himmel, er grinste immer noch. »Vielleicht würden Sie sich dazu herablassen, mir auch hier bei der Suche danach behilflich zu sein.«

»Dazu sehe ich keine Veranlassung.« Er zuckte beinahe spöttisch mit den Schultern, marschierte durch den Raum und lehnte sich lässig an einen großen lederbezogenen Ohrensessel.

»Sie sehen dazu keine Veranlassung?« Anne warf die Arme in die Luft, achtete aber sorgfältig darauf, dass sie auch weiterhin mit möglichst leiser Stimme sprach. »Und warum, bitte, nicht? In der Cockspur Street waren die Briefe nicht, und deshalb hat Ihr Vater sie bestimmt irgendwo hier versteckt, falls er sie wirklich jemals besessen hat.«

»Da haben Sie natürlich recht. *Falls* er die Briefe jemals besessen hat – was wir nicht sicher wissen –, wäre es vollkommen logisch, hier danach zu suchen, nur –«

»Nur was?«

»Nur habe ich das längst getan.«

»Sie haben was?« Was meinte er damit – er hatte es längst getan? »Das ist vollkommen unmöglich.« Sie sah ihn argwöhnisch an. »Wann soll das gewesen sein?«

»Letzte Nacht«, erwiderte er selbstgefällig. »Während Sie geschlafen haben.«

In diesem Augenblick wurde die Tür der Bibliothek geöffnet, und Lady MacLaren sah zu ihnen herein.

»Guten Morgen, Lady MacLaren«, eilig lief Anne auf sie zu, nahm ihre Hand und führte sie zu Laird. »Sehen Sie nur, wer hier ist. Ist das nicht eine wunderbare Überraschung?«

Laird kam hinter dem Ohrensessel hervor und küsste seine Mutter auf die Wangen. »So groß ist die Überraschung nun auch wieder nicht, nicht wahr?«

Die Countess kicherte vergnügt. »Nein, wohl nicht. Ich hatte mir bereits gedacht, dass du kommen würdest, wenn du hörst, dass ich mit Anne hierhergefahren bin.«

»In *meiner* Kutsche«, fügte Laird hinzu.

»Oh ja.« Lady MacLaren blickte verschämt zu Boden. »Und wie bist du hierhergekommen? Vielleicht auf deinem Pferd?«

»Ganz sicher nicht«, erklang eine gut gelaunte Stimme aus Richtung der Tür. »Er ist in *meiner* Kutsche angereist.« Lord Apsley machte eine höfliche Verbeugung und kam mit drei großen Schritten auf sie zu. »Ich konnte ja wohl schwerlich zulassen, dass der Junge völlig staubbedeckt vor seine Mutter und seine Verlobte tritt.«

Anne blickte auf Laird. Er hatte erbost die linke Braue hochgezogen und sah Apsley aus zusammengekniffenen Augen an.

»Tja, nun, da wir alle zusammen sind, wären die Voraussetzungen für eine kleine Hausparty erfüllt. Lasst uns alle zusammen den Morgentee einnehmen, ja?« Lady MacLaren scheuchte sie alle Richtung Tür.

»Wollen wir gehen, Anne?« Laird bot ihr seinen Arm, den sie widerstrebend nahm.

Anscheinend hatte die Countess bemerkt, dass sie Laird böse angesehen hatte, denn sofort wollte sie von den beiden wissen: »Weshalb wart ihr beiden überhaupt so früh schon in der Bibliothek?«

Anne stieß ein leises Lachen aus. »Wir sind beide sehr früh wach geworden und haben uns zufällig hier getroffen.«

»Wir haben beide nach ein bisschen Lesestoff gesucht«, sprang Laird ihr helfend bei.

Lady MacLaren aber zog skeptisch die schmalen Brauen hoch. »Und habt ihr etwas gefunden?«

»Noch nicht, Lady MacLaren, aber ich glaube, dass unsere Suche auch noch nicht beendet ist«, gab Anne lächelnd zurück. »Nicht wahr, Mylord?«

»Nein, Anne.« Laird sah sie reglos an. »Das ist sie *noch nicht.*«

Laird stellte fest, dass seine Mutter ungewöhnlich guter Laune war. Sie lächelte und summte vor sich hin, als sie einen Klecks Orangenmarmelade auf ihre getoastete Brotscheibe gab, und plauderte während des Frühstücks nett mit Apsley und Anne.

Es war das erste Mal seit der Nachricht vom Tod

des Bruders auf dem Schlachtfeld, dass er sie derart fröhlich sah. Es freute ihn, dass sie anscheinend wieder glücklich war. Schließlich hatte ihre kleine Familie in den letzten achtzehn Monaten ein Übermaß an Leid erlebt.

»Lady MacLaren, ich muss Ihnen dafür danken, dass Sie mich in einem so warmen, behaglichen Zimmer untergebracht haben.« Anne blickte kurz auf Laird. »Aber ich habe erfahren, dass dieser spezielle Raum eins der Familienzimmer ist, und ich möchte ganz sicher nicht stören.« Wieder blickte sie auf Laird, wandte sich dann aber wieder seiner Mutter zu.

»Aber mein liebes Kind, Sie stören ganz bestimmt nicht. Und vor allem sind Sie ein Mitglied der Familie oder werden es auf jeden Fall bald sein.« Die Countess tätschelte ihr den Arm. »Außerdem habe ich Grahams Zimmer höchstpersönlich für Sie ausgewählt.«

»Ach ja?« Laird bedachte sie mit einem ungläubigen Blick. Während der gesamten Trauerzeit um ihren Sohn hatte sie das Zimmer regelmäßig putzen und herrichten lassen, als käme Graham jeden Tag zurück.

Obwohl die Countess es niemals zugegeben hatte, schien es so, als hätte sie nie wirklich geglaubt, dass Graham in der Schlacht gefallen war. Selbst nachdem der Bursche seines Bruders mit dem Siegelring gekommen war, den Graham niemals abgenommen hatte, hatte sie das Bett in seinem Zimmer weiter regelmäßig frisch beziehen lassen und auch weiter jeden

Abend einen Krug mit heißem Wasser auf dem Waschtisch für ihn bereitgestellt.

Doch das war anscheinend jetzt vorbei.

»Ach ja.« Dann aber verflog das Lächeln der Countess, und sie gab unglücklich zu: »Ich habe es einfach nicht mehr ertragen, das Zimmer leer stehen zu sehen.« Sie wandte sich an Anne, und ihr Lächeln kehrte zurück. »Aber jetzt haben wir ja Anne hier in MacLaren Hall, und bald werden wir wieder eine richtige Familie sein statt nur die traurigen Überreste der Familie, die hier früher so glücklich war.« Tränen – nicht der Traurigkeit, sondern des Glücks – stiegen in ihren Augen auf.

Laird vernahm ein leises Schniefen, drehte überrascht den Kopf und sah, dass Anne sich verstohlen mit ihrer Serviette über die Augen fuhr. »Danke, Lady MacLaren«, stieß sie unter Tränen aus, sprang auf, beugte sich zu der Countess herab und nahm sie in den Arm. »Sie wissen gar nicht, wie viel es mir bedeutet, das aus Ihrem Mund zu hören.«

Auch Lairds Augen fingen verdächtig an zu brennen. Eine Heirat gäbe Anne die Wurzeln, die sie sich so dringend wünschte, und sie gäbe seiner Mutter das Gefühl, dass sie nach dem Tod des jüngsten Sohnes und des Gatten endlich wieder Teil einer richtigen Familie war.

Doch er wünschte sich die Zuneigung einer anderen Frau, und so würde wieder einmal alle Welt von ihm enttäuscht sein.

Plötzlich klatschte seine Mutter in die Hände, blinzelte die Tränen fort und verkündete: »Ich habe beschlossen, heute mit Anne nach St. Albans zu fahren. Wollt ihr uns vielleicht begleiten? Dann machen wir uns alle zusammen einen schönen Tag.«

Apsley unterdrückte ein Gähnen und sah sie aus seinen rot verquollenen Augen blinzelnd an. »Ich bitte um Verzeihung, Lady MacLaren, aber ich muss mich noch von der Reise erholen und lege mich, falls Sie nichts dagegen haben, lieber noch einmal ein paar Minuten hin.«

Laird grinste. Sicher wurde der Viscount weniger von Müdigkeit infolge einer anstrengenden Reise als von alkoholbedingten Kopfschmerzen geplagt.

Er schob seinen Stuhl zurück, stand auf und erklärte seinerseits: »Und ich wollte nach dem Frühstück meine Suche nach erbaulicher Lektüre fortsetzen und dann vielleicht noch kurz am See spazieren gehen.« Er trat vor die Countess und gab ihr einen Wangenkuss. »Vor allem bin ich sicher, dass ihr Damen irgendwelche hübschen Bänder sowie anderen Schnickschnack kaufen wollt, und dafür habe ich eindeutig kein Talent. Deshalb amüsiert ihr euch am besten ohne mich. Außerdem habt ihr bestimmt noch sehr viel zu bereden …«

Er ging um den Tisch herum zu Anne, neigte seinen Kopf zu ihrem Ohr herunter und flüsterte ihr zu: »Nur bitte nicht *zu* viel.«

Anne warf sich theatralisch die Hand vor den Mund

und kicherte: »Oh Laird, *benehmen* Sie sich«, und schlug ihm spielerisch auf den Arm.

Er zog spöttisch eine Braue hoch und zwinkerte ihr zu. »Das tue ich doch immer, meine Liebe.«

Kapitel zehn

Wie man Geduld beweist

Im Dorf St. Albans

Anne war immer schon die ungeduldigste der Royle-Schwestern gewesen. Ihr Vater, der bestimmt der langmütigste Mensch des ganzen Königreichs gewesen war, hatte jedes Mal erklärt: »Geduld ist eine Tugend«, wenn sie bei einem seiner Patienten hatte sitzen müssen, bis der Kranke sich so weit erholt hatte, dass er keiner ärztlichen Hilfe mehr bedurfte.

Daran dachte sie zurück, wenn Elizabeth oft eine halbe Ewigkeit auf den Fleischteller starrte und zu entscheiden versuchte, welches Stückchen Hammel wohl das beste wäre. Oder wenn sie endlos warten musste, während Mary wegen eines Pennys feilschte, den sie viel einfacher dadurch hätte sparen können, indem sie ihren Tee in einem anderen Geschäft erstand.

Auch an diesem Morgen dachte sie an den Ausspruch ihres Vaters, als sie allein in Lairds Kutsche saß, nachdem die Countess in ein Geschäft gegangen war.

Sie wartete und wartete … bis der Schlag der Kirchturmuhr ihr deutlich machte, dass Lady MacLaren schon vor beinahe einer Stunde ausgestiegen war.

Vielleicht war ihr ja irgendetwas zugestoßen? Sie sollte wirklich nach Lairds Mutter sehen, um sich davon zu überzeugen, dass ihr nichts geschehen war.

Abrupt riss sie die Tür der Kutsche auf und stieß prompt mit irgendetwas zusammen. Sehr heftig.

Eine Frauenstimme schrie vor Schmerzen auf.

»Mein Gott, was habe ich getan?« Anne sprang aus dem Gefährt und warf die Tür wieder hinter sich zu.

Auf dem Bürgersteig saß eine Frau. Sie war völlig benommen, und das leuchtend rote Blut, das in einem Strahl aus ihrer kess gereckten kleinen Nase lief, hinterließ hässliche Flecken auf dem zartrosa gestreiften, seidenen Kostüm.

»Oh, es war ein fürchterlicher Unfall!« Anne lief zu der Verletzten und sank vor ihr auf die Knie. »Es tut mir furchtbar leid – ich habe Sie nicht kommen sehen.« Anne legte den Kopf der Frau nach hinten und drückte ihre Nasenflügel zusammen, um die Blutung zu verlangsamen.

Oh nein. Die Nase wackelte. »Ich fürchte, Sie haben sich die Nase gebrochen, Madam.«

Die Frau stieß ein leises Wimmern aus. »Sie meinen, *Sie* haben sie mir gebrochen.«

»Ja, nun, ich bitte nochmals um Entschuldigung. Sie können sich gar nicht vorstellen, wie leid mir dieser Unfall tut.«

»Ich habe das Wappen der MacLarens auf der Kutschentür gesehen.«

»Das stimmt.«

»Aber … was haben Sie darin gemacht?«, stieß die Frau schniefend aus.

»Ich bin Lord MacLarens Verlobte. Bitte, versuchen Sie nicht zu sprechen. Lassen Sie mich Ihnen in die Apotheke helfen und einen Arzt rufen.« Ohne eine Antwort abzuwarten, hievte Anne sie bereits auf die Füße.

Doch die Frau ließ sich nicht in die Apotheke führen, sondern blieb wie angewurzelt stehen und stieß gurgelnd aus: »Sie sind seine Verlobte? Die Verlobte von Laird Allan?«

»Ja. Bitte, Madam, wenn Sie mit mir in die Apotheke kommen würden, kann ich dort bestimmt die Blutung stillen.«

»Das ist vollkommen unmöglich.« Mit einem Mal wirkte die Fremde ungewöhnlich ruhig.

»Mein Vater war Arzt, und ich habe ihm zeit meines Lebens assistiert. Die Versorgung Ihrer Nase ist also ganz sicher kein Problem.« Anne zog die Frau zur Tür.

»Nein, ich meine, es ist vollkommen unmöglich, dass Sie Lairds Verlobte sind.«

»Und warum?« Anne konnte nur hoffen, dass die Frau nicht merkte, dass sie ihr allmählich auf die Nerven ging.

»Weil er das Trauerjahr um seinen Vater gerade erst beendet hat.«

»Und woher wollen Sie das wissen? Sind Sie mit der Familie bekannt?« Anne öffnete die Tür und hielt sie mit der Seite ihres Fußes auf.

»Allerdings«, erwiderte die Frau.

Anne zog sie unsanft in die Apotheke, in der Lady MacLaren stand und sich mit dem Apotheker unterhielt.

Als sie die beiden jungen Frauen sah, wurde ihr bis dahin breites Lächeln starr. »Lady Henceforth!«

Lady Henceforth? Anne wurde von einem Gefühl der Übelkeit gepackt.

Bitte, sag mir jemand, dass ich nicht gerade der Frau die Nase gebrochen habe, die Laird … vor dem Altar stehen gelassen hat.

Die Sonne war bereits am Horizont versunken, als der Doktor endlich ging. Allerdings hatte ihm Anne zuvor versprechen müssen, bis zum nächsten Morgen bei seiner Patientin auszuharren und nach ihr zu sehen.

Die Countess, die den Anblick der Frau, die ihren Sohn derart erniedrigt hatte, offenbar nur schwer ertrug, war so schnell es ging nach MacLaren Hall zurückgekehrt.

Lady Henceforth schluckte, hustete ein wenig Blut in ihr spitzengesäumtes Taschentuch und brach in Tränen aus.

»Hier.« Anne hielt ihr ein Glas mit kaltem Wasser an den Mund. »Sie brauchen keine Angst zu haben, Sie sind ganz bestimmt nicht krank. Sie haben einfach nur jede Menge Blut aus der Nase in die Kehle bekommen. Wenn Sie ein paar Schlucke trinken, wird es heruntergespült.«

»Sie … Sie sind so nett zu mir. Warum, Miss Royle?«

»Bitte nennen Sie mich Anne. Es ist ja wohl ganz normal, dass ich Ihnen helfe. Schließlich habe ich Ihnen die Nase gebrochen, Lady Henceforth.« Sie sah die andere Frau mit einem warmen Lächeln an.

»Sie dürfen mich Constance nennen.« Lady Henceforth schlug die braunen Augen nieder und fügte in rauem Ton hinzu: »Schließlich habe ich Laird gedemütigt. Aber das musste ich ganz einfach tun. Ich hatte einfach keine andere Wahl. Als mir zu Ohren kam, was für ein Wüstling mein Verlobter war, wurde mir bewusst, dass ich ganz unmöglich den Rest meines Lebens mit ihm würde verbringen können.«

»Sie brauchen mir nichts zu erklären.« Anne stellte das Glas zur Seite und tätschelte der Frau die Hand. »Ich verurteile Sie nicht.«

»Sie sind ein guter Mensch.« Lady Henceforths Stimme klang ein wenig überrascht. »Weshalb haben Sie sich bereit erklärt, den Mann zu heiraten? Weil er vermögend ist? Ein anderer Grund fällt mir einfach nicht ein, warum sich eine Frau wie Sie an einen Menschen binden sollte, der sie bei der ersten sich bietenden Gelegenheit betrügen wird.« Ein schmales, eigenartig zufriedenes Lächeln umspielte ihren Mund.

»Also bitte!« Zu Annes Überraschung wogte heißer Zorn in ihrem Innern auf.

»Ich bitte um Verzeihung, dass ich derart unverblümt mit Ihnen spreche, aber ich fände es einfach nicht fair, es Ihnen nicht zu sagen.« Constance nahm ihre Hand und hielt sie mit beiden Händen fest. »Vielleicht wussten Sie ja nicht, was für einen schlechten Ruf er hat.«

Anne atmete tief ein. *Bloß nicht emotional werden, egal was Lady Henceforth sagt.*

Schließlich war dies ihre erste Chance, das Laird gegebene Versprechen einzulösen, und sie nicht zu nutzen, wäre dumm. »Constance, ich lebe in London, und mir ist durchaus bewusst, dass Laird früher ein fürchterlicher Wüstling war. Aber das ist jetzt vorbei.«

Lady Henceforth stieß ein leises Schnauben aus. »Wie sagt man doch so zutreffend? Die Katze lässt das Mausen nicht.«

»Trotzdem hat sich Laird, nachdem sein Vater und sein Bruder gestorben sind, vollkommen verändert. Er hat sich gebessert. Jetzt ist er ein ehrlicher und guter Mann.«

»Und dieser Wandel soll ihm innerhalb von einem Jahr gelungen sein? Das zu glauben fällt mir schwer.«

Anne entzog ihr ihre Hand und griff nochmals nach dem Glas, das auf dem Nachttisch stand. »Vielleicht tut Ihnen noch ein Schlückchen Wasser gut.« In der Hoffnung, Lady Henceforths Stimmung aufzuhellen, zog sie spielerisch die Brauen hoch.

Lächelnd schmiegte sich Constance in den von Anne in ihrem Rücken aufgetürmten Kissenberg. »Wie haben Sie beide sich kennengelernt? Schließlich hat er bis vor Kurzem um seinen Bruder und Vater getrauert und war die ganze Zeit hier in MacLaren Hall.«

Verflixt. Warum hatten sie und Laird sich keine Geschichte zu ihrem Kennenlernen ausgedacht? Es war wirklich erstaunlich, dass bisher noch niemand hatte wissen wollen, wo sie sich begegnet waren. Bisher hatten sich alle ausschließlich für die Verlobung interessiert.

»Tja nun, das ist wirklich eine unglaubliche Geschichte.« Anne trank selbst einen Schluck Wasser, denn sie hoffte, dass sie dadurch etwas Zeit gewann. Sie konnte Lady Henceforth unmöglich die Wahrheit sagen, das war klar.

»Nun, ich habe einen Ausritt im Hyde Park am Ufer des Serpentine gemacht …«, setzte sie zur zweiten großen Lüge ihres Lebens an.

Als Lady MacLaren am nächsten Vormittag zu Lady Henceforth kam, war die Countess ruhig und höflich, kaum jedoch betraten sie und Anne wieder MacLaren Hall, packte sie sie bei der Hand und zog sie ohne weitere Verzögerung mit sich in die Bibliothek.

Laird sprang von seinem Platz hinter dem Schreibtisch auf und trat eilig auf sie zu. Anne trug noch dasselbe Kleid wie am Tag zuvor, nur dass es jetzt von Flecken getrockneten Bluts verunziert war. »Geht es Ihnen gut? Ich habe mir Sorgen gemacht, als Sie nicht nach Hause … ich meine, als Sie nicht mit zurückgekommen sind.«

Die Countess hielt es nicht länger aus. »Wie konntest du mir das verschweigen, Laird? Ich bin deine

Mutter, und ich finde es empörend, dass ich eine so wichtige Neuigkeit von der verabscheuungswürdigen Lady Henceforth hören muss!«

»Ich weiß nicht, wovon du sprichst.« Laird wandte sich verblüfft an Anne.

Anne schüttelte unmerklich den Kopf in der Hoffnung, dass er diese Geste richtig deuten würde und ihm klar wäre, dass sie mit seiner Mutter keineswegs über den wahren Grund für ihr Erscheinen in seinem Schlafzimmer in jener schicksalhaften Nacht gesprochen hatte.

»Mein Sohn ist offenbar nicht nur ein Held, sondern auch ausnehmend bescheiden, denn sonst hätte er doch wohl zumindest mir als seiner Mutter irgendetwas von seiner großen Tat erzählt.«

Lady MacLaren rang die Hände. »Nun, wenigstens hier in St. Albans wird bald jeder wissen, was mein Sohn geleistet hat. Dafür habe ich gesorgt. Aber, Himmel, wir müssen umgehend zurück nach London – *oder* ... Nein, ich habe eine bessere Idee.« Sie machte auf dem Absatz kehrt und stapfte, ohne auch nur einen letzten Blick auf Anne und Laird zu werfen, aus dem Raum.

Laird ließ sich wieder in seinen Schreibtischsessel sinken, vergrub den Kopf zwischen den Händen und fragte in verständnislosem Ton: »Ich bin ein Held?«

Anne lief zu ihm und stützte sich mit beiden Händen auf der Schreibtischplatte auf. »Tja, nun, so sieht's zumindest aus. Laird, ich kann Ihnen gar nicht sagen, wie mutig Sie gewesen sind.«

»Sagen Sie mir, Anne, wie haben Sie es angestellt, dass sich unsere Lage innerhalb nur eines kurzen Tages so verschlimmert hat?«

Anne schlug aufgeregt mit einer Hand auf das blank polierte Holz des Tischs. »Ich habe sie *verbessert*! Ich habe Sie bei Lady Henceforth bereits in ein deutlich besseres Licht gerückt.«

»Indem Sie ihr die Nase gebrochen haben?«, fragte er und sah sie an. All das konnte doch einfach nicht wahr sein. »Sagen Sie mir nur eines, Anne. Dass Sie ihr die Nase mit der Tür meiner Kutsche gebrochen haben, war doch wohl ein Unfall, oder etwa nicht?«

»Absolut. Es war ein völliges Versehen. Ich wusste nicht mal, wessen Nase ich gebrochen hatte, bis Ihre Mutter sie beim Apotheker als Lady Henceforth angesprochen hat.«

»Dem Himmel sei Dank für diesen kleinen Segen.« Er hörte selbst das unterdrückte Lachen, das bei diesem Satz in seiner Stimme lag, drehte sich auf seinem Stuhl zu ihr herum und strich ihr geistesabwesend über den Handrücken. »Also erzählen Sie mir, inwieweit die gebrochene Nase dieser armen Frau für uns von Vorteil ist.«

Anne sah ihn mit leuchtenden Augen an. »Sie mag mich, und sie bildet sich anscheinend ein, aufgrund unserer Beziehung zu Ihnen wären wir verwandte Seelen oder so.«

Laird versuchte, die Bedeutung dieses Satzes zu verstehen, räumte aber schließlich ein: »Es tut mir leid, aber ich habe keine Ahnung, weshalb uns das weiterbringen sollte.«

»Sie hat mir erzählt, sie hätte Sie nicht mehr heiraten können, nachdem sie erfahren hat, wie Sie sich in London benommen haben. Und ich kann Ihnen versichern, die schmutzigen Details hätte sie mir besser erspart.«

»Ich habe Ihnen doch gesagt, weshalb sie die Hochzeit abgeblasen hat.« Laird verspürte einen Hauch von Angst. Es störte ihn, dass Anne in ihm vielleicht mit einem Mal den alten Wüstling sah und nicht den ehrenwerten Mann, der er inzwischen war.

»Sie hat mich gefragt, warum ich einen Mann mit einem derart schlechten Ruf ehelichen will.«

Plötzlich war ihm alles klar. »Und Sie haben ihr erklärt, dass ich mich verändert habe«, stellte er fest.

»Ja, genau.« Anne reckte stolz den Kopf.

»Sie sind einfach ein wunderbarer Mensch!« Laird sprang von seinem Stuhl auf, umfasste ihr Gesicht, zog ihren Kopf zu sich heran und küsste sie mitten auf den Mund.

Im selben Augenblick wurde ihm klar, dass das falsch gewesen war. Er war einfach viel zu impulsiv.

Doch Anne widersetzte sich ihm nicht. Stattdessen stieß sie plötzlich einen leisen Seufzer aus und schmiegte sich so weich an seine Brust, dass auch seine Reaktion nicht lange auf sich warten ließ.

Sofort ließ er von ihr ab und durchforstete sein Hirn nach einer vernünftigen Entschuldigung. »Ich bitte um Verzeihung, Anne. I–ich hatte nicht die Absicht … das hätte ich nicht tun sollen.« Er sah sie verlegen an. »Aber ich war einfach so froh, dass Sie eine Gelegenheit gefunden haben, mit ihr zu sprechen.«

»Oh, ich weiß. Sie brauchen sich nicht zu entschuldigen.« Anne runzelte die Stirn, als hätte ihre eigene Reaktion auf seinen Kuss sie ebenfalls verwirrt. »Ich habe mich ebenfalls … gefreut.« Sie machte einen unsicheren Schritt zurück, sah ihn dann aber mit einem breiten Grinsen an. »Obwohl Sie immer noch ein rechter Schwerenöter sind, auch wenn Sie behaupten, kein herzloser Schurke mehr zu sein.«

»Das stimmt. Es ist einfach Teil meiner Persönlichkeit.« Er legte sich die Hand aufs Herz. »Aber auch wenn ich ein Schwerenöter bin, habe ich ein Gewissen und ein Herz«, erklärte er, während er die Augen züchtig niederschlug.

»Auch das ist glücklicherweise wahr, denn schließlich ist es wichtig, dass wir beide ehrlich zueinander sind, wenn man uns die glückliche Verlobung weiterhin glauben soll«, erklärte sie in einem Ton, der fast wie eine Warnung klang.

»Genau.« Doch auch wenn er keine Ahnung hatte, was genau sie sagen wollte, hatte er ihr deutlich angehört, dass dies nur die Einleitung zu etwas anderem war.

Anne sah ihm forschend in die Augen, als suche sie

etwas darin. Dann verzog sie den Mund zu einem Lächeln, so als wäre sie durchaus zufrieden mit dem, was sie in seinem Blick sah, und sagte: »Das ist Ihnen also klar.«

Laird blickte sie verwundert an. Der Satz klang mehr wie eine Frage als eine Feststellung. »Sie brauchen keine Angst zu haben, Anne. Es ist unerlässlich, dass wir beide ehrlich zueinander sind.« Er setzte ebenfalls ein warmes Lächeln auf. »Ich nehme an, das ist *uns beiden* klar.«

Anne stieß ein lautes Lachen aus, das sein Lächeln noch breiter werden ließ, klopfte sich dann aber mit dem Zeigefinger auf die Unterlippe und senkte unglücklich den Kopf.

Dreimal setzte sie zum Sprechen an, klappte aber jedes Mal den Mund nach kurzem Zögern wieder zu.

Oh nein. »Sagen Sie mir einfach, was Sie sagen müssen, Anne.« Er kniff die Augen zu und bleckte die Zähne, als mache er sich auf das Schlimmste gefasst.

»Hm …«, setzte sie endlich mit einem leisen Lachen an. »Da wir beide derart ehrlich zueinander sind, sollte ich Ihnen vielleicht endlich sagen, wie wir beide uns kennengelernt haben … bevor Ihre Mutter wiederkommt.«

Er stieß ein Stöhnen aus. »Dann scheint es wirklich schlimm zu sein.«

Kapitel elf

Wie man eine fantastische Geschichte zum Besten gibt

MacLaren Hall
Zwei Wochen später

Das Gedränge wurde fortwährend größer, denn noch immer strömten ehrenwerte Damen und Herren – einige sogar aus London – in den Ballsaal von MacLaren Hall.

Laird strich seine goldgewirkte, elfenbeinfarbene Weste glatt, als er ein wenig in die Knie ging, weil er sonst über den Lärm hinweg nicht zu verstehen war. »Mutter, hast du etwa alle, die jemals den Namen unserer Familie gehört haben, zu diesem Verlobungsball geladen?«

»So sieht es beinahe aus, nicht wahr?« Lady MacLaren kicherte vergnügt. »Oh, aber du darfst mir deswegen nicht böse sein. Ich wollte einfach, dass alle von der Heldentat meines frischverlobten Sohnes hören und seine liebreizende Verlobte sehen.«

»Aber Mutter, diese Heldentat hat niemals –«

»Ah, da kommt sie ja.« Die Countess stieß ihren Sohn mit dem Ellenbogen an. »Sieht sie heute Abend nicht ganz besonders reizend aus? Sir Lumley hat das Kleid extra für diesen Anlass aus London schicken lassen. Er ist eben ein wirklich großzügiger Gentleman.« Lady MacLaren strahlte wie ein Honigkuchenpferd, als Anne auf sie zuschwebte. »Oh, meine Liebe, Ihr Kleid ist einfach perfekt.«

Anne setzte ein scheues Lächeln auf und versank in einem tiefen Knicks.

Laird stockte der Atem, als sie neben ihn trat, und bot ihr verspätet seinen Arm.

Das Kleid aus goldenem Satin schimmerte im Kerzenlicht, das aus den kristallenen Lüstern über ihren Köpfen strömte, und sie strahlte darin heller als der hellste Sonnenschein.

»Sie sehen heute Abend wirklich reizend aus«, erklärte er spontan.

Sie sah ihn unter dichten Wimpern hervor aus ihren phänomenalen goldenen Augen an und gab mit derselben Bewunderung zurück: »Danke, Lord MacLaren. Sie sehen heute Abend selbst geradezu *heroisch* aus.«

Laird nickte höflich mit dem Kopf. Er hatte sich eingeredet, dass er in dem eleganten schwarzen Frack und der reich bestickten Weste Eindruck auf Lady Henceforth machen wollte, falls sie trotz ihrer Verletzung auf dem Ball erscheinen würde. Damit aber hatte er sich offenkundig etwas vorgemacht. Denn urplötzlich wurde ihm bewusst, dass er der Frau gefallen wollte, die in diesem Augenblick an seiner Seite stand.

Seine Mutter stellte sich auf die Zehenspitzen, schirmte ihre Augen ab und sah sich suchend in dem Meer aus Gästen um. »Ah. Da sind sie ja. Die Plappermäuler, auf die ich schon die ganze Zeit gewartet habe: Lady Kentchurch und Mrs Devonport. Warte hier, Junge. Ich hole die beiden her. Sie wollen dich und Anne unbedingt mit eigenen Augen sehen.«

»Meine Güte.« Laird blickte auf Anne und sah ihr überdeutlich an, dass sie vollkommen verängstigt war. Sie stand völlig reglos neben ihm, starrte ihn mit großen Augen an, und das Lächeln, das auf ihren von Solange dezent geschminkten Lippen lag, wirkte ungewöhnlich starr.

»Keine Sorge«, meinte er. »Hier herrschen ein solches Gedränge und ein derartiger Lärm, dass Sie nur zu lächeln brauchen, weiter nichts. Und das kriegen Sie, so wie es aussieht, wirklich prima hin.«

Sie riss sich aus ihrer Erstarrung, kniff die Augen zusammen und pflichtete ihm bei: »Natürlich kriege ich das hin. Wenn Sie mir versprechen, dass Sie nicht von meiner Seite weichen, bringen wir den Abend sicherlich problemlos hinter uns.«

In diesem Augenblick kam die Countess, zwei dralle Damen im Gefolge, zu ihnen zurück. »Dann hat plötzlich ihr Pferd gescheut, sie in hohem Bogen abgeworfen, und sie ist bei ihrem Sturz mit dem Kopf gegen das Brückengeländer gestoßen und dadurch ohnmächtig geworden, ehe sie ins Wasser fiel.«

Als die beiden Damen keuchten, nickte Anne, hakte

sich bei ihrem angeblichen Retter ein und blickte bewundernd zu ihm auf.

»Mein Sohn, der Earl of MacLaren, ist dem armen Mädchen sofort hinterhergesprungen und hat es vor dem Ertrinken bewahrt.« Die Countess holte tief Luft und fuhr sich mit der Hand an den Hals. »Er hätte dabei selbst ertrinken können, aber er hat nur daran gedacht, die junge Frau zu retten, die jetzt seine Verlobte ist.«

Die Augen von Mrs Devonport füllten sich mit Tränen, und sie tupfte mit einem spitzengesäumten Taschentuch an ihren Wimpern herum. »Was für eine romantische Geschichte. Dann hat das Schicksal die beiden zusammengebracht.« Sie stieß einen verträumten Seufzer aus.

»Sie sind ein wahrer Held, Mylord«, stellte Lady Kentchurch anerkennend fest. »Nur, warum habe ich von der Geschichte nicht schon vorher etwas gehört? Man sollte meinen, wenigstens die *Times* hätte einen Artikel über eine derartige Heldentat herausgebracht.«

Anne atmete zitternd ein, und Laird spannte sich sichtlich an. Was für eine Geschichte dächte sie sich jetzt wohl wieder aus?

»Sie haben völlig recht, Lady Kentchurch«, antwortete Anne. »Nur unglücklicherweise hätte die Zeitung keine Einzelheiten über den Vorfall berichten können, denn die Namen der jungen Frau und ihres heldenhaften Retters waren niemandem bekannt. Nachdem Lord MacLaren mir das Wasser aus der Lunge gepumpt hatte und ich wieder atmen konnte, hat er mich sofort nach Hause zu meiner Familie an den Berkeley Square gebracht. Natürlich hat er für seine heldenhafte Tat weder unseren Dank noch irgendeinen Lohn gewollt, doch als echter Gentleman kam er am nächsten Tag noch einmal vorbei, um sich davon zu überzeugen, dass ich wieder vollständig genesen war. Dann kam er auch am übernächsten und am überübernächsten Tag. Und jetzt … sind wir *verlobt*!«

Laird blickte sie verwundert an. Wie hatte sie jemals behaupten können, dass sie schüchtern war? Sie war eine fantasiebegabte, unterhaltsame, lebendige Person.

Sie war einfach wunderbar.

Zugleich jedoch die größte Lügnerin, der er jemals begegnet war.

Laird lachte leise auf. Mit jeder Wiederholung schmückte Anne ihre Geschichte weiter aus.

Sie spürte, dass er sie ein wenig enger an sich zog.

»Wenn die Damen uns jetzt bitte entschuldigen«, sagte er zu seiner Mutter und den beiden Klatschmäulern. »Ich habe Anne versprochen, sie mit unseren Nachbarn, den Middletons, bekannt zu machen, und ich habe sie gerade hereinkommen sehen.«

Die drei älteren Frauen nickten, als er Anne von ihnen fort in Richtung einer anderen Gästegruppe zog.

»Mit den Middletons?« Anne blickte fragend zu ihm auf. »Ihre Mutter hat mich der Familie bereits vorgestellt. Und Sie waren dabei.«

»Ach ja? Das ist mir wohl entfallen.« Grinsend blickte er auf sie herab. »Tja, aber umso besser. Dann brauche ich sie in diesem Meer aus Spitze und Satin nicht extra zu suchen, und wir können uns darauf konzentrieren, den Tisch mit den Erfrischungen zu finden. Was meinen Sie?«

»Sehr gern. Ich muss nämlich zugeben, dass der Bericht von Ihrer Heldentat meine Lippen ziemlich ausgetrocknet hat.« Annes Schritte wurden leichter, als er seinen Arm um ihre Schulter schlang und sie auf dem Weg in Richtung Tür eng an sich zog.

»Davon bin ich überzeugt.« Er zog seine dunklen Brauen hoch, als er mit ihr vor den langen Tisch in der Eingangshalle trat, der sich unter Schalen und Platten mit lauter Köstlichkeiten bog.

Zwei Pagen löffelten Punsch in Tassen, und zwei andere Bedienstete schenkten kühle Limonade aus.

Laird nahm zwei schimmernde Gläser von einem Tablett, mit dem einer der Pagen Richtung Ballsaal ging, und drückte eins seiner Verlobten in die Hand. »Die Stelle, an der Sie davon berichtet habe, dass ich zu bescheiden war, um mich für meine Tat rühmen zu lassen, fand ich besonders … interessant.«

»Vielen Dank, Mylord.«

Noch während Anne dies sagte, drehte Laird sich um, nahm eine Erdbeere aus einer Schale auf dem

Tisch und hielt sie ihr vor den Mund. »Hätten Sie vielleicht gerne etwas Süßes?«

Sie sah ihm ins Gesicht, nickte langsam und wartete, bis Laird die Frucht sanft zwischen ihre Lippen schob. Dann biss sie vorsichtig hinein und ließ den süßen Saft kurz über ihre Zunge laufen, bevor sie die Lippen um die Frucht schloss.

Laird schob sich die andere Hälfte in den Mund und leckte sich den Daumen und den Zeigefinger ab. »Süß. Aber nicht halb so süß wie Sie.«

Sie wusste, was er tat. Er spielte ein verruchtes Spiel, bei dem er alles in eine Geste der Verführung verwandelte. Doch als sie sich darauf einließ, meinte sie es ernst.

Sie sah ihm in die Augen und fragte sich, ob er vielleicht tatsächlich etwas für sie empfand … oder ob er sich mit diesem Spiel lediglich auf amüsante Art die Zeit vertrieb.

Sie starrte ihn weiter reglos an. Sie musste es ganz einfach wissen, und wenn sie ihm nur lange genug in die Augen blickte, sähe sie darin bestimmt sein Herz.

Lairds Wangenmuskeln zuckten, als brächte ihr Augenspiel ihn aus dem Gleichgewicht.

Endlich löste sie ihren beunruhigenden Blick von seinem Gesicht und lenkte ihn auf den schimmernden Punsch in ihrem Glas zurück. Gerade wollte sie ihr Glas an ihre Lippen heben, als eine laute Stimme die Aufmerksamkeit beinahe aller, die sich um den Tisch mit den Erfrischungen versammelt hatten, auf sich zog.

»Gleich beginnt die zweite Runde auf dem Parkett!«

Anne drehte sich um und entdeckte eine Frau, die heftig am Arm des Gentlemans zog, der neben dem Earl of MacLaren stand. Der untersetzte Mann legte den Kopf zurück, leerte sein Glas und knurrte: »Gott, ich hasse diese Tanzerei«, ließ sich aber trotzdem von der Frau in Richtung Tanzfläche ziehen.

»Die zweite Runde.« Laird bedeutete Anne, ebenfalls ihr Glas zu leeren, nahm es ihr entschlossen aus der Hand und stellte es wieder auf den Tisch. »Darf ich bitten, Anne?«

Aufgeregt hakte sie sich bei ihm ein.

Die Wärme seines Lächelns rief die leise Hoffnung in ihr wach, dass er vielleicht – wenigstens ein bisschen – so empfand wie sie. Dass ihre Beziehung mehr als bloß eine Täuschung war.

Laird führte sie direkt auf die Tanzfläche, eroberte dort einen Platz für sie, und sie stellten sich einander gegenüber auf.

Andere Frauen in ihrer Reihe reckten die Köpfe, blickten neugierig auf Anne und stießen einander mit den Ellenbogen an, während sie darauf warteten, dass die Musik begann. Sie alle wollten die Frau aus der Nähe sehen, der die Zähmung eines stadtbekannten Wüstlings wie dem Earl gelungen war. Das Mädchen aus dem abgeschiedenen Cornwall, das das Herz des größten Frauenhelden von ganz London erobert zu haben schien.

Ein unangenehmes Kribbeln dehnte sich von ihrem Bauch über ihr Dekolleté und ihren Hals bis in ihre Wangen aus. Es war beinahe überwältigend, derart im Mittelpunkt zu stehen, doch sie reckte stolz den Kopf und blickte auf Laird, der bereits in ihre Richtung sah. Mit seinem kerzengeraden Rücken und seinen breiten Schultern wirkte er ausnehmend elegant, und während er stumm die anderen Tänzer grüßte, nickte er ihr immer wieder zu.

Anne senkte verschämt den Blick. Es war, als gäbe Laird den anderen Herren mit dieser Geste zu verstehen, dass sie zu ihm gehörte und zu niemand anderem sonst.

Als die Musik begann, blickte sie wieder auf, sah ihm ins Gesicht und umfasste seine rechte Hand, bevor sie mit ihm und einem anderen Paar an den beiden von den Tänzern gebildeten Reihen vorüberglitt. Dann reichten sie sich die linken Hände und kehrten an ihre Ausgangspositionen zurück.

Laird hielt ihre Finger fest umschlossen, und sie ließen sich nicht einmal aus den Augen, während sie im Wechselschritt vor- und zurücktraten, bevor ein anderes Paar die Führung übernahm.

Obwohl die Schrittfolge eher gemächlich war, war sie völlig atemlos. Sie hatte diesen Tanz bereits des Öfteren getanzt, nie zuvor jedoch mit einem derart attraktiven Mann. Die Hitze seiner Hand und seines Körpers glitt wie eine zärtliche Liebkosung über ihren Arm.

Er legte seine andere Hand auf ihren Rücken, und sie hätte beinahe gekeucht. Er hielt sie genauso, wie alle anderen Tänzer ihre Partnerinnen hielten, doch aus irgendeinem Grund fühlte sich der sanfte Druck seiner warmen Finger wesentlich intimer an.

Und ließ sie an Dinge denken, derer sie sich hätte schämen sollen.

Schließlich war sie eine junge, unschuldige Frau.

Trotzdem dachte sie seit dem Moment, in dem er sie in seinem Schlafzimmer … geküsst hatte, kaum noch an etwas anderes. Was hatte dieser Mann nur an sich, was sie derart faszinierte?

Doch im Grunde war das vollkommen egal. Denn selbst wenn sie es nicht wollte, würde ihre Zeit mit Laird am letzten Tag der Ballsaison, wenn nicht sogar bereits eher, vorüber sein.

Als Laird auf Anne hinuntersah, verlieh ihr das glitzernde Licht der Lüster einen magischen, goldenen Glanz. Auch wenn es vielleicht nur eine optische Täuschung war, schmeichelte das Licht der Kerzen seiner Braut viel mehr als allen anderen Frauen.

Seiner Braut. Nicht seiner falschen Verlobten. Nicht seiner Komplizin bei dieser schändlichen Scharade.

Verdammt. Während eines kurzen Augenblicks hatte er ihre Geschichte von der glücklichen Verlobung und baldigen Heirat selbst geglaubt.

Anne sah ihn mit einem heiteren Lächeln an. Ihr Gesicht war zart wie Porzellan, ihre Augen strahlten, lachend gab sie ihm die rechte Hand, machte die vorgeschriebene Drehung der Allemande und wandte sich ihm wieder zu.

Er stimmte in ihr Lachen ein, als sie ihm mit einem Mal in einem völlig neuen Licht erschien.

Sie rief Gefühle in ihm wach, für die es weder eine zutreffende Beschreibung noch eine Erklärung gab. Er wusste nur, dass keine Frau in diesem Saal und auch keine Frau, der er bisher begegnet war, auch nur annähernd so reizvoll war wie Anne.

Natürlich hatte er schon Frauen getroffen, die schöner, redegewandter oder gewitzter waren als sie. Doch er konnte sich an keine Frau erinnern, deren Charme er derart umfassend erlegen war. Niemals vorher hatte er sich Tag … und Nacht nach einer Frau gesehnt. Er hatte das Gefühl, nicht wirklich gelebt, sondern nur existiert zu haben, bis er ihr begegnet war.

Was hatte sie nur an sich, das ihn derart magisch anzuziehen schien?

Seine Brust weitete sich, denn plötzlich wurde ihm klar, was er die ganze Zeit geleugnet hatte. Nämlich dass er Gefühle für diese Frau empfand, die er bisher niemals zugelassen hatte.

Dass die Mauer, die er um sein Herz errichtet hatte, von ihr eingerissen worden war.

Dass er plötzlich in der Lage war zu *fühlen*.

Dass er glücklich war, wenn er mit Anne zusammen war, dieser wunderschönen, einzigartigen jungen Frau vom Land.

Er lachte still in sich hinein. *Großer Gott.* Wer hätte das jemals gedacht? Vielleicht zum ersten Mal in seinem Leben war er wirklich glücklich.

Und der Grund dafür war Miss Anne Royle.

Er musste es ihr sagen. Er hatte keine Ahnung, was genau er sagen sollte oder wie sie darauf reagieren würde. Er wusste nur, dass sie sein Leben irgendwie verändert hatte und dass er sie wissen lassen musste, was ihr da gelungen war. Dass er ihr gestehen musste, was er für sie empfand.

Und zwar noch heute Nacht.

Die letzten Gäste gingen gegen vier Uhr, und die Countess und ihre Bediensteten wankten müde in die Betten, während Laird mit Apsley in die Bibliothek marschierte und dort einen letzten Brandy trank.

»Du bist also ein echter Held. Wer hätte das gedacht?«, stellte Apsley grinsend fest. »Glaubst du, du könntest mir deine Anne mal borgen, damit sie auch meinen Ruf ein bisschen aufpoliert? Ich könnte, weiß Gott, ein paar Heldentaten gebrauchen, damit meine Familie mir nicht länger damit in den Ohren liegt, dass ich meinen unsoliden Lebenswandel endlich ändern soll.«

»Ich bitte um Verzeihung, Apsley, aber ich poliere ausschließlich den Ruf meines Verlobten auf.«

Laird und Apsley drehten ihre Köpfe und bemerkten, dass Miss Royle durch die Tür getreten war.

Lächelnd kam sie auf die beiden zu. »Und da ich

immer nur einem Mann versprochen sein kann …« Sie setzte eine hoffnungslose Miene auf. »Nun, Apsley, ich bin sicher, Sie verstehen.«

»Ich dachte, Sie lägen längst im Bett, Anne.« Sobald Laird diese Worte ausgesprochen hatte, stellte er sich vor, sie läge in *seinem* Bett und er striche sanft mit seinen Händen über ihre blasse Haut.

Um den betörenden Gedanken wieder zu vertreiben, füllte er eilig ein Glas mit Punsch und drückte es ihr in die Hand.

»Oh, ich sollte wirklich nichts mehr trinken. Ich habe schon zwei Gläser geleert – und Sie wissen, welche Wirkung der Alkohol auf mich hat.« Sie zwinkerte ihm zu, während sie das Glas an ihre Lippen hob und trotzdem etwas trank.

Er beobachtete, wie sie ihren Körper leicht nach vorn neigte, und stellte sich vor, sie schmiege sich zärtlich an ihn an. Sofort wurde er hart und musste einsehen, dass er verloren war.

»Ich suche – wieder einmal – nach etwas Lesestoff. Zwar habe ich meiner Schwester Elizabeth geschrieben und sie gebeten, mir ein paar Bücher zu schicken, nur kam bisher kein *Brief* für mich hier an.« Abermals hob sie das Glas an ihren Mund, nahm einen großen Schluck von ihrem Punsch, glitt mit ihrer rosigen Zungenspitze über ihre Unterlippe und wandte sich ihm direkt zu. »Sie wollten mir doch bei meiner Suche nach erbaulicher Lektüre helfen, Lord MacLaren.«

Ah, sie war der Briefe wegen da.

Laird trat hinter den Schreibtisch, damit sie den deutlichen Beweis seines deplatzierten Verlangens nicht sah. »Ja, das wollte ich.«

»Und haben Sie etwas gefunden, was mich vielleicht interessiert?« Anne zog fragend ihre blonden Brauen hoch, blickte aber weiter auf seine breite Brust.

»Noch nicht, aber ich habe die Hoffnung nicht aufgegeben, dass es mir noch gelingt.«

Mit einem Mal ging Apsley auf, worum es bei der Unterhaltung ging. »Teufel noch einmal!« Er fing an zu lachen, verschluckte sich am letzten Schluck seines Brandys und fuchtelte hustend mit der Hand vor seinem Gesicht herum. »Ihr sucht diese verdammten Briefe – und zwar hier in der Bibliothek!«

»Pst!« Anne legte einen Finger an ihre Lippen und lenkte dadurch Lairds Blick auf ihren Mund.

Wie gern hätte er ihn mit seinem eigenen Mund versiegelt. Wie gern hätte er ihre Lippen geküsst.

»Oh, lasst mich euch bei der Suche helfen.« Mit vor Aufregung blitzenden Augen blickte Apsley zwischen ihnen beiden hin und her. »Das wird sicher amüsant.«

»Das ist eine ausgezeichnete Idee«, erklärte Laird, während er dem Freund kraftvoll auf den Rücken schlug.

»Was?« Anne runzelte die Stirn. »Er kann ja wohl unmöglich –«

»– die Stallungen durchsuchen?«, fiel ihr Laird ins Wort. »Nein, ich nehme an, das kann er nicht, auch wenn das der einzige Ort ist, an dem bisher noch niemand nachgesehen hat.«

Apsley lachte fröhlich auf. »Ich weiß, was ihr beiden im Schilde führt. Ihr denkt, es wäre nett, dem Viscount dabei zuzusehen, wie er zwischen Stroh und Pferdeäpfeln wühlt, nicht wahr?«

»Tja, du hast gesagt, dass du uns helfen willst. Und in den Ställen haben wir bisher noch nicht gesucht.« Laird hielt dem Freund die Brandykaraffe hin, doch der schüttelte den Kopf.

»Nein, nein, ich ziehe mein Angebot zurück. Ich bin nicht gern das dritte Rad am Wagen – es sein denn, die beiden anderen sind zwei dralle, rothaarige Mädels. In dem Fall könnte man mich vielleicht überreden.« Leise lachend wandte Apsley sich zum Gehen, drehte sich aber noch einmal um, bevor er die Bibliothek verließ. »Trotzdem werde ich mich gleich bei Tagesanbruch … oder auf alle Fälle vor dem Mittagessen mal im Stall umsehen. Aber eins sage ich gleich: Falls ich die Briefe finde, werde ich sie lesen, und zwar jeden einzelnen. Aber für heute wünsche ich eine gute Nacht.«

»Im Stall?« Eilig hob Anne die Hand vor ihren Mund und stieß ein unterdrücktes Lachen aus.

Lairds Mundwinkel zuckten. »Mein Vater hätte sich niemals an einen derart schmutzigen Ort begeben. Apsley kann also so lange suchen, wie er will.«

Anne trank den Rest ihres Punschs, trat zu Laird hinter den Schreibtisch und winkte mit ihrem leeren Glas.

»Sie wollen doch etwa nicht noch ein Glas? Ich denke, Sie vertragen keinen Alkohol?«

»Oh, hören Sie auf. Sie wissen ganz genau, dass ich nicht wirklich auf der Suche nach einem Nachttopf war, als Sie mich in Ihrem Schlafzimmer angetroffen haben.« Sie ließ sich von ihm nachschenken.

»Das ist mir bewusst, *meine Liebe*. Denn schließlich haben Sie nach *mir* gesucht.«

Anne setzte ein beinahe kokettes Lächeln auf, stellte ihr Glas auf dem Schreibtisch ab, packte spielerisch seine Schultern und zog ihn zu sich heran. »Woher wissen Sie das, *mein Lieber?«* Sie legte ihren Kopf zurück und wollte fröhlich lachen, brachte aber keinen Laut heraus.

Ihre Blicke trafen sich, und sie sahen einander reglos an.

Er fragte sich, wer von ihnen dieses gefährliche, verführerische Spiel wohl zuerst beenden würde, und kam zu dem Schluss, dass er es am besten selber täte, denn sonst könnte es vielleicht zu spät sein.

Er legte eine Hand in ihren Nacken, zog sie eng an seine Brust und gab ihr einen rauen Kuss.

Anne lehnte sich zurück, machte sich aber nicht aus seinen Armen frei. »Warum tun Sie das?« Sie schüttelte so langsam den Kopf und bewegte sich so leicht, dass er die Frage anfangs nicht verstand. »Warum spielen Sie jedes Mal den Schurken, wenn ich Ihnen zu nahe komme? Wenn ein Moment bedeutsam wird?«

Laird blickte zur Seite und stieß einen unglücklichen Seufzer aus. »Ich – ich weiß es nicht.« Dann sah er sie wieder an. Er wusste instinktiv, dass sie sich selbst eine Antwort geben würde, und wartete deswegen schweigend ab.

»Ich glaube, doch. Ich glaube, das ist der Schild, der Sie vor Nähe schützen soll.«

Laird zwang sich zu einem Lachen. »Dann küsse ich Sie also, weil ich mich vor Ihrer Nähe schützen will?«

»Wenn Sie mich auf diese Weise küssen, ist das so, als stießen Sie mich von sich fort. Denn dadurch verhindern Sie jede Form von Zärtlichkeit.«

Sie strich mit ihren Fingerspitzen über seine Wange. »Aber so muss es nicht sein. Sie sind ein starker, freundlicher und nobler Mann – ein Mann, der alles schafft, was ihm wirklich wichtig ist. Sie brauchen nicht zu tun, als hätten Sie keine Gefühle, wenn Sie welche haben, Laird.«

Wieder wandte Laird sich ab, Anne aber legte eine Hand unter sein Kinn und zwang ihn sanft, sie wieder anzusehen. »Sie brauchen sich nicht vor mir zu schützen. Ich habe nämlich nicht die Absicht, Ihnen jemals wehzutun.«

In diesem Augenblick brach ein Damm in seinem Inneren, und er hätte nichts lieber getan, als sie in den Arm zu nehmen. Sie zu küssen. Sie zu halten. Und ihr seine Liebe zu gestehen.

Mit brennenden Augen starrte er sie an.

Großer Gott, wie schön sie war.

Er legte ihr die Hände um die Taille und zog sie an seine Brust. Er wollte ihr sagen, dass es nicht der Schuft in seinem Inneren war, der ihn dazu trieb. Sondern das Verlangen, eins mit ihr zu sein.

Doch er brachte keinen Ton heraus.

Anne versteifte sich und bedachte ihn mit einem argwöhnischen Blick.

Er sehnte sich schmerzlich nach ihrer Berührung, und er wusste mit Bestimmtheit, dass die Härte seines Gliedes überdeutlich wahrzunehmen war.

Deshalb machte er sich auf eine schallende Ohrfeige gefasst.

Doch sie blieb aus.

Obwohl ihr Atem merklich schneller ging, stand sie weiter reglos vor ihm und blickte halb erregt, halb besorgt auf seinen Mund. »Wir sind verlobt«, erklärte sie. »Ich glaube also nicht, dass sich irgendjemand etwas dabei denken wird, wenn Sie mich küssen.«

Bevor sie es sich noch mal überlegen konnte, neigte er den Kopf, presste seine Lippen leicht auf ihren Mund und saugte sanft daran, bevor er seine Zunge über ihre Unterlippe gleiten ließ.

»Oh *mein Laird*«, murmelte sie in dem Moment, in dem sie wieder Luft bekam.

Laird sah sie lächelnd an. »So ist's recht, Mädchen. Jetzt hast du es verstanden.« Seine Stimme war so rau und dunkel, dass sie beinahe wie ein Knurren klang. Sie kitzelte in ihrem Ohr und rief ein angenehmes

Kribbeln auch in anderen Regionen ihres Körpers wach.

Anne spürte seine raue Haut an ihrem Kinn, den Geschmack des Brandys, der auf seinen Lippen lag, und wünschte sich, der Augenblick der Seligkeit ginge niemals vorbei.

Ihre Entschlossenheit, möglichst passiv zu bleiben, löste sich in Wohlgefallen auf. Sie wollte weiterhin so tun, als gehöre sie tatsächlich ihm. Wollte weiterhin so tun, als gäbe es für sie tatsächlich eine Zukunft … als Lairds Frau.

Sie wollte nicht nur einen Kuss.

Ihre Brustwarzen spannten sich unter dem glänzenden Satinstoff ihres Kleides an, und sie wusste, ihre Schmach wurde dadurch noch vergrößert, dass es nicht zu übersehen war.

Sie spürte, dass er an dem Band am Rückenausschnitt ihres Kleides zog, und urplötzlich ragten ihre Brüste aus dem dünnen Seidenhemd heraus. Ihr wurde siedend heiß, und sie konnte es nicht verhindern, dass eine leichte Röte ihre Wangen überzog.

Er verstärkte seinen Griff um ihre Taille, hob sie hoch und setzte sie entschlossen auf dem Schreibtisch ab. Dann presste er erneut die Lippen hart auf ihren Mund, spreizte ihre Knie und schob sich eng an sie heran.

Nur noch ein hauchdünnes Hemd und eine Lage kühler Satin trennten ihr Innerstes von seiner Männlichkeit. Der Gedanke machte sie verrückt.

Er beugte sich über sie, und sie musste sich mit beiden Händen auf der Tischplatte abstützen, damit sie nicht hintenüberfiel.

Er schob eine Hand in ihren Rücken, neigte seinen Kopf, zog mit seinem Mund eine ihrer Brustwarzen unter dem Hemd hervor, legte seine freie Hand auf ihre volle, runde Brust und brachte Farbe in die harte Knospe, als er seine Zunge auf ihr kreisen ließ.

Anne stöhnte leise auf. Sie wusste, es war falsch, was sie hier tat, aber nie in ihrem Leben hatte etwas sich so richtig angefühlt wie dieser wunderbare Augenblick.

Sie erschauderte, als seine Hand sanft unter den Stoff des Hemdes glitt, auch ihre zweite Brust befreite und er mit den Daumen über ihre harten Spitzen strich.

Anne wand sich unter ihm, warf eine Hand in seinen Nacken und zog seinen Kopf erneut auf ihre Brust herab, damit er seinen Zauber wirken ließ, während er die Brustspitzen, eine nach der anderen, in die Hitze seines Mundes zog.

Ihr Innerstes zog sich zusammen, als er an ihren Knospen saugte, und sie schlang instinktiv ihre Beine um seine muskulösen Schenkel und hielt ihn auf diese Weise fest.

Laird stieß ein Stöhnen aus, und während ihre Brustwarzen vibrierten, beugte er sich über sie, schob seine Zunge in ihren Mund und glitt über ihr weiches Fleisch.

Sie nahm auch die andere Hand vom Tisch, packte seine Schultern, ließ sich auf den Rücken fallen und zog ihn zu sich herab.

Sie spürte seine Hand, die unter ihr gefangen war, bis er sie hervorzog und an ihrem Bein herauf über die empfindliche, samtweiche Haut der Innenseite ihres Schenkels gleiten ließ.

Bis er die gesuchte Stelle fand.

Seine Finger glitten zwischen ihre heißen Falten und schoben sich in die feuchte Hitze ihrer Weiblichkeit.

»*Laird.*«

Sofort hörte er auf.

Nein, nein, hör nicht auf.

Er zog die Hand zurück, starrte auf ihre gespreizten Schenkel.

In ihr glühendes Gesicht.

Er richtete sich wieder auf und zog den Rock ihres Kleids züchtig über ihre Knie.

»Es – es tut mir leid, Anne. Verdammt, ich bin immer noch derselbe.« Es war ihm deutlich anzuhören, dass er von sich selber angeekelt war. »Ich bin immer noch derselbe elende Schuft.«

Fluchend stapfte er um den Schreibtisch herum und trat in den Flur hinaus.

Anne schob sich ebenfalls vom Tisch herunter, ließ sich auf den Boden sinken und stieß unglücklich aus: »Gott, was für eine Närrin ich doch bin.«

Kapitel zwölf

Wie man sich im Dunkeln zurechtfindet

Die Lampe, die Anne trug, tauchte ihre Schritte in ein warmes, gelbes Licht, als sie sich mit bleischweren Beinen die Treppe hinaufmühte und den langen Flur hinunterging.

Sie war diesen Weg schon Dutzende Male gegangen, sowohl tagsüber als auch nachts, doch nie zuvor war sie sich so verloren vorgekommen und hatte so dringend ein Licht gebraucht.

Im Kamin brannte ein Kohlefeuer, und damit das Waschwasser nicht abkühlte, hatte das Mädchen den Krug auf eine kleine Messingplatte direkt vor die Glut gestellt.

Anne schenkte etwas von dem Wasser in die Schüssel auf dem Tisch, legte ihre Kleider ab und schrubbte ihre Haut unsanft mit einem feuchten Lappen ab. Bah! Als wäre es möglich, die erlittene Erniedrigung auf diese Weise abzuspülen, damit ihre verlorene Würde darunter wieder zum Vorschein käme.

Dabei war es nicht seine Schuld gewesen. Sie hatte einfach kurzfristig in der von ihnen konstruierten Fantasie geschwelgt. Hatte sich ernsthaft eingeredet, diese Farce würde auf irgendeine Weise Wirklichkeit.

Hatte sich dem heißen, leidenschaftlichen Verlangen hingegeben, das in ihr für diesen Mann gewachsen war.

Aber sie hatte sich zumindest nicht in ihn verliebt.

Wie dumm sie doch gewesen war. Laird hatte genauso reagiert, wie sie es von ihm hätte erwarten sollen. Er hatte ihr erklärt, dass er im Grunde seines Herzens immer noch der alte Schurke war. War auf ihre sinnlichen Spielchen eingegangen, hatte eindeutig dieselbe Lust verspürt wie sie. Doch in dem Moment, in dem der Schuft, der er zu sein behauptete, sein Verlangen hätte stillen sollen, hatte er sich wortlos abgewandt.

Er hatte sie vor dem Ruin bewahrt.

Bereits zum zweiten Mal.

Großer Gott. Laird *hatte* sich geändert.

Der entsetzte Blick, mit dem er sie bedacht hatte, als er davongelaufen war, hatte ihr gezeigt, dass er sich noch immer für den Wüstling hielt, für den es keine Rettung gab.

Verwirrt und müde von dem Wein, den sie getrunken hatte, trocknete sich Anne mit ihrem Handtuch ab, legte sich den Morgenmantel um die Schultern und fing an, die Nadeln aus ihrem Haar zu ziehen.

Doch ihr Kamm war nirgends zu sehen. Wahrscheinlich hatte eins der Mädchen ihn irgendwo hingelegt. Anne zog die Schublade der niedrigen Kommode auf, da jedoch das Licht der Kerze nicht bis in die letzte Ecke reichte, tastete sie mit der Hand nach ihrem Kamm, als sie plötzlich auf ein gefaltetes Papier ganz hinten in der Lade stieß.

Gütiger Himmel, könnte dies einer der Briefe sein?

Mit wild klopfendem Herzen sank sie auf die Knie, schob den Arm ganz in die Lade und zog das Blatt nach einer halben Ewigkeit heraus. Mehr als dieses eine Schreiben lag dort nicht. Aber trotzdem könnte es …

Sie hielt das Blatt ins Licht, faltete es mit zitternden Händen auseinander und las *Mein lieber Laird*. Sie blickte auf die Unterschrift, und ihre Aufregung verflog, als sie den Namen Graham las.

Verflixt. Sie hatte auf etwas anderes gehofft.

Seufzend faltete sie den Brief wieder zusammen und legte ihn auf der Kommode ab. Dann kletterte sie ins Bett, blies die Kerze aus, rollte sich zusammen und machte enttäuscht die Augen zu.

Was in der Bibliothek geschehen war, war nicht Lairds Schuld.

Er hatte sich verändert.

War ein echter Gentleman.

Gleich morgen früh würde sie zu ihm gehen und ihn von seinen Selbstzweifeln befreien.

Obwohl es noch stockdunkel war, fuhr sie plötzlich aus dem Schlaf. Das Quietschen von Rädern und das Knirschen von Kies lockten sie ans Fenster, und sie sah, dass ein mit einer Laterne bewehrter Page die Tür einer Kutsche öffnete, aus der hysterisches Gelächter drang. Und zwar das Gelächter einer Frau.

Anne presste ihre Hände und die Stirn gegen das kühle Glas, denn sie hoffte zu erkennen, wer da in der Kutsche saß.

Eine offensichtlich leere Flasche in der Hand stieg ein betrunkener Apsley unsicher aus dem Gefährt. Dann wurde ein nackter Frauenarm durch die Kutschentür gestreckt, packte ihn am Ärmel und versuchte, ihn zurück an seinen Platz zu ziehen. Apsley lachte fröhlich auf, ließ die Flasche auf den Boden fallen und stieg wieder ein.

Und dann sah sie *ihn*.

Laird stieg schwankend aus, rutschte von der Stufe ab und fiel unsanft auf den Kies in der Einfahrt.

Er umklammerte den Griff der Tür, zog sich daran wieder hoch und blickte noch einmal in das Kutscheninnere, aus dem sich ihm der dunkle Schopf einer jungen Frau entgegenschob.

Anne fing an zu zittern, und sie machte eilig einen Satz zurück, damit er sie nicht sah.

Warum? Warum? Oh Gott, sie konnte nicht mehr hinsehen. Es tat einfach zu weh.

Eilig zog sie die braunen Samtvorhänge zu, da sie den beleidigenden Anblick Lairds mit dieser anderen Frau ganz einfach nicht ertrug. Ihre Augen füllten sich mit Tränen, und in ihrer Kehle stiegen laute Schluchzer auf, als sie auf dem Absatz kehrtmachte, zurück zu ihrem Bett lief und, um ja nichts mehr zu hören, tief unter die Decke kroch.

Was hatte sie erwartet?

Vielleicht hatte Lady Henceforth recht gehabt. Die Katze ließ das Mausen einfach nicht.

Laird hatte sich nicht im Mindesten verändert. Nein, er war und blieb für alle Zeit ein unverbesserlicher Schuft.

Nur war sie einfach zu dumm gewesen, um es gleich zu sehen.

Kapitel dreizehn

Wie man ein Held wird

»Verflixt und zugenäht!« Anne setzte sich auf und runzelte erbost die Stirn, denn der kleine blaue Vogel, der direkt vor ihrem Fenster in den Zweigen eines Baumes hockte, hatte sie mit seinem fröhlichen Gesang geweckt.

Wütend drehte sie sich auf den Bauch und zog sich das Kissen über den Kopf. Doch es nützte nichts, weil das gut gelaunte Zwitschern sogar durch die dicken Daunen drang.

Was soll's, sagte sie sich nach einem Augenblick, rollte sich auf den Rücken und richtete sich knurrend auf. Am besten zöge sie sich an und verließe schnellstmöglich das Haus, damit sie nicht im Frühstücksraum auf ihren Verlobten traf.

Himmel. Sie könnte ihm heute unmöglich in die Augen sehen. Nicht nach dem, was gestern Abend vorgefallen war.

Wenigstens würde dieser Kerl nicht mehr lange ein Teil ihres Lebens sein.

Nicht wenn es sich verhindern ließ.

Anne warf sich das Haar über die blassen Schultern. Sie würde nicht wütend auf ihn sein, weil er ein solcher Schwerenöter war. Schließlich war *sie selbst* die dumme Gans gewesen, die sich gestern Abend eingeredet hatte, dass er nicht mehr derselbe war.

Doch sie hatte Laird versprochen, Lady Henceforth dazu zu bewegen, ihn als Gentleman zu sehen, und da sie im Gegenzug die Verlobung lösen durfte, würde sie das endlich tun.

Anne verzichtete aufs Frühstück, denn bei ihrem Glück waren der Earl und der Viscount noch gar nicht ins Bett gegangen, sondern saßen gut gelaunt am Tisch, aßen Toast mit Butter oder tranken dampfend heißen Tee.

Annes Magen knurrte, als sie nur ans Essen dachte, aber ohne auch nur einen Blick in den Frühstücksraum zu werfen, legte sie ein Tuch um ihre Schultern, setzte einen mit einer Satinschleife verzierten Strohhut auf und verließ das Haus.

Der Vogel hatte recht gehabt. Es war ein wunderbarer Morgen – eine höchst willkommene Abwechslung nach der grauenhaften Nacht. Genau die Art von Tag, um ihre trübe Stimmung aufzuhellen, dachte sie.

Als sie die Einfahrt hinunterging, stolperte sie über Apsleys leere Flasche. Anne hob sie auf und schleuderte sie wütend, so weit sie nur konnte. Als sie es klirren hörte, lächelte sie grimmig und setzte ihren Weg fort.

Die Luft wurde bereits vom morgendlichen Sonnenschein gewärmt, und der wolkenlose Himmel erstrahlte in demselben Blau wie die Augen ihres Earls.

Großer Gott, wie war sie nur auf diesen Gedanken gekommen?

Wie die Augen dieses Schurken, verbesserte sie sich. *Sieh zu, dass du das nicht vergisst.*

Anne beschleunigte ihr Tempo und gab sich die größte Mühe, positiv zu denken – schließlich würde sie den Kerl bald los sein. Das war ja wohl Grund genug, um gut gelaunt zu sein, oder etwa nicht?

Sie zwang sich zu einem Lächeln. Ja, alles in allem war der Tag perfekt für einen Gang über die Felder nach Chasten Cottage, Lady Henceforths reizendem … nun, offen gestanden war es weniger ein Häuschen als ein ausgewachsenes Haus.

Anne war sich nicht sicher, weshalb jemand das Haus als Cottage bezeichnet hatte, denn das war es ganz sicher nicht. Es war sogar riesengroß, und sie glaubte nicht, dass es irgendwo ein Häuschen mit einem – wenn auch bescheidenen – Ballsaal gab. Oder einem großen Speisesaal, der selbst Königin Charlotte würdig gewesen wäre, hätte diese die Dame, die dieses Haus bewohnte, je mit ihrem Besuch beehrt.

Nein, das Einzige, was an dem Haus bescheiden war, war der völlig unpassende Name, überlegte sie.

Sie zog den Saum ihres Kleides bis zu den Knien hinauf und marschierte durch das hohe, kühle Gras. Trotz der warmen Sonne war der morgendliche Tau noch nicht verdunstet, und bereits nach kurzer Zeit waren ihre Strümpfe nass.

Verflixt.

Trotzdem lief sie weiter und setzte erneut ein, wenn auch leicht gezwungenes, Lächeln auf.

Sie hatte versprochen, Lady Henceforth davon zu überzeugen, dass Laird sich verändert hatte und ein echter Gentleman geworden war. Und das würde sie so schnell wie möglich tun, wenn es ging, schon an diesem Morgen.

Ja, sie würde ihren Teil des Abkommens mit dem blauäugigen Teufel noch heute erfüllen, nach London zurückkehren … und den Schreibtisch in der Bibliothek für alle Zeit vergessen. Weil nie etwas Gutes geschah, wenn sie in seiner Nähe war.

Sie hatte bereits die meisten Räume in MacLaren Hall durchsucht, die Briefe aber waren immer noch nicht aufgetaucht. Was, wenn es diese Briefe gar nicht gab? Anne beschleunigte ihr Tempo und dachte darüber nach.

Ihre Schwester Mary hatten die alten Wüstlinge mit einem Trick dazu gebracht, den Herzog von Blackstone zu heiraten – was, wenn es ihnen jetzt um sie und Lord MacLaren ging? Er war ein Earl und ein Frauenheld, also genau die Art von Mann, die den alten Schwerenötern gefiel.

Nein, das war unmöglich. Nein, nein, nein. Nicht einmal die drei würden so weit gehen und eine derartige Verbindung in Erwägung ziehen.

»Anne!«

Sie fuhr herum. Ein Reiter näherte sich ihr aus Richtung von MacLaren Hall. »Anne, bitte, warte!«

Verdammt. Wenn man nur an den Teufel dachte …

Bis Chasten Cottage war es sicher nicht mehr weit. Es musste ganz in der Nähe sein. Sie kniff die Augen zusammen und blickte auf den Hügel, hinter dem es liegen musste. Es war noch nicht zu sehen, aber Lady MacLaren hatte ihr erzählt, dass Lady Henceforths Grundstück an die nördlichen Felder ihres eigenen Grundstücks grenzte, sie hatte es also sicher fast erreicht.

Deshalb fing sie an zu rennen.

»Anne, bleiben Sie stehen!« Das Klappern der Hufe wurde lauter, doch sie wagte nicht, sich umzudrehen.

Nachdem sie die Anhöhe erklommen hatte, ging es steil bergab, und ein Stückchen vor sich sah sie einen Bach mit ein paar flachen Steinen, über die man trockenen Fußes bis ans andere Ufer kam. Eilig lief sie darauf zu.

Laird war anscheinend direkt hinter ihr. Seine Rufe wurden immer flehender, doch sie würde ganz bestimmt nicht stehen bleiben.

»Anne, bleiben Sie stehen! Vor Ihnen –«

Plötzlich trat sie ein paar Steine los. Sie versuchte anzuhalten, doch der Schwung zog sie nach vorn, und mit einem lauten Schrei stürzte sie ab.

»Anne!« Laird sprang von seinem Pferd und rannte auf den schroffen Abhang zu.

Sie baumelte einen halben Meter unter dem Felsvorsprung gefährlich an einer dicken Wurzel, die aus einem Spalt zwischen den Steinen wuchs. Ihre goldenen Augen blickten Hilfe suchend zu ihm auf, und sie keuchte: »Helfen Sie mir! *Bitte.*«

»Halten Sie sich fest, Anne.« Laird warf sich auf die Erde, schob sich bäuchlings an den Rand des Felsvorsprungs, streckte einen seiner Arme aus und packte ihr Handgelenk. »Ich habe Sie. Stemmen Sie Ihre Stiefel gegen den Fels, während ich Sie hochziehe.«

Anne nickte und krabbelte praktisch die Wand hinauf, bis er sie über den Vorsprung zurück auf festen Boden zog.

Kaum hatte Laird sich auf den Rücken gerollt, zog er das verflixte Weibsbild neben sich, damit es nicht abermals vor ihm davonlief und dabei möglicherweise in noch größere Gefahr geriet.

»Sind Sie in Ordnung?« Er spürte, dass sie nickte, während sie nach Atem rang.

»Ein – einen Kratzer am Knie«, stieß sie keuchend aus. »Sonst nichts.«

»Gut gemacht!«, hörten sie aus der Ferne eine vertraute Frauenstimme, dicht gefolgt von stürmischem Applaus.

Laird setzte sich auf, und Anne tat es ihm nach.

Dort, auf der anderen Seite des Abgrunds, auf einem baumbestandenen Hügel, standen vier Frauen verschiedener Altersklassen, Formen und Größen. Hinter ihnen standen Staffeleien, und Farbpaletten lagen im Gras.

Eine der Frauen löste sich aus der Gruppe und kam auf sie zu.

»Scheint, dass das Heldentum eine Lebensform für Sie geworden ist, Mylord.«

Sie fing an zu lachen, blieb dann aber plötzlich wieder stehen und betastete das weiße Pflaster, unter dem ihre Nase verborgen war.

»*Constance*«, murmelte Laird.

»Wie gesagt, ich kann problemlos laufen. Wenn ich wollte, könnte ich wahrscheinlich sogar tanzen«, protestierte Anne. »Lassen Sie mich runter, Laird, und zwar sofort! Gehen Sie, und sehen Sie nach Ihrem Pferd oder so.«

Laird trug sie durch die Tür von MacLaren Hall, weiter in den Salon und setzte sie auf einem mit rotem Damast bezogenen Sofa ab. »Ich hole Lady MacLarens Arzt, damit er Sie untersucht.«

»Bitte nicht Doktor Willet.« Anne vergrub den Kopf zwischen den Händen. »Er hat schon Lady Henceforths Nase eingegipst und denkt bestimmt bereits, dass ich eine Gefahr für die gesamte Gemeinde bin.«

»Ich schicke meine Mutter zu Ihnen, damit Sie nicht allein sind. Rühren Sie sich nicht vom Fleck.« Laird stürzte aus dem Raum.

Himmel, warum machte er ein solches Aufheben um diesen kleinen Sturz? Frustriert warf sie den Kopf gegen die Sofalehne. Wahrscheinlich hatte er nur Schuldgefühle wegen gestern Abend. Schließlich hatte er sie erst gedemütigt und sich danach mit Apsley und zwei kichernden Weibsbildern amüsiert.

Das war bestimmt der Grund, aus dem er ein solches Drama machte wegen ihres Beins. Schließlich hatte sie ihm bereits deutlich zu verstehen gegeben, dass ihr nichts geschehen war. Anne blickte auf ihr Knie und zuckte zusammen. Ihr war … beinahe … nichts geschehen.

Einen Moment später kam Lady MacLaren angerannt und blickte auf Annes nacktes, blutbeflecktes Knie. »Meine Güte, was haben Sie denn jetzt schon wieder angestellt?« Hektisch wies sie eins der Mädchen an, ihr Wasser und ein Tuch zu bringen, und tupfte vorsichtig das Blut von Annes verletztem Knie.

»Bitte, Lady MacLaren, Sie brauchen sich keine Gedanken zu machen. Es ist nur ein Kratzer.«

Der Kies in der Einfahrt knirschte, und Anne blickte über die Rückenlehne des Sofas und sah durch das Fenster einen Landauer, der vor der Haustür hielt.

Es klopfte an der Tür, und einen Moment später wurden Lady Henceforth, ein sommersprossiges Mädchen von vielleicht vierzehn Jahren sowie zwei ältere Damen in den Raum geführt.

Lady MacLaren erhob sich von ihrem Platz, und Anne richtete sich auf dem Sofa auf. Ihr Knie brannte wie Feuer, als sie abermals den Unterrock und den Stoff ihres Spazierkleides darüberzog. Trotzdem setzte sie ein schmales Lächeln auf, denn Lady

Henceforth stellte ihr ihre junge Cousine Hortense vor sowie ihre beiden Tanten, Mrs Bean und Mrs Forthwit.

»Wir sind gekommen, um uns davon zu überzeugen, dass Ihnen nichts geschehen ist, Miss Royle.« Lady Henceforths Worte drückten ehrliche Besorgnis aus, ihr Blick jedoch verriet, dass sie eher belustigt war.

»Und um dem Helden zu gratulieren«, platzte es aus Miss Hortense heraus.

»Nun, der *Held* ist nicht zu Hause, aber mir geht es gut.« Obwohl ihr Knie anfing zu pochen, behielt Anne ihr Lächeln bei.

»Ja, es ist nur ein Kratzer, weiter nichts«, pflichtete Lady MacLaren ihr bei. »Es besteht also kein Grund zur Sorge. Aber trotzdem vielen Dank, dass Sie gekommen sind.« Sie kniff die Augen zusammen, als sie Lady Henceforths Blick begegnete, behielt aber ebenfalls ihr einer Gastgeberin würdiges Lächeln bei.

Anne wusste, die Countess ertrug es kaum, die Frau zu sehen, von der ihre Familie so erniedrigt worden war, und sie bewunderte sie sehr für ihre Kraft. Sie benahm sich wirklich tadellos. Sie selbst hätte es sicher nicht geschafft, unter diesen Umständen so ruhig zu sein.

Als deutlich wurde, dass die Damen nicht bereit waren, sofort wieder zu gehen, bat Lady MacLaren sie, bei der Verletzten Platz zu nehmen, und schickte nach einer Kanne Tee.

»Stimmt es, Miss Royle, dass Sie um ein Haar ertrunken wären und dass Lord MacLaren Sie wiederbeleben musste?« Mrs Bean beugte sich vor und wartete gespannt auf Annes Antwort.

»Nun«, stotterte die. »Mehr oder weniger.«

Die beiden Tanten tauschten bewundernde Blicke aus und zwitscherten aufgeregt.

»Er ist wirklich ein starker und beherzter Gentleman«, wandte sich Mrs Forthwit an die Countess. »Sie waren nicht dabei, aber vor weniger als einer Stunde haben wir mit eigenen Augen gesehen, wie Ihr Sohn Miss Royle aus dem Abgrund gezogen hat, als wäre sie leicht wie ein Vögelchen.«

»Gütiger Himmel, Anne!« Lady MacLarens weiße Brauen flatterten wie die Flügel zweier Tauben. »Davon hat Laird kein Wort gesagt. Er hat mir nur erzählt, Sie wären gestürzt und hätten sich dabei am Knie verletzt. Ist das wahr?«

»Nun«, sagte Anne noch einmal. »Mehr oder weniger.«

Lady MacLaren schlug sich aufgeregt die Hände ins Gesicht. »Wollen Sie etwa sagen, Sie wären von dem Felsvorsprung am Rand der nördlichen Felder gestürzt?«

»Ja, genau. Wir haben sie alle fallen sehen. Wir standen auf dem Hügel gegenüber und haben gemalt. Wenn Lord MacLaren nicht gewesen wäre, um sie wieder hochzuziehen, wäre sie in den sicheren Tod gestürzt!«, rief Mrs Bean.

Anne hob eine Hand an ihre Braue, damit niemand ihr Augenrollen sah. *Wenn er mich nicht verfolgt hätte, wäre ich gar nicht erst gestürzt.*

»Anne, Sie hätten tot sein können.« Lady MacLaren legte eine Hand auf Annes verletztes Knie, doch als Anne vernehmlich keuchte, zog sie sie umgehend wieder zurück. »Entschuldige, mein Kind.«

Mein Kind? Annes Herz fing an zu rasen.

»Mein Kind?« Lady Henceforth zog bei diesem Wort eine ihrer dunklen Brauen hoch. »Aber Lord MacLaren und Miss Royle sind doch erst verlobt. Und eine Verlobung ist nichts weiter als das vage Versprechen von etwas, was noch nicht eingetreten ist.«

Auf Lady MacLarens Wangen bildeten sich zwei Flecken in der Farbe frisch erblühten Mohns. »Manche Menschen halten sich eben eher an Versprechen als andere.«

»Was wollen Sie damit sagen, Lady MacLaren?«, forderte Lady Henceforth sie heraus. »Dass ich mein Versprechen gegenüber Ihrem Sohn nicht eingehalten habe?«

Anne ballte die Faust. Lady Henceforth sollte ihre Geduld nicht überstrapazieren. Egal wie sehr Laird sie letzte Nacht verletzt hatte, sie ließe ganz sicher nicht zu, dass Lady Henceforth schlecht über ihn sprach oder Lady MacLaren noch mehr verletzte, als es schon geschehen war.

Die Countess war viel zu wohlerzogen, um auf Lady Henceforths Worte einzugehen, deswegen servierte sie den Gästen – auch wenn ihre Hände sichtlich zitterten – erst einmal ihren Tee.

Lady Henceforth allerdings war nicht so großmütig. »Wie hätte ich wohl mein Versprechen halten sollen, während *er* –«

»Gleich am Tag seiner Rückkehr nach London eine Frau und ihre drei … Katzen aus einer brennenden Bäckerei in Cheapside gerettet hat!«, fiel Anne ihr ins Wort. »Von der Sache haben Sie doch sicher gelesen. Schließlich stand sie in sämtlichen Londoner Zeitungen.«

Großer Gott, wie kam sie nur auf diesen Quatsch? Die Worte waren ihr einfach in den Sinn gekommen, und sie war damit herausgeplatzt.

Lady Henceforth lachte leise auf. »Ach, tatsächlich? Er hat eine Frau *und* ihre Katzen vor dem Feuertod bewahrt? Aus unerfindlichen Gründen fällt es mir schwer, Ihnen diese Geschichte abzukaufen, Miss Anne.«

Anne konnte nur beten, dass sie nicht vor Scham errötete, weil ihr wieder einmal eine dreiste Lüge über die Lippen gekommen war. Die Sache mit den Katzen, nun, vielleicht hatte sie damit ein wenig übertrieben. Aber schließlich hatte Laird sie heute tatsächlich gerettet. Wofür sie es ihm schuldig war, ihn zu verteidigen.

»Ich kann mich daran erinnern, dass ich von dem Feuer gelesen habe. Mindestens ein Dutzend Menschen sind dabei gestorben«, sprang ihr Mrs Forthwit bei. »Allerdings wusste ich nicht, dass Lord MacLaren diese Bäckersfrau gerettet hat … und auch noch ihre Katzen, sagen Sie?«

»Mein Sohn ist eben sehr mutig«, fiel Lady MacLaren ein und nickte so entschieden mit dem Kopf, als würde Annes idiotische Geschichte dadurch wahr.

»Mama, wann wird Lord MacLaren zurückkommen?«, wandte sich Hortense im Flüsterton an Mrs Bean. »Ich möchte den Helden noch *heute* sehen!«

»Nun, sicher werden Sie verstehen, weshalb ich sofort mit unserer Verlobung einverstanden war«, fuhr Anne sachlich fort. »Ich habe ihn erst kennengelernt, als er nach Ende der Trauerzeit nach London zurückkam, aber in meinem ganzen Leben habe ich keinen besseren Mann getroffen. Er ist der mutigste, großzügigste – wussten Sie, dass er dem Königlichen Militärkrankenhaus in Chelsea einen großen Betrag gespendet hat? – und sanftmütigste Gentleman, dem zu begegnen ich jemals die Ehre hatte.«

Oh nein! Sie hatte ihm nicht nur drei Heldentaten zugeschrieben, sondern ihn jetzt noch zu einem wahren Menschenfreund gemacht.

Ein Chor beifälliger Seufzer füllte den Salon.

Zögernd blickte sie auf Lady MacLaren, denn die hatte sie bestimmt sofort durchschaut. Die Countess jedoch sah sie mit einem stolzen Lächeln an.

Sie war zu weit gegangen. Weshalb hatte sie das getan?

Anne schluckte in der Hoffnung, dass sich dadurch eine neuerliche Lüge gerade noch verhindern ließ.

Sie hasste es zu lügen. Bisher war sie immer eine jämmerliche Lügnerin gewesen, die es nicht einmal geschafft hatte, aus Rücksicht auf die Gefühle eines anderen Menschen unehrlich zu sein.

Warum also konnte sie mit einem Mal gar nicht mehr mit dem Lügen aufhören?

Kapitel vierzehn

Wie man eine Katze rettet

»Spätestens in einer Woche wird sie wieder putzmunter sein.« Doktor Willet bandagierte Annes verletztes Knie und machte einen Knoten in die Enden des Verbands.

Laird sah den verzweifelten Blick, mit dem der Arzt die junge Frau bedachte, als sie ihren Rock wieder an ihrem Bein herunterschob.

Dann stand der Doktor auf und wandte sich an die Countess. »Aber Sie sollten versuchen, sie dazu zu bringen, frühestens in zwei Wochen wieder aus dem Haus zu gehen – das ist zu ihrem eigenen Besten.«

»Vielen Dank, dass Sie unsere Anne verarztet haben, Doktor Willet.« Lady MacLaren begleitete ihn in den Flur und klagte dabei über ihre Schmerzen in den Schultern, die sie immer nach einem starken Regen plagten und gegen die kein Kraut gewachsen war.

Laird schloss die Salontür, bis sie nur noch einen Spaltbreit offen stand. »Anne, ich weiß, wir haben nur einen kurzen Augenblick, bevor meine Mutter wiederkommt, also hören Sie mir bitte einfach zu. Das mit gestern Abend tut mir leid.«

Sie gab ihm zu verstehen, dass er gehen sollte, doch er trat entschlossen auf sie zu.

Ein verräterisches Glitzern trat in ihre goldenen Augen, und sie fragte ihn: »W-was habe ich an mir, was mich derart abstoßend macht?«

»Wie bitte?« Laird schüttelte verwirrt den Kopf und kniete sich neben die Couch.

»Was genau? Ich muss es einfach wissen!«

»Anne, ich bete alles an Ihnen an. Sie sind eine amüsante, wunderschöne, mutige und herzensgute Frau.« Er versuchte ihre Hand zu nehmen, doch sie lehnte sich zurück und gab ihm dadurch deutlich zu verstehen, dass ihr nichts an einer Berührung lag.

»Etwas muss ich an mir haben, weshalb Sie mich verabscheuen.« Sie verschränkte die Arme vor der Brust.

»Warum glauben Sie das?« Laird atmete hörbar aus. »Weil ich letzte Nacht nicht weiter gegangen bin?«

»Ja! Erst dachte ich, es läge daran, dass Sie mich vor dem Ruin bewahren wollten. Weil Sie ein echter Gentleman geworden sind. *Weil Sie sich verändert haben.*« Das Zittern ihrer Stimme machte deutlich, wie erregt sie war.

»Verstehen Sie es noch immer nicht? Ich habe mich eindeutig *nicht* verändert. Verdammt, ich habe es versucht, habe es wirklich versucht. Aber es hat alles nichts genutzt. Ich bin eben durch und durch ein Schuft. Mein Vater hatte recht.«

»Ich habe Ihren entsetzten Blick gesehen, als Sie

sich von mir losgerissen haben. In dem Moment wurde mir klar, dass Sie selbst nicht mehr daran glaubten, dass Sie sich verändert haben. Dass Sie an sich gezweifelt haben. Ich musste mit Ihnen reden. Ich musste Ihnen helfen einzusehen, dass Sie sich täuschen.« Anne wischte sich mit dem Handrücken eine Träne aus dem Gesicht und sah ihn reglos an. »Laird, ich habe letzte Nacht versucht auf Sie zu warten. Nur wegen des Weins, den ich getrunken hatte, bin ich eingeschlafen –«

»Anne.«

Ihre Miene wurde hart. »Und dann bin ich wieder aufgewacht, als Sie und Apsley … mit diesen Frauen zurückgekommen sind.«

»Anne, Sie müssen mich anhören – das waren Apsleys Freundinnen, nicht meine. Ich versichere Ihnen, es ist nichts passiert.«

»Aber ich habe gesehen –«

»Was haben Sie gesehen, Anne?«

Ihre Nasenflügel bebten, ihr Atem wurde schneller, und sie kämpfte gegen die Tränen an. »*N-nichts.*« Sie stand auf, schob sich an ihm vorbei und hinkte zur Tür. »Bitte entschuldigen Sie mich.«

»Anne!« Laird sprang auf und wollte sie zurückhalten, sie aber trat bereits in den Flur hinaus. »In der Bibliothek bin ich nicht weiter gegangen, weil ich … ich –« Er ließ unglücklich die Arme sinken. »Weil ich dich liebe.« Seine Worte schwebten leise durch den leeren Salon und verhallten ungehört.

Einen Moment später kam Lady MacLaren durch die Tür, und für einen kurzen Augenblick hoffte er, Anne wäre zurückgekehrt.

»Laird, warum hast du mir nichts von dem Feuer erzählt? Du bist wirklich ein Held.«

Laird straffte seine Schultern und kämpfte noch immer gegen seine Emotionen an.

»Die gute Anne ist furchtbar stolz auf dich. Wahrscheinlich hätte sie am liebsten der ganzen Welt davon erzählt.«

»Von was für einem Feuer redest du?«

Lady MacLarens Augen blitzten, und sie kämpfte gegen ein vergnügtes Kichern an. »Oh, von dem fürchterlichen Feuer, aus dem du die Katzen gerettet hast.«

»Großer Gott.« Laird raufte sich das Haar. »Hat sie wirklich … *Katzen* gesagt?«

Lady MacLaren konnte nicht länger verhehlen, wie amüsiert sie war, und stieß ein lautes Lachen aus. »Allerdings. Katzen. Und du, mein Lieber, bist ihr Held.«

Anne warf sich auf das Bett, presste sich die Hände vor die feuchten Augen und stieß unglücklich aus: »Warum nur habe ich mein Herz einfach nicht mehr im Griff, sobald er auch nur in meine Nähe kommt?« Wütend trommelte sie mit den Fäusten auf der Bettdecke herum.

Sie hatte sich weiß Gott mit aller Kraft bemüht,

in Lairds Gegenwart ruhig und gelassen zu bleiben, doch in dem Moment, in dem er die Salontür hinter sich geschlossen und sie unglücklich angesehen hatte, hatte sie gewusst, es wäre besser, sofort aus dem Raum zu hinken. Aber das hatte sie nicht getan, denn eine schmerzliche Wunde war in ihrem Herzen aufgerissen, aus der ein wahrer Strom unglücklicher Worte und tränenreicher Vorwürfe geflossen war.

Sie war einfach jämmerlich.

Sie hätte niemals nach St. Albans kommen sollen. Doch sie hätte nie gedacht, dass die Rolle der Verlobten eines Schwerenöters wie des Earls so schwer zu spielen war. Sie wusste nicht einmal, wie mit ganz normalen Männern umzugehen war. Weshalb also hatte sie sich eingebildet, sie käme mit einem Exemplar wie Laird zurecht? Er war viel zu charmant. Viel zu gewitzt. Viel zu gut aussehend. Viel zu … talentiert. Anne wurde siedend heiß, denn sie dachte an seinen sinnlichen Mund und seine … forschenden Finger auf ihrer zarten Haut …

»Nein, nein, nein!« Sie fuhr sich mit den Händen durchs Gesicht. *Denk am besten nicht einmal daran!*

Sie richtete sich wieder auf und schob sich an den Rand des Betts. Sie musste endlich aufhören, sich einzureden, dass MacLaren irgendetwas für sie empfand, sich auf die Suche nach den versteckten Briefen konzentrieren und dazu beitragen, dass die dumme Lady Henceforth sah, dass Laird geläutert war. Mehr nicht.

Und nun, da sie wusste, welche Schwächen sie befielen, sobald sie in seiner Nähe war, könnte sie etwas dagegen tun. Es wäre kinderleicht. Sie würde einfach stoisch und phlegmatisch sein, sobald sie in der unglücklichen Lage war, mit ihm allein zu sein.

Sonst nichts.

Laird erspähte Anne eine Stunde später, als sie Blumen im Garten schnitt. Ihr Gesicht wirkte nicht mehr verquollen, ihre Augen waren nicht mehr rot, und sie erschien ihm durchaus gut gelaunt. Ja, dachte er, dies wäre sicherlich ein guter Augenblick, um sich noch einmal bei ihr zu entschuldigen.

Leise öffnete er die Flügeltür und ging den kurzen Weg in den Garten hinab.

»Anne.«

Sie zuckte zusammen, als sie seine Stimme hörte, wandte sich zum Gehen, blieb dann aber plötzlich wieder stehen, drehte sich langsam zu ihm um und reckte herausfordernd das Kinn. »Leider habe ich außer einer Schere kein Gartenwerkzeug mitgenommen, sonst könnte ich Ihnen zeigen, was eine Harke ist.«

Er nahm an, das hatte er verdient.

»Anne, es tut mir leid.«

»Sie brauchen sich nicht zu entschuldigen. Inzwischen habe ich mich hinlänglich erholt.« Annes Blick flatterte so leicht wie die Libelle, die über der Pfütze neben den Steinen schwirrte, über ihn hinweg.

Auf direktem Weg käme er nicht an sie heran. Vielleicht ginge er die Sache also besser anders an.

Laird hob die Arme und sah sie mit einem Lächeln an. »Katzen?«, fragte er.

Während eines kurzen Augenblicks hätte er beinahe geschworen, dass auch über ihr Gesicht ein leises Lächeln huschte, dann aber sah sie ihn wieder reglos an.

»Nun, ich hatte keine Ahnung, ob die Frau, von der ich in der *Times* gelesen hatte, Kinder hat.« Ihre Halsmuskeln zogen sich zusammen, und das Schlucken fiel ihr plötzlich schwer. »Deshalb ist mir statt des Wortes Kinder das Wort Katzen rausgerutscht. Da ich nicht erklären kann, warum, versuche ich es gar nicht erst.«

»Nun, lassen Sie mich sehen, ob ich über alle meine Heldentaten auf dem Laufenden bin, bevor ich wieder mit meiner Mutter oder sonst jemandem in St. Albans spreche.«

Anne nickte knapp.

»Ich habe Sie aus einem See gefischt, in dem Sie um ein Haar ertrunken wären, eine Frau und ihre … Katzen aus einem brennenden Haus gerettet, und es ist mein größter Wunsch, durch großzügige Spenden dem Wohlergehen meiner Mitmenschen dienlich zu sein. Oh, und ich habe Sie nach einem Sturz von einem Felsvorsprung vor dem sicheren Tod bewahrt. Ist das alles, Anne?«

Ihre Augen waren groß wie Untertassen, doch sie nickte abermals.

»Ich habe also nichts vergessen?«

»Das ist erst mal alles.«

Laird starrte sie ungläubig an. »Das ist *erst mal* alles?«

»Seit unserer Ankunft in MacLaren Hall habe ich noch keine Londoner Zeitung in die Hand bekommen.« Sie zuckte zusammen. »Aber sobald ich irgendeine Nachricht lese, in der es um Heldentaten geht, übertrage ich sie in letzter Zeit unwillkürlich auf Sie. Auch wenn ich wirklich nicht weiß, warum.«

»Verdammt, Anne, das muss aufhören.«

Ihre Augen blitzten. »Glauben Sie, das weiß ich nicht? Aber Lady Henceforth kann bei aller Höflichkeit einfach … *entsetzlich* sein. Noch ein paar Worte von ihr, und Lady MacLaren wäre in Tränen ausgebrochen. Ich hatte also nur die Möglichkeit, Lady Henceforth mit meinem Taschentuch den Mund zu stopfen – was wegen meines blutenden Knies ein bisschen schwierig geworden wäre – oder etwas zu sagen, was sie garantiert zum Schweigen bringt. Also habe ich Letzteres getan.«

Sprach Anne von seiner Lady Henceforth? Der eleganten, sanftmütigen Witwe, die am liebsten in ihrem Garten saß und las, ergreifende Lieder sang oder auf ihrem Pianoforte spielte, wenn sich die Gelegenheit dazu ergab? Das konnte doch nicht sein.

Dann wurde es ihm plötzlich klar. Es ging gar nicht um Constance, sondern um letzte Nacht.

»Was hat sie denn gesagt, um meine Mutter derart aufzuregen?«

»Oh, ich kann mich nicht genau erinnern.« Anne winkte gleichmütig ab. »Sie fing an, sich über Ihren schlechten Charakter auszulassen. Also habe ich verhindert, dass sie weiterspricht.«

»Indem Sie mich zu einem überlebensgroßen Helden machen?«, gab er sarkastisch zurück.

»*Ja.*« Anne hinkte zu einem rot blühenden Rosenbusch hinüber. »Haben wir für heute nicht vielleicht genug gesprochen? Ich werde nicht mehr darüber reden. Vor allem, da all das schließlich *Ihre* Idee gewesen ist.«

»Meine Idee?«

»Natürlich, wessen sonst? *Ich* habe ganz sicher nicht den Wunsch, die Lüge bezüglich unserer Verlobung weiter aufrechtzuerhalten. *Sie* haben mich gezwungen, diese empörende Scharade fortzusetzen. *Sie* haben mich gezwungen, Ihnen dabei zu helfen, Ihren Charakter gegenüber Lady Henceforth in ein günstigeres Licht zu rücken, damit sie Ihnen wieder gewogen ist.«

»Und Sie denken, ich hätte *so etwas* damit gemeint?«

»Ich habe Ihnen gleich gesagt, dass ich so etwas nicht kann. All das entspricht einfach nicht meiner Natur. Aber trotzdem zwingen Sie mich dazu.« Anne hinkte zu der großen Flügeltür und zog sie auf. Bevor sie jedoch über die Schwelle trat, blickte sie ihn noch einmal über ihre Schulter hinweg an. »Nur ist es einfach so, dass ich Ihnen nichts anderes als *Katzen* bieten kann.«

Verflixt und zugenäht. Was war aus diesem Tag geworden?

Dabei hatte er an diesem Vormittag nichts anderes vorgehabt, als Anne zu finden und ihr zu erklären, dass ihm leidtat, was geschehen war.

Zwei Tage später

Anne hatte – wenn auch schwache und vor allem schmählich durchsichtige – Vorwände gefunden, um zwei volle Tage lang nicht mit Laird allein zu sein.

Heute, als es endlich einen echten Grund gab, aus dem Haus zu gehen, war er nirgendwo zu sehen. Anne warf einen letzten Blick zum Fenster seines Schlafzimmers hinauf und stieg dann in die Kutsche, in der Lady Henceforth sie abholen ließ.

Oh, ganz sicher hatte Lady Henceforth ihr die Kutsche nicht aus Rücksicht auf ihr bandagiertes Knie oder aus reiner Freundlichkeit geschickt. Frauen wie sie verbanden stets ein Ziel mit ihrer Nettigkeit. Wahrscheinlich wollte sie ganz einfach nicht riskieren, dass Laird zu ihrer Rettung eilte, falls es abermals zu einem Unfall kam.

Anne schlug mit dem Hinterkopf hart gegen den Ledersitz, denn als der Kutscher die Peitsche knallen ließ, machte das Gefährt einen abrupten Satz nach vorn.

Sie hatte wahrlich keine Lust auf eine Tasse Tee mit Lady Henceforth, fuhr aber besser trotzdem hin.

Schließlich hatte sie Laird zugesichert, seinen Ruf bei dieser Dame wiederherzustellen, und sie würde das Versprechen halten, wenn auch nur, damit sie möglichst bald wieder nach London kam.

Sie starrte trübe aus dem Fenster, als die Kutsche den von Löchern übersäten Weg hinunterfuhr.

Heute würde sie auf ihre Worte achten. Sie nickte entschlossen. Keine Gespräche mehr über gefährliche Rettungsmanöver … oder Katzen, dachte sie.

Oh, sie hatte sich total blamiert.

Katzen. Was in aller Welt hatte sie sich dabei gedacht? Jetzt würde Lady Henceforth ihr sicher nicht mehr glauben, wenn sie irgendeine Laird'sche Heldentat zum Besten gab.

Sie stieß einen Seufzer aus und blickte auf die Karte, die ihr von dem Butler ausgehändigt worden war.

Es war reines Glück, dass Lady Henceforth Zeugin von Lairds einzig wahrer Heldentat geworden war. Anne zuckte zusammen, als sie daran dachte, dass die ganzen anderen Geschichten reine Fantasie gewesen waren. Nichts als Schall und Rauch.

Der überzeugendste Beweis für die Behauptung, dass Laird sich verändert hatte, war seine Zurückhaltung in der Bibliothek gewesen. Er war vorgestern Nacht nicht über sie hergefallen, obwohl ihm hatte klar sein müssen, dass sie in dem Augenblick nichts lieber gehabt hätte als das.

Doch natürlich hatte er noch in derselben Nacht gezeigt, dass er immer noch der alte Schurke war, und vor allem konnte sie diesen Beweis mit keinem Menschen teilen, zuallerletzt mit der von ihm umworbenen Frau.

Zwölf Minuten später endeten die hohen Hecken links und rechts des Wegs und gaben den Blick auf Chasten Cottage frei.

Anne beugte sich aus dem offenen Fenster, ließ sich den Fahrtwind um die Nase wehen und blickte auf das Haus.

Im selben Augenblick fuhr eine andere Kutsche von dort ab, und Annes Kutsche musste halten, weil der schmale Weg zu eng war für zwei Gefährte.

Zufällig sah Anne den Mann, der in der anderen Kutsche saß und höflich grüßte, als er an ihnen vorüberfuhr.

Sie erschauderte und beugte sich so weit wie möglich aus dem Fenster, um zu sehen, ob ihr vielleicht ein Irrtum unterlaufen war.

Der scharfe Wind, der ihr entgegenblies, trieb ihr Tränen in die Augen, doch das Wappen der MacLarens auf der Tür war nicht zu übersehen.

Laird.

Wie konnte er das tun?

Sie riss den Kopf zurück und schlug mit ihrer Faust auf ihren Sitz.

Die von der Brise verursachten Tränen rannen ihr über die Wangen, und sie zog ein Taschentuch aus ihrem Retikül.

Lady Henceforth sollte bloß nicht denken, dass sie weinte, denn das tat sie ganz eindeutig nicht.

Der Wind hatte ihr die Tränen in die Augen getrieben, nicht der Anblick ihres – angeblichen – Verlobten, der bei seiner ehemaligen Braut zu Gast gewesen war. Oh nein, ganz sicher nicht.

Kapitel fünfzehn

Wie man richtig Tee trinkt

Der Tee mit Lady Henceforth war, nachdem sie gerade erst Laird bei sich zu Gast gehabt hatte, eine peinliche Angelegenheit, und Annes Laune verschlechterte sich zusehends.

Lady Henceforth schenkte ihr ein zuckersüßes Lächeln. »Meine liebe Anne, ich bin so froh, dass der Sturz von dem Felsvorsprung keine bleibenden Schäden bei Ihnen hinterlassen hat.«

»Ich habe nur einen Kratzer abbekommen, weiter nichts. Es war wirklich großes Glück, dass Laird genau im rechten Augenblick vorbeigekommen ist.« Anne setzte ihrerseits ein übertrieben breites Lächeln auf.

Sie fragte sich, ob sie erwähnen sollte, dass sie Laird gesehen hatte, oder ob es besser wäre, so zu tun, als wäre ihr nicht klar, dass ihr zukünftiger Mann bei der Witwe zu Gast gewesen war.

»Lady MacLaren scheint wegen der bevorstehenden Hochzeit ihres Sohns sehr aufgeregt zu sein.« Lady Henceforth füllte Annes Tasse bis zum Rand und hielt sie ihr vorsichtig hin.

»Allerdings.« Geistesabwesend nahm Anne die Tasse und stellte sie vor sich auf den Tisch, ohne darauf zu achten, ob die Flüssigkeit, die überschwappte, Flecken auf der blank polierten Platte hinterließ.

Lady Henceforth hatte ihr die Kutsche nach MacLaren Hall geschickt und musste deshalb wissen, dass sie auf dem Weg hierher der Kutsche des Earls begegnet war. Deshalb kam sie bei nochmaliger Überlegung zu dem Schluss, dass sie das Treffen vielleicht gar nicht erwähnen und einfach in aller Ruhe warten sollte, bis und in welchem Zusammenhang die Witwe von sich aus auf den Gast, der eben wieder abgefahren war, zu sprechen kam.

Was angesichts des dummen Spiels mit der randvollen Tasse, das ihr Gegenüber mit ihr spielte, sicherlich das Beste war.

Also nippte Anne an ihrem Tee, biss ein Stück von ihrem durchweichten Plätzchen ab und wartete, dass Lady Henceforth voller Schadenfreude auf seinen Besuch bei ihr zu sprechen kam.

»Wann werden Sie das Aufgebot bestellen?«, fragte ihre Gastgeberin in unschuldigem Ton.

»Ich schätze, dass es nicht mehr lange dauern wird. Allerdings haben wir noch nicht darüber gesprochen, wann und wie genau die Feier stattfinden soll. Meine älteste Schwester Mary erwartet bald ihr erstes Kind, deshalb fällt ihr im Moment das Reisen schwer.« Wieder setzte Anne ein freundliches Lächeln auf. Schließlich sollte Lady Henceforth denken, sie hätte noch genügend Zeit, um ihr Laird vor der Nase wegzuschnappen, falls das ihre Absicht war.

Himmel, wäre es nicht einfach wunderbar, wenn das der Plan der Witwe wäre? Anne war klar, dass diese Möglichkeit sie glücklich machen sollte. Aber das war leider nicht der Fall.

»Ich kann mich noch daran erinnern, als Laird – oh, ich hoffe, dass es Sie nicht stört, wenn ich ihn so nenne.« Lady Henceforth grinste fast. »Er hat mich darum gebeten, ihn so anzusprechen, und deshalb denke ich immer mit seinem Vornamen an ihn.«

»Oh, Sie brauchen Ihre Gedanken nicht zu ändern, nur weil Sie befürchten, dass ich deswegen beleidigt bin.« Anne biss erneut in ihren weichen Keks.

»Also.« Lady Henceforth beugte sich über den kleinen Tisch, der zwischen ihnen stand. »Sind Sie in ihn verliebt?«

Aus irgendeinem Grund brachte diese Frage Anne vollkommen aus dem Gleichgewicht. Plötzlich wurde ihre Brust so eng, als hätte jemand ihr Korsett zu eng geschnürt, und sie holte hörbar Luft.

»Oder wissen Sie es nicht?« Das Zucken ihres linken Mundwinkels verriet, dass sich Lady Henceforth ihrer Antwort auf die Frage bereits sicher war. »Waren Sie vorher jemals verliebt?«

»Ich habe in meinem ganzen Leben niemals etwas Ähnliches empfunden wie für Laird. Wirklich *nie*. Wenn ich ihn sehe, beginnt mein Puls vor Aufregung zu rasen. Er bringt mich zum Lachen, und er gibt mir das Gefühl, dass ich in Bestform bin, dass ich alles schaffen kann, wenn wir zusammen sind.« Von ihren eigenen Worten überrascht, hob Anne ihre Tasse an den Mund.

Lady Henceforth blinzelte, denn auch sie war offenbar in höchstem Maß erstaunt.

Deshalb fuhr Anne entschlossen fort. »Wenn wir getrennt sind, habe ich das Gefühl, als würde ein Teil von mir fehlen und als wäre ich erst wieder komplett, wenn er wieder bei mir ist. Inzwischen ist mir klar, dass ich, bevor ich Laird begegnet bin, unvollständig war.«

»Oh.« Lady Henceforth starrte sie mit großen Augen an.

Es war offensichtlich, dass die Witwe nicht damit gerechnet hatte, so etwas von Anne zu hören. Und, Himmel, auch Anne selbst hatte diese Rede nicht erwartet, bevor sie ihr über die Lippen gekommen war.

Sie saß völlig reglos da.

Denn jedes Wort, das sie gesagt hatte, war … die Wahrheit.

Ihr wurde heiß, und sie war fürchterlich verlegen, weil sie ausgerechnet Lady Henceforth gegenüber zugegeben hatte, was sie für den Earl empfand.

»Wie steht es mit Ihnen, Lady Henceforth … Entschuldigung, Constance?«, fragte sie deshalb im Gegenzug. »Sie waren einmal verheiratet, aber ich bin weltgewandt genug, um zu wissen, dass die meisten Ehen in England nicht aus Liebe geschlossen werden, sondern einfach, weil es praktisch ist.«

Lady Henceforth blickte in ihre Tasse, schwenkte sie

leicht in ihrer Hand und grübelte einen Moment über die Frage nach. »Ich – ich habe geliebt, *einmal.*«

»Aber das habe ich bisher keinem Menschen gegenüber jemals zugegeben.« Sie lachte unglücklich auf und sah Anne reglos ins Gesicht. »Weil es eine verbotene Liebe war.«

»Ich bitte um Verzeihung. Ich hätte nicht fragen sollen.« Anne starrte die Witwe über den Rand von ihrer Tasse an.

»Ich habe diesen Mann geliebt. Ich habe all die Dinge empfunden, von denen Sie gesprochen haben, und noch mehr.« Lady Henceforth stieß einen verlorenen Seufzer aus. »Aber meine Eltern haben eine Ehe für mich arrangiert. Lord Henceforth war wesentlich älter als ich. Er hatte beinahe das Alter meines Großvaters.«

Anne zog eine Grimasse. »Und Sie hatten in dieser Sache nichts zu sagen?«, fragte sie in mitfühlendem Ton.

»Nein. Deshalb musste ich mich sanft von meinem Liebsten verabschieden.«

Jetzt seufzte auch Anne, weil Constances Geschichte unerwartet schmerzlich war. »Und haben Sie ihn jemals wiedergesehen?«

Lady Henceforth schüttelte den Kopf. »Nein, Graham hat sich kurz nach meiner Hochzeit beim Vierzehnten Regiment der leichten Dragoner eingekauft.«

»*Graham?*« Anne richtete sich kerzengerade auf. »Graham Allan? Der Bruder von Laird?«

Lady Henceforth riss die Augen auf. »Nein, ich habe gesagt, *er* hat sich dort eingekauft. Sie haben mich missverstanden, Anne.«

»Oh nein, ich glaube nicht. Sie haben *Graham* und nicht *er* gesagt.«

In Lady Henceforths braunen Augen stiegen Tränen auf. »Nein, ich bin mir sicher, Sie haben sich verhört.«

Plötzlich sah sie richtiggehend verängstigt aus und schlang sich die Arme um den Bauch. »Ich bitte um Verzeihung, Anne, aber ich fühle mich nicht wohl. Ich werde meinem Kutscher sagen, dass er Sie nach Hause fahren soll. Wenn Sie nichts dagegen haben, setzen wir die Teestunde irgendwann anders fort.«

»Nein, natürlich nicht, Constance«, antwortete Anne bestürzt. »Kann ich irgendetwas für Sie tun?«

Lady Henceforth schüttelte den Kopf. »Nein, Anne. Guten Tag.«

»Na, haben Sie eine interessante Lektüre gefunden?«, fragte Anne.

Laird wirbelte herum und verstreute dabei den Stapel Noten, den er in der Hand gehalten hatte, auf dem Parkett. »Ich habe Sie gar nicht kommen hören.« Er kniete sich auf den Boden und sammelte die Blätter wieder ein. »Wie war Ihr Nachmittag? Sie waren nicht gerade lange fort.«

»Nein. Lady Henceforth hat sich plötzlich nicht mehr wohlgefühlt.« Sie bückte sich und half ihm beim

Auflesen des Papiers. »Wie ging es ihr denn, als Sie bei ihr waren?« Sie sah ihn nicht an, hielt aber im Einsammeln der Blätter inne und wartete gespannt.

»Lady Henceforth hatte mich zum Mittagessen eingeladen.«

»Dann war das bestimmt der Grund für ihr Unwohlsein. Wahrscheinlich hat sie es einfach nicht vertragen, dass sie direkt nach dem Essen Tee getrunken hat.«

Laird war von ihrem Sarkasmus überrascht. Er legte die Hand auf ihren Arm und sah sie flehend an. »Anne. Wir haben beide dasselbe Ziel. Nämlich, mich bei Lady Henceforth wieder in ein besseres Licht zu rücken, damit sie es sich vielleicht noch einmal überlegt.« Er spürte, dass sie zusammenfuhr, und wünschte sich von ganzem Herzen, er hätte diese Worte nicht gesagt.

Sie schüttelte seine Hand von ihrer Schulter ab und richtete sich wieder auf. »Ich glaube, dies ist der letzte Raum, der noch durchsucht werden muss. Bisher sind keine Briefe aufgetaucht?«

Laird schüttelte den Kopf.

»Einen habe ich gefunden.«

Er blickte über seine Schulter auf das Blatt Papier, das sie in den Händen hielt, und sah sie fragend an.

»Und zwar ganz hinten in einer Schublade der Kommode in Grahams Schlafzimmer.«

»Was ist das für ein Brief?« Auch Laird stand wieder auf, und sie drückte ihm das gefaltete Blatt schulterzuckend in die Hand.

»Ich weiß es nicht. Ich habe ihn nicht gelesen. Er ist an dich adressiert.«

Vorsichtig faltete Laird das Schreiben auseinander, las den kurzen Text und verzog so schmerzlich das Gesicht, als würde sein Herz von einer eisernen Faust zusammengedrückt.

»Laird?«

»*Oh mein Gott.*« Er zerknüllte den Brief in seiner Hand und stürzte aus dem Raum.

Kapitel sechzehn

Wie man Steine auf dem Wasser hüpfen lässt

Anne fand Laird auf einer grasbewachsenen Anhöhe oberhalb des Sees.

Er lehnte zusammengesunken an einem dicken Eichenstamm. Seine Augen waren rot verquollen, und er starrte reglos geradeaus, aber als sie durch das feuchte Gras auf ihn zukam, blickte er mit einem müden Lächeln zu ihr auf.

Gegen ihren Willen wogte Mitleid in ihr auf, und am liebsten hätte sie ihn tröstend in den Arm genommen, als sie sah, wie aufgewühlt er war. »Ich hätte Ihnen den Brief nicht geben sollen. Was auch immer Ihr Bruder geschrieben hat, hat Sie unglücklich gemacht.« Sie kniete sich neben ihn und strich ihm tröstend mit der Hand über das Haar.

»Nein, Anne, Sie haben genau das Richtige getan, indem Sie mir den Brief gegeben haben. Er verändert alles. Ich wünschte nur, jemand hätte das Schreiben viel früher entdeckt.«

Laird atmete hörbar aus. »Ich muss meiner Mutter dankbar sein, dass sie Ihnen Grahams Zimmer überlassen hat. Hätten Sie dieses Schreiben nicht gefunden … hätte ich es vielleicht nie erfahren.«

Anne setzte sich neben ihn ins Gras, und gemeinsam starrten sie auf die in der Sonne glitzernde Oberfläche des Sees. Nach einem Augenblick jedoch drehte sie sich wieder zu ihm um. »Es gibt in Ihrem Haus eine ganze Reihe unbenutzter Gästezimmer. Weshalb also hat sie mich in Grahams Zimmer untergebracht?«

»Ich glaube, es ist so, wie sie behauptet hat, nämlich dass sie Sie bereits als Teil unserer Familie sieht.« Laird schlang seine Arme um die angezogenen Knie und stellte noch einmal fest: »Ich bin froh, dass Sie in seinem Zimmer schlafen und dass Sie den Brief gefunden haben.«

Anne zupfte einen frischen, grünen Grashalm aus der Erde und spielte damit herum. »Werden Sie mir erzählen, was Graham geschrieben hat und was so wichtig für Sie ist?«

Seufzend stand Laird auf und lehnte sich gegen den breiten Stamm des Baums. »Mein Vater wollte immer, dass ich als sein Erbe denselben Weg gehe wie er. Und eine Zeit lang habe ich das auch getan. Aber nachdem ich Oxford verlassen hatte, hat er mir einen guten Posten bei der Kavallerie verschafft. Seine Jahre beim Militär hatten ihn Disziplin gelehrt – und die hätte ich seiner Meinung nach ebenfalls dringend gebraucht.«

Anne legte ihren Kopf ein wenig schräg und blickte zu ihm auf. »Sie beim Militär, wo Sie die Befehle anderer befolgen müssen, wo strenge Zucht und Ordnung herrschen und alle strammstehen.« Sie blickte wieder auf den See. »Ich fürchte, das kann ich mir einfach nicht vorstellen.«

Laird lachte auf. »Das konnte ich auch nicht. Deshalb habe ich meinen Posten bei der ersten sich bietenden Gelegenheit einfach weiterverkauft.«

»Oje. Ich nehme an, dass Ihr Vater darüber nicht allzu glücklich war.«

»Er wäre fast vor Zorn geplatzt, was mir in der rebellischen Phase, in der ich damals war, ungemein gefallen hat.«

Anne rollte sich auf ihre Zehen, erhob sich ebenfalls, ging hinunter an das schlammige Ufer des Sees und suchte dort nach einem runden, glatten Stein. »Aber Graham ist den Dragonern beigetreten; ich glaube, Lady Henceforth hat während des Tees etwas Derartiges erwähnt.«

»Das ist er, und zwar ziemlich überstürzt.« Laird trat neben sie. »Bevor Graham plötzlich in den Krieg zog, wusste nicht einmal mein Vater, dass sein zweiter Sohn in seine viel zu großen Fußstapfen getreten war.«

»Ihr Vater muss entsetzlich stolz auf ihn gewesen sein, weil er die Initiative ergriffen und seiner großartigen Karriere nachgeeifert hat.«

Laird schüttelte unglücklich den Kopf. »Nein, das war er nicht. Seiner Meinung nach war das Leben meines Bruders einzig deshalb plötzlich in Gefahr, weil Graham das Gefühl gehabt hatte, er müsse diese

Pflicht gegenüber der Familie erfüllen – weil *ich* dafür zu feige war.«

Anne sah ihn fragend an. »Das hat Ihr Vater zu Ihnen gesagt?«

Laird zuckte gleichmütig mit der linken Schulter. »Graham und ich standen uns sehr nahe. Deshalb wusste Vater, wie er mich am besten verletzen kann.«

Erst nach einer langen Pause fügte er hinzu: »Ich habe Graham nie wiedergesehen.« Er neigte den Kopf und sah, dass Anne ihm einen flachen Stein hinhielt. Er lehnte sich ein wenig auf die Seite und warf den Stein zusammen mit den Erinnerungen, die ihn über ein Jahr geplagt hatten, so weit wie möglich von sich fort.

»Das war sehr ungerecht von Ihrem Vater.« Anne zog einen weiteren Stein aus dem Schlamm am Ufer und reichte ihn Laird.

Dieses Mal jedoch legte er ihr die Hände um die Taille, zog sie wieder auf die Füße und erklärte nachdrücklich: »Aber Sie, mein vollkommen verrückter Schatz, haben mit diesem Brief dafür gesorgt, dass mir diese Last von den Schultern gefallen ist.«

»Ich?« Anne klappte vor Verblüffung die Kinnlade herunter, denn er zog ihren Arm über ihren Kopf und drehte sie vergnügt im Kreis. »Hören Sie auf, hören Sie auf.« Gleichzeitig jedoch stieß sie ein helles Lachen aus.

»Verstehen Sie denn nicht? Bis ich diesen Brief gelesen habe, habe ich geglaubt, die Behauptung meines

Vaters wäre wahr und ich wäre verantwortlich für Grahams Tod. Dieser Brief hat mich von dieser Schuld befreit.« Laird ließ sie wieder los, hob den Brief an seinen Mund und küsste ihn.

Anne stemmte die Hände in die Hüften und holte erst einmal tief Luft. »Was steht denn in dem Brief?«

»In dem Brief gibt Graham zu, dass er zum Militär gegangen ist, weil er es hier nicht mehr ausgehalten hat. Die Frau, die er liebte, wurde mit einem wesentlich älteren, wohlhabenderen Mann verheiratet, und es tat ihm einfach zu weh, sie weiter jeden Tag zu sehen.« Laird sah sie mit einem breiten Grinsen an. »Verstehen Sie, Anne? Graham ist nicht zum Militär gegangen und gestorben, weil ich Vaters Erwartungen nicht erfüllt habe. Er war unglücklich verliebt.«

Plötzlich senkte sich ein dunkler Vorhang über Annes bis dahin strahlendes Gesicht.

»Ist etwas nicht in Ordnung, Anne?«

»Nichts, weswegen Sie sich Sorgen machen müssen.« Eilig wandte sie sich zum Gehen.

»Anne!« Laird lief ihr hinterher, packte ihre Hand und drehte sie zu sich herum. »Worüber machen Sie sich Gedanken? Was ist los?« Sein Mund war nur eine Handbreit von ihrem Mund entfernt, und er wusste, er befand sich auf gefährlichem Terrain.

»Ich … schon gut.« Mit geröteten Wangen versuchte sie, sich von ihm loszumachen.

»Sie sind eine jämmerliche Lügnerin. Was, weiß Gott, nicht an mangelnder Übung liegt. *Bitte.*« Er versuchte, sie mit einem leichten Lächeln dazu zu bewegen, dass sie ihm erzählte, was ihr auf der Seele lag. »Meinen Tag kann nichts mehr trüben. Weil mir schließlich die Schuld am Tode meines Bruders abgenommen worden ist.«

»Lady Henceforth hat mir heute etwas gestanden, was sie, wie ich glaube, gar nicht hatte erzählen wollen. Es ist ihr wohl einfach rausgerutscht.« Anne biss sich auf die Unterlippe und runzelte die Stirn. »Aufgrund der Dinge, die sie mir erzählt hat, bin ich ziemlich sicher, dass Graham in seinem Brief von *ihr* gesprochen hat.«

»Von Constance?« Laird erstarrte, doch sie nickte mit dem Kopf.

»Ich glaube, ja.«

»W-was hat sie gesagt?«, fragte er sie zögernd.

»Vielleicht irre ich mich ja auch.«

»Bitte, sagen Sie es mir.«

»Also gut. Sie hat mir erzählt, sie hätte einmal einen jungen Mann geliebt, aber ihre Eltern hätten in ihrem Namen den Antrag eines wesentlich älteren Mannes – Lord Henceforth – angenommen, und dieser junge Mann wäre zum Militär gegangen, als er davon erfuhr.«

»Davon habe ich noch nie etwas gehört.« Laird ließ seine Arme sinken. Er war wie benommen, als hätte ihm jemand einen Schlag mit einem Gewehrkolben auf den Hinterkopf verpasst.

»Es tut mir leid. Ich hätte es nicht erwähnen sollen.

Denn vielleicht habe ich eine Verbindung gesehen, wo es gar keine gibt.« Anne streckte tröstend eine Hand in seine Richtung aus, doch er trat einen Schritt zurück, sodass sie ins Leere griff.

»Bitte verzeihen Sie mir, Laird. Wenn Sie wollen, fahre ich gleich morgen früh zum Chasten Cottage, spreche mit Lady Henceforth und kläre dieses Missverständnis auf. Denn mehr war es ganz sicher nicht.« Wieder schoss ihr eine heiße Röte ins Gesicht, und sie wandte sich ab.

»Nein.« Laird schüttelte wie in Trance den Kopf. »Wir beide wissen, dass Sie ihre Worte ganz bestimmt nicht missverstanden haben.«

Anne verstand eindeutig nicht, welche Bedeutung es für ihn selber hatte, dass die Frau, die er hofierte, in Graham verliebt gewesen war. Sein Leben wäre vielleicht völlig anders verlaufen ... hätte er etwas davon gewusst. Die Möglichkeit einer Beziehung zwischen diesen beiden Menschen rückte alles, was bisher geschehen war, in ein völlig neues Licht.

»Danke für das Angebot, aber ich muss selber mit Constance sprechen. Falls sie und mein Bruder sich geliebt haben, stellt das alles, von dem ich dachte, dass es zwischen uns beiden existiert, infrage. Bitte entschuldigen Sie mich, Anne. Ich muss zum Chasten Cottage. Ich habe nämlich eine Frage, auf die mir nur Constance eine Antwort geben kann.«

Kapitel siebzehn

Wie man Boden gewinnt

Anne kratzte sich den Schlamm von den Sohlen ihrer Stiefel, setzte sich auf die Stufen vor der Eingangstür, knöpfte sorgfältig ihr Schuhwerk auf und zog es aus, ehe sie das Haus betrat.

»Anne, meine Liebe«, rief Lady MacLaren aus dem Salon. »Schön, dass Sie und Laird von Ihrem Spaziergang zurück sind. Ich habe Sie durch das Fenster meines Schlafzimmers gesehen. Haben Sie die Aussicht genossen? Das Licht, das sich im Wasser spiegelt, ist um diese Tageszeit besonders schön, finden Sie nicht auch?«

»Ja, Lady MacLaren, es ist wunderschön.« Anne ließ die schlammigen Stiefel hinter ihrem Rücken baumeln, damit Lairds Mutter sie nicht sah.

»Während Sie unterwegs waren, ist ein Päckchen für Sie angekommen – von Ihrer Schwester, der Herzogin von Blackstone.« Lady MacLaren steckte ihre Nadel in das über den Stickrahmen gespannte Seidentuch und spähte an Anne vorbei. »Laird? Für dich hat ein Bote einen Brief gebracht – vom *Oberhaus.*« Mit vor Stolz wackelnden Brauen wandte sie sich wieder an die junge Frau.

»Vom Oberhaus?« Oh, Anne wünschte sich, Laird wäre hier, um den Brief zu lesen … statt auf dem Weg über die Felder, um Lady Henceforth zur Rechenschaft zu ziehen.

»Ja, was sagst du dazu, Junge?« Die Stimme der Countess überschlug sich fast. »Die Einladung hätte zu keinem günstigeren Zeitpunkt kommen können, findest du nicht auch?«

»Lady MacLaren, Ihr Sohn ist noch nicht wieder da. Er … hat gesagt, dass er noch einen Ausritt machen will, und ist deshalb direkt in den Stall gegangen.« Langsam rutschten ihr die Stiefel aus der Hand, und so machte sie einen schnellen Knicks und fing die Lederriemen wieder auf. »Bitte entschuldigen Sie mich, ich möchte unbedingt erfahren, was in dem Päckchen meiner Schwester ist.«

Sie wollte sich das Päckchen schnappen und den Raum verlassen, doch Lady MacLaren rief ihr hinterher: »Er sucht doch wohl nicht schon wieder diese Lady Henceforth auf?«

Anne drehte sich um und sah, dass die Countess missbilligend das Gesicht verzog.

Sie öffnete den Mund, klappte ihn dann aber einfach wieder zu. Was würde es nutzen, fügte sie der Sammlung ihrer Lügen noch eine weitere Unwahrheit hinzu.

»*Sie* sind seine Verlobte, Anne. Deshalb sollte er *diese Frau* am besten nie mehr sehen.«

»Es macht mir wirklich nichts aus.« Anne entdeckte

das Päckchen ihrer Schwester auf dem Tisch neben der Tür und schob einen ihrer bestrumpften Füße langsam über das Parkett.

»Nun, mir macht es etwas aus, und das sollte es Ihnen auch.« Lady MacLaren setzte eine strenge Miene auf und stapfte zornig vor dem Sofa auf und ab.

Anne schob ihren Fuß noch etwas weiter vor. Nur noch ein kleines Stückchen und sie käme an Marys Paket heran. Sie streckte ihre Zehen aus, und ihr Fuß fing an zu rutschen …

Oh grundgütiger Himmel. Sie wollte sich noch abfangen, aber ihr Fuß schoss bereits unter ihrem Rock hervor, und um nicht vollkommen die Balance zu verlieren, fuchtelte sie mit ihren schlammbespritzten Stiefeln in der Luft herum und streckte ihre andere Hand nach dem Rahmen der Salontür aus. Doch es half alles nichts. Sie kippte hintenüber und landete unsanft auf dem Hinterteil.

»Wissen Sie, meine Liebe, ich muss noch einen ordentlichen Verlobungsball für Sie und Laird in London organisieren.« Lady MacLaren trommelte mit den Fingerspitzen auf ihrer Unterlippe herum. »Was sagen Sie dazu, wenn wir morgen zurückfahren?« Genau in dem Moment, in dem Anne wieder auf die Füße kam, drehte sie sich zu ihr um.

Zurück nach London? Morgen schon? Annes Augen fingen an zu brennen, auch wenn sie nicht sicher hätte sagen können, was der Grund für ihre plötzliche Traurigkeit war.

Sie sollte begeistert sein, weil sie endlich wieder nach Hause kam. Schließlich waren die Briefe, die sie suchte, eindeutig nicht hier, und Lady Henceforth hatte ihr von Anfang an nichts als Scherereien gemacht. Sie sollte glücklich sein, weil es, so wie die Dinge standen, sicherlich das Beste für sie wäre, so schnell wie möglich heimzukehren.

»Also, was sagen Sie, Anne?« Lady MacLaren nickte eifrig mit dem Kopf, und zu spät erkannte Anne, dass die Countess erwartete, dass sie begeistert war.

Deshalb nickte auch sie. »Ich finde, das ist eine ausgezeichnete Idee.«

»Der Zeitpunkt ist geradezu brillant, nicht wahr? Wir werden gleich zwei Gründe für ein großes Fest haben, nämlich die Verlobung meines lieben Sohns und die Tatsache, dass er endlich seinen rechtmäßigen Platz im Oberhaus einnehmen wird«, fügte sie gut gelaunt hinzu. »Oh, was stehe ich noch hier herum und vertrödele die Zeit? Ich sollte mich besser darum kümmern, dass sofort mit dem Packen begonnen wird.« Sie wandte sich zum Gehen. »Solange! Solange, komm sofort her!«

Bevor die Countess auch nur den Raum verlassen hatte, fuhr Anne bereits herum und schnappte sich ihr Päckchen. Sie rollte die Zehen ein, um sich mit den Nägeln Halt auf dem rutschigen Parkett zu verschaffen, schlich durch den Flur in Richtung Treppe und lief eilig in ihr Schlafzimmer hinauf.

Der Mond hatte soeben seinen Platz am sich verdunkelnden Himmel eingenommen, und Anne spürte die kühle Abendluft auf ihrer Haut, als sie im südlichen Teil des Gartens stand. Sie atmete den wunderbaren Duft eines weiß blühenden Busches ein und wusste, dass ihr der Garten fehlen würde. Auch MacLaren Hall und die Countess und sogar Laird würden ihr fehlen, wenn sie wieder in London war.

Himmel, wie gerne würde sie so tun, als ob es nicht so wäre, doch wenn sie erst wieder zu Hause wäre, käme sie nie wieder hierher zurück.

Ihr Leben würde nie wieder dasselbe sein.

Anne verspürte eine schmerzliche Leere in ihrem Herzen, als verließe sie für alle Zeit ihr Heim und ihre Familie. Auch wenn es nach der kurzen Zeit, die sie hier hatte verbringen dürfen, sicher seltsam war, rief der Gedanke an den Abschied ein Gefühl des Verlustes in ihr wach.

Als sie das Knirschen von Kies und Muscheln hörte, drehte sie den Kopf und blickte zurück auf den Weg.

Laird. Sie spürte seine Gegenwart, noch bevor er um die stachelige Ilex-Hecke bog und zu sehen war.

»Ich hatte nicht damit gerechnet, dass um diese Zeit noch irgendwer im Garten ist«, erklärte er.

Doch er konnte Anne nicht täuschen. Ihr war klar, dass er sie gesucht hatte.

»Im Haus herrscht ein fürchterliches Treiben. Anscheinend kehren wir morgen nach London zurück.«

Jetzt drehte sich Anne ganz zu ihm herum. »Sie

auch? Morgen?« Angesichts des Glückes, das mit einem Mal in ihrer Stimme schwang, stieg ihr eine verlegene Röte ins Gesicht.

»Nun ja«, antwortete er, und obwohl nur wenig Licht auf seine Züge fiel, konnte sie sehen, dass er lächelte.

Er trug keine Jacke und noch nicht einmal eine Weste. In dem am Hals offenen Leinenhemd, der hirschledernen Reithose und den hohen Lederstiefeln sah er aus, als wäre er von einem langen, anstrengenden Ritt zurückgekehrt – dabei kam man innerhalb von wenigen Minuten vom benachbarten Chasten Cottage nach MacLaren Hall.

Dankbar, dass sie diesen hämischen Gedanken nicht laut ausgesprochen hatte, wandte sie sich wieder ab, pflückte eine helle Blüte von dem Busch, hob sie vor ihr Gesicht und sog ihren Duft so tief wie möglich ein. »Ihre Mutter plant einen Verlobungsball.«

»Das habe ich gehört. Aber ich kehre nicht deshalb so schnell nach London zurück.«

Sie sah ihn wieder an. »Was meinen Sie damit?«

»Ich habe den Ruf ins Oberhaus bekommen. In dem Schreiben steht, dass ich umgehend den Platz meines Vaters einnehmen soll.«

»Das haben Sie verdient.« Sie lächelte ihn an. »Denn Sie werden dieser Verantwortung auf jeden Fall gerecht.«

»Das hätte mein Vater sicher niemals so gesehen.«

Anne trat auf ihn zu. »Aber Ihr Vater ist nicht mehr

am Leben – und vor allem hat er sich in Ihnen getäuscht.«

»Sind Sie sich da sicher?« Er wandte sich ab, doch sie hob eine Hand an seine Wange und drehte sein Gesicht wieder zu sich herum. Es war wichtig, dass er hörte, was sie zu sagen hatte.

»Ja. Verstehen Sie nicht? Wahrscheinlich hat er Ihnen seine eigenen Fehler vorgehalten, weil er mit den Schwächen, die er hatte, nicht zurechtgekommen ist.«

»Woher wollen Sie das wissen?«

»Ich war während des Großteils meines Lebens unsichtbar. Ich habe Leute beobachtet, von ihnen gelernt und im Verlauf der Zeit begriffen, dass die Menschen, die voller Inbrunst hassen, kritisieren und anderen die Schuld an etwas zuschieben, in Wahrheit ihre Mitmenschen für Schwächen oder Fehler strafen, die sie an sich selber sehen.« Sie drückte ihm sanft die Hände und fügte in ruhigem Ton hinzu: »Ihr Vater hatte große Macht im Oberhaus, bevor sie ihm – wahrscheinlich wegen seines übertriebenen Ehrgeizes und Stolzes – wieder entglitten ist. Aber ein Mann wie er hätte sein eigenes Versagen niemals akzeptiert, und vielleicht hat er deshalb alles daran gesetzt, Sie – einen intelligenten, jungen Mann – dazu zu bringen, dort Erfolg zu haben, wo er ihm versagt geblieben ist.«

»Ich habe es Ihnen schon einmal gesagt, ich wurde seinen Erwartungen niemals gerecht.«

»Natürlich nicht, weil das einfach unmöglich war.

Nicht einmal er selbst wurde seinen übertriebenen Ansprüchen gerecht. Laird, Sie hatten keine Schuld an seinem Versagen als Politiker. Sie hatten keine Schuld daran, dass Graham in den Krieg gezogen ist und dass Sie von Lady Henceforth sitzen gelassen wurden.« Ohne es zu wollen, schüttelte sie Laird. Er musste sie einfach verstehen, musste ihr einfach glauben, und so fügte sie eindringlich hinzu: »Sie sind ein guter Mensch. Ein echter Gentleman. Und falls irgendjemand den stolzen Namen MacLaren im Parlament und in der Gesellschaft wiederherstellen kann, dann *Sie.*«

»Noch nie hat jemand so an mich geglaubt wie Sie, Anne.« In Lairds Augen stiegen Tränen auf, gleichzeitig jedoch stieß er ein leises Lachen aus. »Es würde mich nicht überraschen, wenn Sie auf irgendeinem Weg dafür gesorgt hätten, dass mich ausgerechnet jetzt der Ruf ins Oberhaus ereilt.«

»Oh nein. Falls jemand irgendwelche Strippen gezogen hat, dann war das sicher Apsley«, widersprach Anne ihm und sah ihn grinsend an. »Schließlich war der Ruf ins Oberhaus ein Teil Ihrer Wette, nicht wahr? Wenn ich mich recht entsinne, ging es darum, dass Sie den Platz Ihres Vaters im Parlament angetragen bekommen … und sich verloben.«

Lachend fuhr Laird mit dem Zeigefinger durch die Luft. »Es ging darum, dass ich den Sitz meines Vaters einnehme und mich noch vor Ende der Saison vermähle. Bisher aber habe ich keins von beidem getan.«

»Aber das werden Sie auf jeden Fall noch.« Anne

wandte sich ab, damit er ihr Gesicht nicht sah, während sie die nächsten Worte sprach. »Lady Henceforth scheint eine Verbindung mit Ihnen nicht mehr als unpassend anzusehen. Ehrlich gesagt glaube ich nach meinem gestrigen Gespräch mit ihr, dass sie es sich in den Kopf gesetzt hat, meinen Platz an Ihrer Seite einzunehmen. Was nicht allzu schwierig werden dürfte, da das schließlich von Anfang an Ihr Ziel gewesen ist.«

Er trat eilig hinter sie, und während sie sich noch nervös auf die Unterlippe biss, packte er sie bei den Schultern, drehte sie zu sich herum und bedachte sie mit einem durchdringenden Blick.

»Anne. Und was wollen *Sie?*« Trotz der Dunkelheit leuchteten seine Augen wie die kobaltblauen Zentren zweier Flammen, und sie wusste, er ließe nicht eher von ihr ab, bis er eine Antwort auf die Frage bekam.

Sie drehte den Kopf, starrte auf ein paar Reben, die sich ein Stück von ihr entfernt über eine Mauer rankten, und holte, da ihre Gefühle sie zu ersticken drohten, so tief wie möglich Luft. »Was für eine absurde Frage. Sie wissen ganz genau, dass ich mir nichts mehr wünsche, als dass all diese Lügen endlich ein Ende nehmen.«

Laird nahm eine Hand von einer ihrer Schultern, legte sie unter ihr Kinn, drehte ihr Gesicht sanft wieder zu sich herum und sah sie forschend an.

Doch es war die Wahrheit.

Annes Augen fingen an zu brennen, und sie kniff sie eilig zu.

Sie konnte einfach nicht länger so tun, als wäre sie mit Laird verlobt. Sie war … »Ich bin diese Heuchelei so entsetzlich leid.«

»Dann hören Sie einfach auf damit.«

Sie riss die Augen wieder auf. Das hatte sie nicht sagen wollen, es war ihr irgendwie herausgerutscht.

Laird ließ von ihr ab, damit sie die Möglichkeit hatte, vor ihm zu fliehen – wenn sie es wollte.

Sie aber blieb reglos vor ihm stehen, legte den Kopf zurück und sah ihm ins Gesicht. So fragend hatte er sie bisher nur einmal angesehen … in der Bibliothek.

Und ganz allmählich wurde ihr bewusst, was er da tat – er bat sie zu entscheiden, wie es weitergehen sollte. Bat sie, ihm zu sagen, was sie für ihn empfand.

Sie blickte vor sich auf den Boden, atmete tief ein, fasste einen Entschluss und trat wieder auf ihn zu.

Er legte ihr die Arme um die Taille, zog sie eng an seine Brust, und während sie sich gegen seinen Oberkörper sinken ließ, spürte sie seinen Mund an ihrem Hals.

Dann hob er sie plötzlich hoch, wirbelte sie herum und legte sie auf einem Bett aus duftenden, weißen Blütenblättern ab.

Anne machte sich darauf gefasst, dass er sie unter seinem Gewicht begraben würde, doch er legte ihr sanft seine Hände auf die Schultern, schob sich vorsichtig über sie und strich mit seiner feuchten Zunge über ihre Lippen, bis sie ihren Mund gehorsam öffnete und ihn einlud, weiterzugehen.

Sie rechnete mit dem Geschmack des süßen Brandys, den er immer trank, ging dann aber ganz auf in der Hitze seines Mundes und in dem leichten, rauchig-maskulinen Duft, den er verströmte.

Er verlagerte sein Gewicht ein wenig und legte sich neben sie. »Wir sollten endlich beide aufhören mit der Heuchelei.«

Sie nickte, legte eine Hand auf seine Schulter und zog ihn an sich heran, so nah es ging.

»In meinem ganzen Leben habe ich nie etwas so sehr begehrt wie dich, Anne«, stieß Laird hervor, packte eine Handvoll ihres grünen Taftkleides und schob es an ihren Beinen herauf.

Sie rutschte unruhig hin und her, bis sie spürte, dass er sich bewegte und sie beinahe berührte … ja, jetzt endlich glitten seine Finger vorsichtig und langsam über ihre Haut.

»Oh!« Unwillkürlich bäumte sie sich auf, als eine seiner Hände zwischen ihre Schenkel glitt und er seinen Daumen langsam über ihren Venushügel kreisen ließ.

Plötzlich traf sein Atem heiß auf ihre Brust, er nahm das Band von ihrem Mieder zwischen seine Zähne und zog so lange daran, bis der Taft sich öffnete, und schob auch das dünne Hemd herab, das sie darunter trug.

Die Abendluft strich kühl über ihre entblößten Brüste, und als er an den rosigen Knospen knabberte, tat es beinahe weh.

»*Laird.*« Ihre Nippel pochten, und sie war beinahe besinnungslos vor Glück. Ihr wurde siedend heiß, und sie stieß eine Reihe atemloser Seufzer aus, als er an ihr saugte, sie liebkoste und zahllose warme Küsse auf sie niederregnen ließ.

Er war heiß und hart wie Stein, und so rollte Anne sich gerade weit genug herum, dass sie an den Verschluss seiner Hose kam. Sie klappte ihn herunter, schob langsam die Finger in den Spalt und … nahm ihn zögernd in die Hand.

Sie wusste nicht genau, was sie nun tun sollte, doch als sie seine harte und pulsierende Männlichkeit vorsichtig aus dem Stoffkokon befreite, in den sie eingezwängt gewesen war, drang ein lautes Keuchen an ihr Ohr.

Sie erforschte sein Glied mit ihrer Hand, umfasste es, rieb sanft daran, drückte die dicke Spitze vorsichtig zusammen, und Laird warf den Kopf zurück und spannte alle Muskeln an.

Dann packte sie wieder seine Schulter, zog ihn über sich und spreizte ihre Beine weit auseinander, um ihm Platz zu bieten.

Wie sehnte sie sich danach, sein Gewicht auf sich zu spüren, während er sie – endlich – nahm.

Er richtete sich auf, kniete sich zwischen ihre Schenkel und zog sich das Leinenhemd über den Kopf.

Begierig streckte sie die Arme nach ihm aus und glitt mit den Fingerspitzen über seine Brust bis hinab auf seinen muskulösen Bauch. »Laird, ich heuchele nicht mehr. Ich will dich«, keuchte sie atemlos. Sie umfasste seinen Kopf, zog ihn zu sich herab, küsste ihn begierig auf den Mund, konnte aber spüren, dass er abermals versuchte, sich ihr zu entziehen.

Sie konnte sein Begehren förmlich riechen, und sie wusste, dass er die zunehmende Feuchtigkeit zwischen ihren Beinen spürte. »Bitte, Laird.«

»Oh Anne, ich will dich auch.« Endlich beugte er sich über sie, lehnte sich noch einmal kurz zurück, schob seine Hände unter sie und hob ihre Hüften an. Dann drängte er sich langsam vor, bis die dicke, pflaumenförmige Spitze seines Gliedes zwischen ihren Falten lag.

Sie reckte sich ihm entgegen. Er war beinahe in ihr – aber eben nur beinahe. Seine heiße, geschwollene Männlichkeit schob sich vorsichtig in sie hinein … oh ja. Er zog sich wieder zurück und … stieß noch einmal zu.

Anne wand sich unter ihm. Ja … *jetzt.*

Er spreizte ihre Beine noch ein bisschen weiter auseinander, und wieder spürte sie, dass sein Daumen sanfte Kreise zog, während er seine Härte jedes Mal ein bisschen tiefer schob.

Es machte sie verrückt.

Er zog seine Hand zurück, bewegte sich an ihr herauf und küsste sie in dem Moment, in dem er kraftvoll in sie eindrang, auf den Mund.

Sie rang nach Luft, denn jetzt drängte er sich ein ums andere Mal in sie hinein. Dies waren keine sanften

Stöße mehr. Keine langsamen und vorsichtigen Zärtlichkeiten. Er bewegte sich in ihrem Inneren … berührte sie überall zugleich … saugte an ihren Nippeln … schob sich noch tiefer in sie hinein … küsste sie noch härter auf den Mund.

Sie vergrub die Fingerspitzen in den straffen Muskeln seiner breiten Schultern und klammerte sich an ihm fest, denn das Tempo seiner rhythmischen Bewegungen nahm beständig zu.

Sie zitterte wie Espenlaub, und die Anspannung war mehr, als sie ertrug. Gerade noch zur rechten Zeit schlang sie ihm die Schenkel um den Leib.

Sie hatte das Gefühl, in Flammen aufzugehen, und die Hitze dehnte sich pulsierend aus bis in ihre Zehen. Sie kniff die Augen zu und schrie leise auf.

Plötzlich schien auch seine Haut zu brennen, und sie spürte, wie sich seine Muskeln fest zusammenzogen, als er sich in ihr ergoss. Auf seinem Rücken bildete sich kalter Schweiß, als er auf ihr zusammenbrach, doch er drehte den Kopf und küsste zärtlich ihren Hals.

Anne war unleugbar erschöpft, gleichzeitig jedoch beinahe schwindelig vor Glück, und so huschte ein breites Lächeln über ihr Gesicht.

Laird küsste noch einmal ihren Hals, stützte sich auf einem Ellenbogen ab und sah auf sie herab.

Sie konnte ihr Lächeln nicht verstecken und versuchte es auch gar nicht erst.

Auch Laird verzog den Mund so, wie er es immer

tat, bevor er etwas Amüsantes sagte, und zog unschuldig die Brauen hoch. »Du hast doch wohl nicht … *geheuchelt*?«, fragte er.

Anne warf sich so kraftvoll gegen ihn, dass er auf den Rücken fiel, rollte sich auf seinen Bauch und küsste ihn begierig auf den Mund. »Nun, du weißt, was für eine begnadete Schauspielerin ich bin.«

Kapitel achtzehn

Wie man wirklich überzeugend ist

Die Leere, die Anne empfunden hatte, als sie in den Garten gegangen war, war nur noch eine ferne Erinnerung.

Jetzt war alles anders. *Sie* war eine andere, denn mit einem Mal war ihre Zukunft hell und klar. Wie die Morgensonne, die durchs Fenster ihres Zimmers fiel.

Ein neuer Tag war angebrochen, und sie wusste, ihre Zukunft war Laird.

Oh, sie hatten nicht darüber gesprochen, doch sie wusste es. Sie spürte es genau.

Sie würden nicht mehr heucheln, und es gäbe keine Lügen mehr. Dies war ein Morgen neuer Anfänge, und zwar für sie und auch für ihn.

Lady MacLarens Zofe schob die letzte Nadel in Annes Haar und hatte sich gerade umgedreht, um den Koffer zuzumachen, als Annes Blick auf Marys Päckchen fiel. »Oh, ich darf Vaters Buch über Krankheiten und Heilmittel nicht vergessen!« Sie wirbelte herum, nahm es vom Tisch und reichte es Solange, damit sie es in den Koffer tat.

»Wollen Sie das Buch nicht mit in die Kutsche nehmen?«, fragte das Mädchen überrascht. »Schließlich ist es eine lange Fahrt, und da hätten Sie vielleicht gern etwas zu lesen.«

Anne lachte leise auf. »Vielleicht, aber diesen Wälzer lese ich ganz sicher nicht.«

Sie drehte eine kleine Pirouette, denn sie war so glücklich und zufrieden wie noch nie.

Berkeley Square
Am selben Abend

»Es war nicht halb so schwer, wie ich angenommen hätte.« Anne warf sich auf ihr Bett und starrte verträumt unter die Decke, während sie mit ihrer Schwester sprach. »Tatsächlich kommt es mir so vor, als ob mir die Rolle der zukünftigen Countess geradezu auf den Leib geschneidert ist.«

»Bestimmt hast du dich prächtig amüsiert, während du als feine Dame in MacLaren Hall herumgelaufen bist, aber deshalb warst du nicht dort. Hast du dich, während du die Countess gespielt hast, wenigstens nach den Briefen umgesehen?«

»Die *zukünftige* Countess«, verbesserte Anne, rollte sich auf die Seite und stützte sich auf einem Ellenbogen ab. »Schließlich haben Lord MacLaren und ich noch nicht geheiratet, Elizabeth.«

»Ach, richtig. Das war mir kurzfristig entfallen«, stellte ihre Schwester leicht ironisch fest. »Und wann ist der große Tag?«

»Nun, wir haben noch kein Datum festgelegt, aber

ich nehme an, dieses Detail wird nach dem Verlobungsball geklärt.« Anne plapperte wie ein Wasserfall, aber seit sie London verlassen hatte, war so viel passiert, und, Himmel, in St. Albans hatte sie mit keinem Menschen über diese Dinge sprechen können, weswegen ihr Herz ganz einfach überquoll.

Elizabeth nahm auf dem Rand des Bettes Platz und sah Anne über ihre Schulter hinweg an. »Das mit dem Ball ist nur ein Scherz, nicht wahr?«

Anne setzte sich auf. »Oh *nein*. Während der gesamten Fahrt von St. Albans bis nach Mayfair hat Lady MacLaren von nichts anderem gesprochen. Sie behauptet, dass der Ball sie in der Londoner Gesellschaft sicherlich unsterblich machen wird. Ein so prächtiges Fest hätten die Leute bisher noch nicht erlebt oder wenn, dann höchstens im Königspalast. Nur braucht sie für die Vorbereitung dieses Balls einfach noch etwas Zeit.«

»Und wie wirst du es anstellen? Schließlich hast du dir inzwischen sicher einen Plan zurechtgelegt.« Elizabeth bedachte sie mit einem erwartungsvollen Blick.

»Wie werde ich was anstellen?«

»Die Verlobung lösen, was denn sonst? Wirst du MacLaren erst nach oder schon vor dem Ball seinen Ring zurückgeben? Oh, bitte warte damit noch bis nach dem Ball.«

»Also bitte! Wenn ich die Verlobung lösen würde, gäbe es ja wohl keinen Grund mehr für einen Verlobungsball.«

»Manchmal bist du derart praktisch veranlagt, dass man denken könnte, du wärst Mary«, stellte Elizabeth mit einem leisen Lachen fest.

»Außerdem werde ich die Verlobung gar nicht lösen.« Anne klappte ihren Koffer auf, nahm das Buch, das Mary ihr geschickt hatte, heraus und warf es achtlos auf das Bett.

Obwohl der dicke Wälzer fast in ihrem Schoß gelandet wäre, nahm Elizabeth ihn gar nicht wahr. »Wie bitte? Du willst die Verlobung gar nicht lösen?«

»Genau. Inzwischen habe ich nämlich erkannt, dass mir der Gedanke, Laird zu heiraten, durchaus gefällt. Und nachdem ich mich erst einmal daran gewöhnt hatte, im Mittelpunkt zu stehen, war es gar nicht mehr so schwer. Manchmal hat es mir sogar richtiggehend Spaß gemacht.«

»Aber … hast du nicht gesagt, Lady Henceforth und die Leute, die auf dem Ball in MacLaren Hall gewesen sind – was anscheinend mindestens die Hälfte der Londoner Gesellschaft war – dächten, Lord MacLaren hätte sich gebessert und wäre jetzt ein wahrer Gentleman?«

»Das stimmt. Es war nicht gerade leicht, aber gemeinsam ist es Laird und mir gelungen, sie davon zu überzeugen, dass er sich verändert hat.« Anne zog eine Braue hoch. »Er hat sogar ein Schreiben vom Oberhaus bekommen, dass er seinen Platz im Parlament einnehmen soll.«

»Ich verstehe nicht. Warum willst du die Verlobung

plötzlich nicht mehr lösen? All das ergibt nicht den geringsten Sinn.«

»Und ob. Ich werde die Verlobung mit dem Earl nicht lösen ... *denn ich liebe ihn.*«

»Du *liebst* ihn?« Elizabeth starrte Anne einen Moment lang verduzt an, fing dann aber an zu lachen und fügte gut gelaunt hinzu: »Oh Anne, jetzt hätte ich dir beinahe geglaubt.«

»Wirklich, Elizabeth.« Anne bedachte sie mit einem ernsten Blick. »Ich liebe ihn.«

Elizabeth glitt an den Rand des Betts und stand langsam auf. »Großer Gott, du meinst es wirklich ernst. Du hast dich tatsächlich in diesen Mann verliebt.«

»Oh ja.« Ein sanftes Lächeln huschte über Annes Gesicht. »Ich liebe ihn. Er ist ein guter, warmherziger Mann. Er hat sich derart bemüht, allen zu beweisen, dass er keinen Menschen, dass er keine Liebe braucht, dass ich seinen wahren Charakter lange Zeit nicht erkannt habe. Aber nun, da ich ihn kenne, will ich für alle Zeit mit ihm zusammen sein.«

»Weiß er, wie du empfindest?« Elizabeth bedachte sie mit einem sorgenvollen Blick.

»Oh ja.« Anne lächelte bei der Erinnerung an das, was am Vorabend im Garten von MacLaren Hall geschehen war. »Er weiß es ganz genau.«

Cockspur Street
In der Bibliothek

Apsley schüttelte so vehement den Kopf, dass der Brandy über den Rand des Glases schwappte, das er in den Händen hielt. »Oh nein, das glaube ich dir einfach nicht, MacLaren. Das behauptest du doch sicher nur, um nicht als Verlierer unserer Wette dazustehen.«

»Wenn ich mich recht entsinne – und ich gebe zu, dass ich mich nur noch verschwommen an den Abend erinnern kann –, hat uns meine Mutter unterbrochen, ehe es zu einer echten Wette kam.« Lachend nahm Laird Apsley gegenüber in einem bequemen Sessel Platz. »Aber um dir zu beweisen, dass dies nicht irgendein Schachzug von mir ist, nenn mir deinen Einsatz, und am Tage meiner Hochzeit zahle ich dich aus.«

»Das überzeugt mich nicht. Ich bin sicher, dass es irgendeinen Haken bei der Sache gibt. Nur kann ich noch nicht sagen, wo genau er liegt.« Apsley schwenkte den Brandy in seinem Glas.

»Es gibt keinen Haken, wirklich nicht. Ich habe mich in sie verliebt und glaube, dass dieses Gefühl auf Gegenseitigkeit beruht. Deshalb werde ich sie, wenn sie mich will, schnellstmöglich in der Kathedrale von St. George heiraten.«

»Dann hast du sie also noch nicht gebeten, deine Frau zu werden.«

Laird grinste über das ganze Gesicht. »Willst du damit etwa sagen, dass ich *noch einmal* um ihre Hand anhalten muss? Reicht es nicht, dass unsere Verlobung offiziell verkündet wurde?«

»Also gut, ich nehme an, das reicht.« Auch Apsley lachte auf, dann aber wurde seine Miene wieder ernst. »Und du liebst sie wirklich?«

»Ja.«

»Und wir sprechen nicht von Lady Henceforth, nein?«

»Oh nein, ganz sicher nicht. In ihr habe ich mich furchtbar getäuscht.« Lairds Kiefermuskeln spannten sich sichtlich an.

»Bitte, das ist kein Grund, sich aufzuregen. Ich musste einfach fragen.«

»Ich liebe Constance nicht. Wahrscheinlich habe ich sie nie wirklich geliebt. Ich glaube, mein Wunsch, sie zu heiraten, rührte mehr von dem Verlangen her, endlich ehrenwert zu sein.« Laird atmete hörbar aus. »Aber Anne … mein Gott, ich hätte nie gedacht, dass ich jemals so empfinden würde. Wenn ich mit ihr zusammen bin, bin ich ein besserer Mensch. Sie gibt mir das Gefühl, dass ich alles schaffen kann.«

»Verdammt, so habe ich dich noch nie erlebt.«

»So habe ich ja auch noch nie empfunden.« Laird wusste, dass sein Grinsen dämlich wirkte, aber das war ihm egal. Er war verliebt. *Verliebt.*

»Also … nur, um ganz sicherzugehen, wir sprechen von dem Mädchen, das sich heimlich in dein Schlafzimmer geschlichen hat, um dort ein Bündel versteckter Briefe zu stehlen – *korrekt?*«

»Apsley, du strapazierst meine Geduld. Ja, wir sprechen von Miss Anne Royle.« Laird legte seinen Kopf gegen die Sessellehne und bedachte seinen Freund mit einem herablassenden Blick. »Und was die Briefe angeht … offen gestanden, weiß ich nicht einmal, ob es sie jemals gab. Vielleicht haben auch einfach die Torys die Geschichte in Umlauf gebracht, um den Prinzen zu diskreditieren.«

»Vielleicht hast du recht.« Apsley nickte zustimmend und dachte kurz darüber nach. »Aber ich denke, Lord Lotharian weiß vielleicht mehr, als er erzählt. Er soll während seiner Zeit im Parlament sowohl mit dem Prinzen als auch mit deinem Vater befreundet gewesen sein. Niemand kann den alten Spieler durchschauen, dazu ist er einfach zu gut. Es heißt, er würde einen Mann durchschauen, sobald er ihn zum ersten Mal erblickt – doch er selbst lässt andere nur die Dinge sehen, die er sie sehen lassen will.«

»Willst du damit etwa andeuten, die Suche nach den Briefen wäre nur Teil eines von ihm entwickelten ganz anderen Plans?« Laird schüttelte den Kopf. »Das kann ich mir nicht vorstellen. Was hätte Lotharian bei dieser Sache zu gewinnen? Schließlich würde durch das Auffinden der Briefe einzig die königliche Abstammung der Royle-Schwestern bewiesen oder widerlegt.«

»Ich glaube nicht, dass er sich persönlich irgendetwas davon verspricht. Ich nehme an, es ging ihm immer nur um Anne. Meiner Meinung nach haben die alten Wüstlinge, als sie Anne in dein Schlafzimmer geschickt haben, gewusst, dass du sie dort entdecken würdest. Wahrscheinlich hatten sie es regelrecht drauf angelegt, dass du sie erwischst.«

»Mein lieber Freund, ich habe den Eindruck, dass du heute Abend ein bisschen zu viel getrunken hast.« Laird stand auf, lief durch den Raum und blickte geistesabwesend aus dem Fenster.

Dann wandte er sich abermals an den Viscount. »Dann gehst du also davon aus, dass sie meinen heute gefassten Entschluss, Anne zu heiraten, irgendwie vorhergesehen haben? Das ist ja wohl vollkommen absurd.«

»Wahrscheinlich hast du recht. Lotharian kann nichts damit zu tun haben. Es heißt, dass er nie etwas riskiert, und bei dieser Sache hingen einfach viel zu viele Dinge vom Zufall ab.«

»Genau.«

Apsley stieß einen Seufzer aus, rappelte sich mühsam auf und trat vor den Tisch, auf dem die Brandykaraffe stand. »Trinkst du heute Abend nichts?« Er zog fragend die Brauen hoch und schwenkte die Karaffe durch die Luft.

»Nein.« Laird musste über vieles nachdenken, und dazu brauchte er einen klaren Kopf.

Obwohl es draußen noch stockfinster war, riss Elizabeth die Augen auf und fuhr senkrecht aus dem Schlaf. Ein Tropfen kalten Schweißes rollte an ihrem Hals hinab, über ihr Schlüsselbein und über ihre Brust.

Sie schloss die Augen wieder und atmete tief durch. Sie hatte wieder einen dieser Träume gehabt, in denen sie die Zukunft sah.

Sie kroch aus dem Bett, trat vor die Waschschüssel, spritzte sich etwas Wasser ins Gesicht und blinzelte die Feuchtigkeit aus ihren Augen, während das kühle Nass von ihrem Kinn zurück in die Schüssel tropfte.

In dem Traum hatte Anne ein großes Blatt Papier in den Händen gehalten. Elizabeth hatte nicht sehen können, was darauf geschrieben stand, doch sie hatte aus irgendeinem Grund gewusst, dass dieses Blatt Papier von größter Bedeutung war für ihre Bemühungen, etwas über ihre Herkunft zu erfahren.

Dann hatte sich der Traum plötzlich verändert. Anne hatte gelacht und war glücklicher gewesen als jemals zuvor. Sie war in Lord MacLarens Armen leicht wie eine Feder über die Tanzfläche geschwebt, und die Countess und unzählige andere Menschen hatten ihnen lächelnd zugesehen.

Um das wilde Pochen ihres Herzens zu verlangsamen, hielt Elizabeth den Atem an. Wie wünschte sie sich, dass der Traum in dem Moment geendet hätte, aber das hatte er nicht.

Denn mit einem Mal waren beängstigende Bilder vor ihr aufgetaucht.

Während in der Ferne zwölfmal die Kirchenglocken geläutet hatten, war Apsley am Carlton House in der Pall Mall vorbeispaziert. Sie hatte das Klappern von Pferdehufen auf dem Kopfsteinpflaster gehört, Apsley hatte sich eilig umgedreht, und plötzlich hatte sie markerschütternd geschrien.

Dann hatte sie mit einem Mal die Bilder eines anderen Abends vor sich gesehen. Anne hatte mit tränenüberströmtem Gesicht in einem Ballsaal gestanden, und sie hatte sie nicht erreichen können, egal was sie auch tat. Und dann war alles dunkel gewesen, und sie hatte nur noch die orangefarbenen Flammen eines Kaminfeuers gesehen, in das eine schlanke Frauenhand irgendwelche Papiere warf.

Sie ließ sich auf den Hocker vor dem Waschtisch sinken, zupfte das feuchte Nachthemd von ihrer Haut und grübelte über die mögliche Bedeutung dieses Traumes nach.

Doch sie konnte sich bemühen, wie sie wollte, die Bedeutung dieser Bilder wurde ihr einfach nicht klar. Es gab keine logische Reihenfolge, und zu viele Teile des beunruhigenden Traumes fehlten oder waren verzerrt.

Sie wusste nur, der Schwester würde irgendetwas Schreckliches passieren, und sie könnte nichts dagegen tun.

Mary hätte wegen dieser Geldverschwendung sicherlich mit ihr geschimpft, doch Elizabeth hatte schon zu viel Zeit verloren, bis sie endlich zu dem Schluss gekommen war, dass sie Apsley suchen müsste, weil sie schließlich keine Ahnung hatte, ob nicht vielleicht heute schon passieren würde, was in ihrem Traum geschehen war.

Immer noch hallte ihr eigener grauenhafter Schrei in ihrem Inneren nach, und sie erschauderte bei der Erinnerung an das grässliche Geräusch.

Bis sie ihren Tee getrunken und die Morgenzeitung nach einem Bericht über einen Unfall vor der königlichen Residenz durchforstet hatte, blieb ihr einfach keine Zeit mehr, um zu Fuß zum Carlton House zu gehen.

Sie zog einen dünnen Mantel an, setzte einen großen Strohhut auf, und ein Blick in den Flurspiegel bestätigte, dass die Verwendung dieses Hutes durchaus sinnvoll war. Sie brauchte nur den Kopf etwas zu neigen, damit ihr Gesicht nicht mehr zu sehen war. *Perfekt.*

Als die Droschke endlich hielt, zog Elizabeth die goldene Uhr, die ihrem Vater gehört hatte, aus ihrem brokatenen Retikül und klappte den Deckel auf. Es war zwei vor zwölf. Sie machte den Deckel wieder zu, warf dem Kutscher eine Münze zu, stieg aus, stellte sich vor den säulenbewehrten Zaun und blickte an dem Wachmann vorbei auf den Eingang von Carlton House. Die einzigen Fenster Richtung Straßenseite lagen derart hoch, dass es unmöglich war, ins Innere der königlichen Residenz zu sehen. Trotzdem kniff Elizabeth die Augen zusammen und versuchte zu erkennen, ob der Prinzregent zu Hause war. Vielleicht blickte er ja genau in diesem Augenblick hinunter auf die junge Frau mit dem breitkrempigen Strohhut, die möglicherweise seine eigene Tochter war …

In der Ferne begannen Glocken zu läuten, doch die Klöppel mussten mehrmals auf die bronzenen Formen treffen, ehe ihr bewusst wurde, wie wichtig dieses Läuten für sie war.

Eilig ging sie ein paar Schritte Richtung Straße und blickte nach links.

Tatsächlich tauchte Apsley an der Ecke auf. Und kam direkt auf sie zu.

Elizabeth versuchte, sich in dem bewachten Eingang zu verstecken und von dort aus weiter zu verfolgen, was geschah. Der zwölfte Glockenschlag verhallte, und im selben Augenblick vernahm Elizabeth ohrenbetäubendes Hufgetrappel, riss den Kopf herum und sah, dass eine riesengroße Kutsche mit sechs Pferden durch das Tor des Grundstücks direkt auf sie zugeschossen kam.

Ihr entsetzter Schrei zerriss die Luft. Etwas krachte gegen ihre Rippen und raubte ihr den Atem, während sie gleichzeitig rücklings auf den Boden fiel und nur noch Sterne sah.

»Elizabeth? Antworten Sie mir, Mädchen. Los, sagen Sie etwas.«

Sie blinzelte und konzentrierte sich auf das Gesicht, das nur einen Zentimeter über ihrer Nase schwebte.

Es gehörte dem Vicomte.

Ehe sie ihm jedoch eine Antwort geben konnte, schob sich das Gesicht einer jungen Frau neben Apsleys. »Ist sie verletzt?«

Oh, verflixt. Das konnte ganz einfach nicht sein.

Sie schluckte, als sie in zwei sorgenvolle, große, blaue Augen sah. Die Haut der jungen Dame war hell und zart wie Porzellan, doch ihr Haar war goldfarben, nicht weizenblond wie das von Anne. Vielleicht lag es daran, dass sie ihr so nahe war, doch Elizabeth hatte den Eindruck, dass die Nase dieser Frau zwar ziemlich lang, aber gleichzeitig sehr zart und vor allem eindeutig aristokratisch war.

Nein, es gab keinen Zweifel an der Identität der jungen Frau – sie war Prinzessin Charlotte, die Tochter des Prinzregenten.

Apsley bot Elizabeth eine seiner Hände und half ihr, sich aufzusetzen, sie jedoch sah weiter reglos auf die andere junge Frau.

»Sind Sie verletzt?«, wandte sich diese jetzt direkt an Elizabeth.

»Nein, Euer Königliche Hoheit.« Elizabeth schüttelte den Kopf.

Apsley half ihr auf die Füße und hob ihren Strohhut von der Erde auf.

Ihre Rippen schmerzten, und sie atmete noch immer mühsam ein und aus. Sie war wie betäubt. Aber nicht weil sie beinahe überfahren worden wäre … Nein, sie starrte mit großen Augen die Prinzessin an und suchte nach irgendeiner Ähnlichkeit. Denn, nun … Himmel, vielleicht war ihre Königliche Hoheit ihre Halbschwester! Vielleicht, nein sogar höchstwahrscheinlich, waren sie verwandt!

Elizabeth hob eine Hand vor ihren Mund, sonst hätte sie vor lauter Aufregung wahrscheinlich laut gelacht.

»Ich bin froh, dass Ihnen nichts passiert ist, Miss.« Prinzessin Charlotte legte eine Hand auf ihren Arm und sah sie fragend an. »Sind wir miteinander bekannt?«

»Miss Elizabeth Royle, Euer Königliche Hoheit.« Mit leichter Verspätung machte sie einen ordentlichen Knicks.

Die Prinzessin wandte sich an die ältere Frau, die in ihrer Nähe stand. »Ist sie –?«

Und als ihre Begleiterin kurz nickte, stellte ihre Hoheit lächelnd fest: »Vielleicht sind wir uns bisher noch nicht begegnet, meine liebe Miss Royle, aber das hat sich ja nun geändert. Ich freue mich sehr, endlich Ihre Bekanntschaft zu machen.«

Endlich? Elizabeth war so verblüfft, dass sie ihr keine Antwort geben konnte, sondern einfach abermals in einem Knicks versank.

»Guten Tag, Miss Royle.« Ihre Königliche Hoheit drehte sich in ihren blauen Seidenpantoffeln um, ließ sich wieder in die Kutsche helfen, der Kutscher knallte mit der Peitsche, und im Handumdrehen bog das Gefährt aus der Pall Mall in die angrenzende Cockspur Street und war fort.

Elizabeth blickte der Kutsche hinterher, bis nicht einmal mehr der Staub, den die Räder aufgewirbelt hatten, noch zu sehen war, und wandte sich dann wieder Apsley zu. »Danke, dass Sie mich fortgerissen haben, als die Kutsche angedonnert kam.«

»Gern geschehen«, gab der Viscount zurück, fügte dann aber vorwurfsvoll hinzu: »Obwohl Sie mich wenigstens Prinzessin Charlotte hätten vorstellen können, Miss Elizabeth.«

»Oje.«

Apsley aber lachte bereits wieder unbekümmert auf. »Vielleicht bekommen Sie ja eines Tages noch einmal die Gelegenheit dazu. Denn schließlich ist es möglich, dass sie Ihre Schwester ist, nicht wahr?«

»Das stimmt. Und jetzt sind wir uns zum ersten Mal begegnet.«

Als Apsley fröhlich weitersprach, hörte sie kaum hin. Denn noch immer war sie vollkommen verwirrt.

Weshalb hatte der nächtliche Traum ihr eine solche Angst gemacht? Schließlich hatte sie in ihrem ganzen Leben nie zuvor etwas erlebt, was so erstaunlich, aufregend und wunderbar gewesen wäre wie das Treffen mit der Frau, die möglicherweise ihre Schwester war.

»Erlauben Sie mir, Sie nach Hause zu begleiten, Miss Elizabeth.« Apsley bot ihr höflich seinen Arm und führte sie vorsichtig über die Straße. »Bisher habe ich immer das Glück gehabt, dass vor der Oper eine freie Droschke stand, wenn ich eine brauchte.« Er trat an den Straßenrand und schwenkte seinen Hut, als eine Kutsche auf ihn zugefahren kam. »Oh, oh, sehen Sie? Was habe ich gesagt? Ich finde immer alles, was ich brauche, und zwar in dem Moment, wenn ich es benötige.« Mit einem charmanten Grinsen half er ihr auf ihren Sitz.

»Das glaube ich Ihnen gern.« Als er sich ihr gegenüber setzte, beugte sie sich etwas zu ihm vor. »Würden Sie wohl den Kutscher bitten, sich möglichst zu beeilen? Ich kann meine Aufregung nicht länger bezähmen. Ich muss unbedingt Anne erzählen, was geschehen ist.«

Apsley lachte leise auf, klopfte mit den Knöcheln an die Wand des Fahrgastraums, und sofort fuhr die Droschke an.

»Wollen Sie ihr erzählen, dass MacLaren nicht der einzige Held in London ist?«

»Himmel, nein.« Sie schüttelte vehement den Kopf. »Ich muss ihr erzählen, dass ich unserer *Halbschwester* … ich meine … Prinzessin Charlotte begegnet bin.«

»Oh das.« Apsley sah aus wie ein begossener Pudel, fügte aber trotzdem großmütig hinzu: »Das war natürlich auch nicht schlecht.«

Kapitel neunzehn

Wie man zwischen den Zeilen liest

Berkeley Square
Später Nachmittag

»Meine liebe Elizabeth, ich weiß, wie begeistert du von deiner Begegnung mit Prinzessin Charlotte bist, aber, bitte, lass jetzt erst einmal Anne sprechen.« Lady Upperton stieß einen leisen Seufzer aus. »Schließlich hat sie uns noch nicht erzählt, was sie auf MacLaren Hall herausgefunden hat.«

»Aber Sie verstehen nicht«, schnaubte Elizabeth. »Erst ist es mir gar nicht aufgefallen, weil ich von unserem Treffen so überwältigt war, aber inzwischen ist mir klar, dass Prinzessin Charlotte weder mir noch Mary oder Anne auch nur im Geringsten ähnlich sieht. Allmählich kommen mir Zweifel, ob sie wirklich unsere Halbschwester ist.«

»Nun, junge Dame, Sie sehen auch dem Prinzen nicht im Geringsten ähnlich, und dafür sollten Sie von Herzen dankbar sein«, stichelte Gallantine.

Elizabeth runzelte missbilligend die Stirn. »Er könnte unser Vater sein, also nehmen Sie bitte Rücksicht auf unsere Gefühle, Mylord.«

»Elizabeth, Prinzessin Charlotte ähnelt weniger dem Prinzregenten als vielmehr ihrer Mutter Caroline«, erklärte Anne. »Deshalb ist es völlig unwichtig, ob wir ihr ähnlich sehen. Vor allem bliebe, selbst wenn du das genaue Ebenbild Ihrer Hoheit wärst, die Tatsache bestehen, dass es immer noch keinen Beweis für unsere Herkunft gibt.«

»Da hast du leider recht. Wir haben immer noch keinen Beweis. Du hättest dir die Mühe sparen können, extra nach St. Albans zu reisen und dich dort nach den Briefen umzusehen.« Elizabeth schnappte sich ein Buch von dem zierlichen Sheraton-Tisch und nahm damit auf einem Stuhl am Fenster Platz.

»Elizabeth, ich hätte mich ganz sicher nicht bereit erklärt, mit der Countess nach MacLaren Hall zu fahren, wenn ich nicht angenommen hätte, dass die Briefe dort zu finden sind. Aber das waren sie leider nicht.« Anne blickte auf die drei alten Wüstlinge. Sie saßen Schulter an Schulter auf der kleinen Couch und sahen sie fragend an.

»Und vor allem die Bibliothek hast du gründlich durchsucht?«, fragte Lady Upperton.

»Die Bibliothek, oh ja. Ich habe in jedem Buch und in jeder Nische nachgesehen.« Anne spürte, dass ihr eine heiße Röte in die Wangen stieg.

Lady Upperton hob ihr Lorgnon vor ihre Augen und sah sie durchdringend an. »Ich nehme an, es gab dort einen Schreibtisch. Hast du dort ebenfalls gesucht?«

»Ja, natürlich! Sogar ganz besonders gründlich.« Anne hob unglücklich die Hände. »Tatsächlich waren wir so häufig in der Bibliothek und haben dort angeblich nach irgendwelchem Lesestoff gesucht, dass wir angefangen haben, Scherze darüber zu machen. Ich habe sogar an Mary geschrieben und gefragt, ob sie mir bitte etwas schicken kann, weil in der Bibliothek nichts Interessantes zu finden wäre.«

Ihre Schwester unterbrach ihre Lektüre im gedämpften Licht, das durch das Fenster fiel. »Dass Mary ihr ausgerechnet Vaters Buch über Krankheiten und Heilmittel geschickt hat, war bestimmt ein Scherz.« Sie hielt den dicken Wälzer hoch. »Es ist derart langweilig, dass nicht mal Vater selbst es ganz gelesen hat.«

»Woher willst du das wissen, Täubchen?«, fragte Lady Upperton mehr aus Höflichkeit als aus Interesse, wie es Anne schien.

»Weil mehrere Seiten noch nicht aufgeschnitten sind. Sehen Sie?« Elizabeth fächerte die Seiten auseinander, und wie sie gesagt hatte, waren mehr als ein Dutzend Doppelseiten am Ende des Buches noch nicht mit einem Papierschneider durchtrennt. »Todlangweilig.«

Etwas an dem Buch weckte Lord Lotharians Interesse, und mit einer, wie Anne dachte, für sein Alter erstaunlichen Beweglichkeit sprang er vom Sofa auf.

»Zeigen Sie mir das Buch bitte einmal.« Lotharian traf Elizabeth in der Mitte des Salons, riss ihr den

Schmöker beinahe aus der Hand und strich mit den Fingern an den Rändern der Seiten entlang. »Nein, die Seiten waren alle einmal aufgeschnitten – nur hat sie irgendjemand aus irgendeinem Grund wieder zusammengeklebt. Verdammt seltsam, finden Sie nicht auch?«

Er kehrte zurück an seinen Platz, schlug das Buch am Ende auf und zeigte es herum. »Sehen Sie hier. Zwei der zusammengeklebten Seiten sind dicker als die anderen – dreihunderteinundvierzig und dreihundertvierundvierzig.«

Anne erstarrte. »Was haben Sie gesagt?«

»Das sind nur die Seitenzahlen, Anne. Dreihunderteinundvierzig und dreihundertvierundvierzig«, erklärte Lilywhite.

Anne wirbelte herum und starrte in das Gesicht der Schwester, die wie sie selber unter Schock zu stehen schien. »Hol den Papierschneider!«

Elizabeth rannte aus dem Salon, kam einen Moment später mit dem Elfenbeinmesser, das Lotharian aus Lairds Schlafzimmer gestohlen hatte, zurück und gab es Anne.

Anne suchte angestrengt nach der Gravur. »Hier. BDKUH 342. *Buch der Krankheiten und Heilmittel* … Seite dreihundertzweiundvierzig.«

Lady Upperton griff sich ans Herz. »Könnte es sein, dass wir die Briefe längst schon hatten und es nur nicht wussten? Beeilen Sie sich, Lotharian, schneiden Sie die Seiten auseinander! Los!«

Anne reichte Lotharian das Papiermesser und fuhr sich unwillkürlich mit der Hand vor den Mund, um nicht vor Aufregung zu schreien.

»Räumen Sie das Sofa.« Lotharian fuchtelte mit seinen Händen wie ein Dirigent. »Um Gottes willen, machen Sie mir Platz.« Er warf seine Frackschöße nach oben und setzte sich wieder hin.

Anne hielt gespannt den Atem an, als er das Messer vorsichtig in eine schmale Öffnung zwischen Buchrücken und Seiten schob und dann den unteren Rand der Blätter auftrennte.

»Mary hat ständig in diesem Buch geblättert«, platzte es aus Elizabeth heraus.

Lotharians Hand hielt mitten in der Bewegung inne, und Elizabeth fuhr seufzend fort: »Ich frage mich, warum sie nicht bemerkt hat, dass diese Seiten zusammengeklebt worden sind.«

»Still, Mädchen!«, herrschte Gallantine sie an. »Lotharian muss sich konzentrieren, wenn er das, was dort versteckt ist, nicht zerschneiden soll.«

Jetzt stieß auch Lotharian einen frustrierten Seufzer aus. »Manchmal läuft nämlich der Klebstoff in den Buchrücken, wenn das Buch gebunden wird. Und Mary hat von den doppelten Seiten sicher deshalb nichts bemerkt, weil sie mehr auf die Randnotizen ihres Vaters als auf den Leim geachtet hat.« Schnaubend fügte er hinzu: »Wenn jetzt alle mit Plappern fertig sind, würde ich gern erfahren, was sich zwischen den Seiten verbirgt.«

Sofort senkte sich völlige Stille über den Salon. Niemand sagte ein Wort, niemand rührte sich vom Fleck, und während eines kurzen Augenblicks atmete noch nicht einmal jemand, bis Lotharian mit Schneiden fertig war.

Dann machte er eine Pause und reichte Anne das Buch. »Sie haben die Gravur in dem Papierschneider entdeckt. Also erweisen Sie uns bitte die Ehre und sehen nach, was zwischen den aufgeschnittenen Seiten steckt.«

Annes Finger zitterten, als sie sie zwischen die Seiten schob. Sie sah die anderen nacheinander an, atmete tief ein und griff nach dem Gegenstand, der in dem Buch verborgen war.

Es fühlte sich an wie sehr dickes Papier. Kaum die Art Papier, auf der die meisten Leute Briefe schreiben würden, aber schließlich war ein Prinz auch anders als die meisten Leute, nicht wahr?

Mit wild klopfendem Herzen zog sie das Papier heraus.

Obwohl es mehrfach gefaltet war, war es eindeutig kein Brief. Sie konnte nämlich mehrere horizontale Linien darauf sehen.

Das Zittern ihrer Hände nahm noch zu. »Ich bin zu nervös. Bitte, Lord Lotharian, würden Sie das Blatt wohl auseinanderfalten?«

Sie hielt ihm das Fundstück hin, und obwohl er keine Antwort gab, nahm er es ihr ab, klappte es vorsichtig auseinander und murmelte: »Mein Gott.«

Auf seiner Stirn hatten sich Schweißperlen gebildet, und Elizabeth stieß aus: »Was ist es? Wenn ich es nicht sofort erfahre, werde ich vor Aufregung bestimmt noch ohnmächtig.«

Lotharian wandte sich an Lady Upperton und sah sie reglos an.

»Es ist die Urkunde, nicht wahr?«, fragte die alte Dame, obwohl sie sich bereits sicher war.

Er nickte, denn vor lauter Überraschung brachte er noch immer keinen Ton heraus.

Lilywhite nahm ihm das Schriftstück ab und fuhr mit einem Finger daran herab, bis er die gesuchte Stelle fand. »Wissen Sie, was das ist?«, fragte er Anne und Elizabeth.

Beide schüttelten die Köpfe.

»Bitte, würde uns wohl endlich jemand aufklären?«, bat Anne.

Endlich fand Lotharian seine Stimme wieder und erklärte rau: »Das ist die Urkunde, die der Prince of Wales und Maria Fitzherbert unterschrieben haben … an ihrem Hochzeitstag.«

»Das ist alles?«, fragte Elizabeth enttäuscht. »Eine Heiratsurkunde? Aber das ist kein Beweis für unsere Abstammung. Wo sind die Briefe, die er ihr geschrieben hat?«

»Ich fürchte, dass die Briefe nicht mehr existieren.« Gallantine legte tröstend eine Hand auf ihre Schulter, schüttelte jedoch zugleich traurig seinen Kopf.

»Ich denke, dies ist der Beweis für die unrechtmäßige Heirat des Prinzen, den MacLaren sich auf irgendeine Weise angeeignet hat. Durch das Verstecken des Schriftstücks hat er die Ernennung des Prinzen zum Regenten möglich gemacht.«

»Aber weshalb hätte unser Vater diese Urkunde für den alten MacLaren verstecken sollen?«, fragte Anne. »Alles, was MacLaren hatte, war das Messer, auf dem stand, wo das Schriftstück zu finden ist. Das Papier selbst hatte er nicht.«

»Royle war eine Zeit lang eng mit MacLaren befreundet«, antwortete Lilywhite. »So wie wir.«

»Aber das erklärt noch nicht –«, fiel ihm Elizabeth ins Wort.

»Vielleicht, mein Täubchen, hat er einfach deinem Vater dieses Schriftstück anvertraut, weil der bereits ein anderes möglicherweise verräterisches Geheimnis des Prinzen bewahrte – nämlich die drei Töchter, die seine bürgerliche Frau Maria Fitzherbert ihm geboren hat.« Lady Upperton zuckte gleichmütig mit den Achseln. »Vielleicht werden wir nie erfahren, weshalb euer Vater diese Urkunde versteckt gehalten hat.«

»Und was wäre, wenn die Urkunde … an die Öffentlichkeit gelangen würde?«, fragte Anne.

Lotharians Miene wurde ernst. »*Falls* sie an die Öffentlichkeit gelangen würde, oder falls der Prinzregent erfahren würde, dass man sie gefunden hat, wäre in seinen Augen vielleicht bereits der Besitz eines politisch derart brisanten Schriftstückes … *Verrat.* Das Auftauchen dieses Schriftstücks könnte die Monarchie gefährden, schließlich hat der Prinzregent die Verbindung zu Mrs Fitzherbert über Jahre vor dem Volk geheim gehalten.«

»Dann sind wir also in Gefahr, weil wir im Besitz dieser Urkunde sind?« Elizabeth fing an zu zittern, denn die Vorstellung machte ihr Angst.

»Ich weiß nicht, meine Liebe.« Die winzige Lady Upperton rutschte von ihrem Stuhl. »Aber ausgeschlossen ist es nicht. Deshalb dürfen wir, wenn wir uns und eure zukünftigen Ehemänner schützen wollen, niemandem etwas davon sagen. Wirklich niemandem!«

»A-aber, ich muss es zumindest Laird – Lord MacLaren sagen.« Anne ergriff die Hand der alten Dame und sah sie flehend an. »Er soll seinen Platz im Oberhaus einnehmen, und durch diese Sache gerät vielleicht alles in Gefahr. Er hat ein Recht, es zu erfahren. Er muss wissen, worauf wir gestoßen sind. Schließlich war er quasi von Beginn an in die Sache involviert.«

»Nein, meine Liebe. Im schlimmsten Fall könnte jeder, der von der Existenz des Schriftstücks weiß, als Mitverschwörer gelten, falls die Krone einen Prozess anstrengt. So etwas ist bereits vorgekommen. Beim Prinzen weiß man nie.«

»Am besten erfährt erst einmal niemand, dass wir diese Urkunde gefunden haben. Zumindest nicht, solange wir keine Beweise dafür haben, dass Sie die leiblichen Töchter des Regenten sind«, fügte Lotharian hinzu. »Wir müssen alle Stillschweigen bewahren über unseren heutigen Fund.«

Lady Upperton zog Anne an ihre schmale Brust. »Wenn dir wirklich etwas an ihm liegt – und ich nehme an, das ist der Fall –, beende seine Zeit im Oberhaus nicht, ehe sie auch nur begonnen hat. Er darf nicht erfahren, dass wir im Besitz von diesem Schriftstück sind.«

Anne nickte unglücklich. Obwohl sie sich von ganzem Herzen wünschte, dass es nicht so wäre, wusste sie, ihre Mentorin hatte recht. Denn auch wenn sie diese Wahrheit nur ungern akzeptierte, spürte sie mit jeder Faser ihres Wesens, dass die Warnung begründet war.

Nach all den Schwierigkeiten, die sie hatten überwinden müssen, bis sie sich gefunden hatten, hatte der Vater abermals die Macht, ihn zu verletzen.

Durch sie.

Endlich hatte Laird erkannt, was für ein guter Mensch er war. Nachdem er jahrelang als Taugenichts gegolten hatte, glaubte er endlich an seinen eigenen Wert.

Was diese neuerliche Katastrophe doppelt schmerzlich machte.

In Annes Herzen breitete sich eine Eiseskälte aus. Ihre Beine gaben nach, und sie sank neben ihrer Mentorin auf die Couch.

»Komm her, mein liebes Kind«, bat Lady Upperton sie sanft.

Hinter ihren Lidern stiegen heiße Tränen auf, und unglücklich vergrub sie das Gesicht in den Armen der alten Frau.

Sie hatte Laird bereits zu tief in diese unselige Sache verstrickt.

Deshalb hatte sie jetzt keine andere Wahl.

Sie wusste, was sie tun musste, wenn sie ihn wirklich liebte, auch wenn das entsetzlich schmerzlich für sie war.

Sie musste die Verlobung lösen. Denn sonst zöge sie ihn immer tiefer in die Angelegenheit hinein.

Kapitel zwanzig

Wie man tanzt, als gäbe es kein morgen mehr

Zwei Wochen später

Ungeduldig und gelangweilt stapfte Elizabeth im Schlafzimmer der Schwester auf und ab, denn ihr blieb nichts anderes mehr zu tun, als das Rascheln und Wogen des smaragdgrünen, seidenen Ballkleids zu bewundern, das sie selber trug.

In weniger als einer halben Stunde würden sie von Lady Uppertons Kutsche abgeholt. Obwohl Cherie ihre langen, goldenen Haare längst geflochten hatte, konnte Anne sich einfach nicht entscheiden, welches der beiden auf ihrem Bett liegenden Kleider sie tragen sollte, und so käme sie bestimmt zu ihrem eigenen Ball zu spät.

»Ich weiß nicht, worüber du dir solche Sorgen machst«, warf Elizabeth ihr vor. »Himmel, schließlich ist dies innerhalb von zwei Wochen bereits dein zweiter Verlobungsball. Egal für welches Kleid du dich entscheidest, du wirst wunderschön aussehen. Es gibt also keinen Grund, nervös zu sein.«

»Du weißt ganz genau, worüber ich mir Sorgen mache. Es hat nichts mit meinem Aussehen zu tun. Du weißt, was ich tun muss, obwohl ich mir – bei Gott – wünschte, ich hätte eine andere Wahl.« Anne reichte Cherie eine juwelenbesetzte Haarnadel, die diese in den Kranz weizenblonder Locken schob. Sie streckte ihre Hand nach der nächsten Nadel aus, die in der kleinen Silberschale auf dem Ankleidetisch lag, Elizabeth jedoch packte entschlossen ihren Arm.

»Du wirst die Verlobung heute Abend lösen?«

»Ich habe seit zwei Wochen versucht, es ihm zu sagen, aber bisher hatte ich einfach nicht die Kraft dazu. Deshalb muss ich es heute Abend tun, bevor er öffentlich von Heirat sprechen kann.« Anne atmete zitternd ein.

»Wir können diese Urkunde doch einfach irgendwo verstecken und nie mehr davon reden. Du brauchst weder ihm noch sonst jemandem zu erzählen, dass es dieses Schriftstück gibt. Dann kannst du ihn beruhigt heiraten.«

»Eines Tages wirst du es dir anders überlegen.« Anne hielt die Tränen, die in ihren Augen glitzerten, nur noch mühsam zurück. »Eines Tages werden sich weitere Beweise für unsere Herkunft finden, und dann werden wir auch dieses Schriftstück brauchen, damit es ein vollständiges Bild ergibt. Aber ich lasse nicht zu, dass Laird meinetwegen des Verrats beschuldigt wird.«

»Aber, Anne, du liebst ihn. Tu dir das nicht an. Löse diese Verlobung nicht.«

Eine einzelne Träne rann über Annes Gesicht. »Ich

tue es, weil ich ihn liebe, Elizabeth. Weil ich ihn mehr liebe als mich selbst.« Sie schniefte, und die stumme Cherie reichte ihr ein Taschentuch. »Bitte, Elizabeth, geh schon mal nach unten und warte dort auf Lady Upperton. Ich verspreche dir, ich komme sofort nach. Ich brauche nur einen Augenblick für mich.«

Elizabeth nickte verständnisvoll und ging hinunter in den Salon.

Tante Prudence saß wie meistens in dem breiten Ohrensessel neben dem Kamin und döste friedlich vor sich hin. Ein paar brennende Scheite lagen auf dem Rost, und als Elizabeth die schweißbedeckte Stirn der Tante sah, nahm sie vorsichtig das leere Glas aus ihrer Hand, zog behutsam das wollene Tuch von ihren Schultern, faltete es ordentlich zusammen, legte es auf den Tisch und setzte sich vorsichtig, um ihr Kleid nicht zu zerdrücken, auf die kleine Couch.

Mehrere Minuten saß sie still da, weil aber Tante Prudences schwerer Atem sie ein wenig schläfrig machte, stand sie wieder auf, trat vor das Regal neben dem Kamin, nahm die Dokumentenkiste ihres Vaters heraus und schloss sie auf. Dann nahm sie das Buch über Krankheiten und Heilmittel heraus und zog vorsichtig die vom Prince of Wales und Maria Fitzherbert unterschriebene Urkunde daraus hervor. Ob die beiden wirklich ihre Eltern waren?

Es war erstaunlich, dass das Schriftstück praktisch seit ihrer Geburt in dem Buch versteckt gewesen war, ohne dass sie auch nur die leiseste Ahnung davon gehabt hatten.

Sie legte den Wälzer auf den Teetisch und glitt mit einer Fingerspitze über den von Lord Lotharian aufgeschnittenen Rand. *Wirklich erstaunlich*, dachte sie erneut, tippte mit ihrer Zungenspitze an die Oberlippe, schob die Finger nochmals in die kleine Tasche, die von den zusammengeklebten Seiten gebildet wurde, und starrte auf das vermaledeite Dokument.

Sie wünschte sich, sie selbst hätte das Ding gefunden, und nicht Anne. Denn sie wusste, ihre Schwester hatte fürchterliche Schuldgefühle, weil ausgerechnet sie auf das verräterische Blatt gestoßen war.

Wenn sie die Zeit zurückdrehen könnte, hätte sie darauf bestanden, anstelle ihrer Schwester das Papier aus seinem Versteck zu ziehen.

Im selben Augenblick klafften plötzlich die beiden noch halb verklebten Seiten auseinander, über die sie geistesabwesend mit den Fingern gefahren war.

»Oh, verflixt!« Sie hielt erschreckt den Atem an und blickte dorthin, wo die Tante saß. Hoffentlich hatte die alte Frau ihr Schimpfen nicht gehört. Sie bewegte sich leicht in ihrem Sessel, nahm dann aber ihre langsamen und gleichmäßigen Atemzüge wieder auf.

Elizabeth atmete auf, blickte auf die halb durchtrennten Seiten und sah, dass kein gedruckter Text, sondern ein beschriebener Zettel in der Tasche lag. Wieder blickte sie auf Tante Prudence, die zum Glück noch immer schlief.

Vorsichtig zog sie die beiden halb verklebten Seiten auseinander … und entdeckte auf der Rückseite des ersten Blatts ein kleines, quadratisches Stück hauchdünnen Papiers.

Wenn heute Nacht der Mond über der Serpentine-Brücke im Hyde Park steht, werde ich auf Sie warten, MacLaren. Sie können sie um jeden Gefallen bitten. Es ist von größter Wichtigkeit, dass sie Ihnen in dieser Angelegenheit vertrauen kann.
Frances, Countess of Jersey

Elizabeth hielt das Buch dichter vor ihre Augen. *Das konnte ganz einfach nicht sein.* Doch es war eindeutig, dass das Schreiben mit dem anderen Dokument zusammen in dem Buch versteckt gewesen war. Ein Brief von Lady Jersey?

Sie riss die Urkunde vom Tisch und starrte abwechselnd sie und die kurze Nachricht an. Dann hatte also Lady Jersey all das inszeniert.

Elizabeth erschauderte. Sie brauchte keinen weiteren Beweis für ihre Herkunft als das knappe Schreiben, das sie in den Händen hielt.

Als sie einen unglücklichen Seufzer und dann schwere Schritte auf der Treppe hörte, legte sie das Buch und die Urkunde eilig wieder vor sich auf den Tisch und lief Anne entgegen, um ihr zu erzählen, worauf sie gestoßen war. Als sie jedoch das leise Weinen ihrer Schwester hörte, blieb sie stehen und machte auf dem

Absatz kehrt, um das Buch in das Regal zurückzulegen, als sie Tante Prudence, die Heiratsurkunde in ihrer Hand, schwankend vor das Feuer treten sah.

Ihr Herz schlug bis zum Hals. Tante Prudence wandte sich ihr zu, sah sie fragend an, und sie nickte ihr zu.

»Tu es«, flüsterte sie aufmunternd. »*Tu es, bevor Anne ins Zimmer kommt.*«

Almack's

Es war noch nicht einmal acht Uhr, aber die Kolumnisten aller großen Zeitungen bezeichneten den Ball, den die Countess of MacLaren zu Ehren der Verlobung ihres Sohnes gab, schon als rauschenden Erfolg. Es war ihnen offenbar egal, dass viele junge Männer der besseren Gesellschaft noch auf dem Kontinent weilten und gar nicht an dem Fest teilnehmen konnten und dass bis zu diesem Zeitpunkt noch nicht einmal die Hälfte der geladenen Gäste überhaupt in den Ballsaal vorgedrungen war.

Obwohl die Kutschen schon in Dreierreihen vor den Türen standen, hatte sich ein kilometerlanger Stau gebildet, und es würde sicher eine ganze Weile dauern, bis der letzte Gast auf dem größten Fest der diesjährigen Ballsaison erschien.

Das Gefährt von Lady Upperton, in dem auch die beiden Royle-Schwestern saßen, stand ganz hinten der Reihe. Doch das machte nichts. Denn mit etwas

Glück fiele Anne ja in der Zeit, in der sie draußen warten mussten, irgendeine andere Lösung ein.

Dank der Einmischung der alten Wüstlinge und Lady Uppertons, die ihr versprochen hatte, es ihr möglichst leicht zu machen, hatte sie den Earl seit jenem schicksalhaften Abend nicht mehr gesehen.

Doch sie wusste, dass sie Laird nicht vor der Lawine würde schützen können, die von ihnen losgetreten worden war. Dabei freute er sich sicher auf den schönsten Abend seines Lebens, an dem er mit seiner Liebsten bis zum Morgengrauen tanzen würde, ohne dass auch nur die allerkleinste Last auf seiner Seele lag.

Und noch vor zwei Wochen hatte sie sich ebenso auf diesen Ball gefreut. Aber das war längst vorbei.

Zur Enttäuschung von Lady MacLaren hatte Anne das Angebot, in Lairds Kutsche zu dem Ball zu fahren, höflich abgelehnt. Lady Upperton hatte versucht, der Countess zu erklären, dass Anne einfach zu nervös für eine gemeinsame Anfahrt war, denn schließlich hatten die Geschichten von Lairds Heldentaten nach der Rückkehr des Paars nach London in Windeseile die Runde gemacht.

Alle wollten einen Blick auf die einfache junge Frau aus Cornwall werfen, die nach ihren Stürzen, erst von einer Brücke und dann noch von einer Klippe, von dem jungen Earl gerettet und um ihre Hand gebeten worden war.

Anne und Elizabeth konnten keinen Laden in der

Bond Street betreten, ohne dass irgendeine Debütantin sie fragte, wie man am geschicktesten das Herz eines Earls gewann.

Schließlich hatten sie das Haus nur noch in der Verkleidung einfacher Mägde verlassen, dieses Vorhaben jedoch nach kurzer Zeit schon wieder aufgegeben, denn die Händler in den Stoff- und Modeläden, in denen sie am liebsten einkauften, nahmen Kundinnen, an denen, wie sie dachten, nichts zu verdienen war, überhaupt nicht wahr.

Täglich las man in der *Times* von jungen Frauen, die von der Brücke in den großen See im Hyde Park sprangen, weil sie hofften, dass ein Held sie aus dem tiefen Wasser zöge und dabei sein Herz an sie verlöre wie der Earl an Miss Anne Royle.

Einmal hatte sogar eine ehrenwerte Dame ihre Tochter absichtlich ins kalte Nass geschubst, als ein gewisser Viscount Apsley an ihnen vorbeigeritten war.

Berichte über Verletzungen, dramatische Rettungen … oder Verlobungen hatte Anne jedoch bisher noch nicht gelesen.

Sie hoffte nur, die schwachsinnige Springerei nähme ein für alle Mal ein Ende, wenn sie erst getan hätte, was sie tun musste, um den Earl zu schützen, auch wenn das sicher heute Abend furchtbar schmerzlich für ihn sein würde.

Denn dann würde sie ja vielleicht endlich wieder unsichtbar werden und könnte das herrlich langweilige Leben wieder aufnehmen, aus dem sie so unsanft herausgerissen worden war.

»Hast du Miss Anne schon irgendwo entdeckt?« Apsley unterzog Laird einer eingehenden Musterung, um ganz sicherzugehen, dass der Freund nicht doch ein wenig besser angezogen war als er selbst. Er gab vor, noch immer leicht verschnupft zu sein, denn sie trugen beide einen flaschengrünen Frack, wobei der von Laird aus Kaschmir und sein eigener aus Kamelhaar war. In Wahrheit war er hocherfreut, denn zumindest in Bezug auf ihre Kleidung hatten sie denselben ausnehmend erlesenen Geschmack.

»Bisher noch nicht.« Laird stand am Kopf der breiten Eingangstreppe, wippte ungeduldig auf den Fersen und ließ seinen Blick suchend über das Meer von Gästen gleiten, die noch immer in den Ballsaal drängten.

»Aber weißt du, wen ich gesehen habe? Die ehrenwerte Lady Henceforth. Allerdings nur aus der Ferne, deshalb irre ich mich ja vielleicht.«

Laird packte Apsleys Schultern.

»Pass auf, Mann. Ich will keine Falten in den schönen Frack bekommen, ehe die Damenwelt ihn hinlänglich bewundert hat.«

»Bist du dir sicher, dass es Lady Henceforth war?« Laird schüttelte den Freund.

»Nein, nein, wie gesagt, ich habe sie nur von Weitem gesehen, vielleicht habe ich mich also geirrt. Weshalb hätte sie auch kommen sollen? Glaubst du etwa ernsthaft, dass sie auf der Gästeliste deiner Mutter steht?«

»Tut mir leid. Es ist nur so – bevor ich St. Albans verlassen habe, hat Anne einen alten Brief gefunden, den ich nie bekommen habe.«

»Doch nicht etwa einen alten Liebesbrief von der guten Constance?«

»Es war ein Brief von Graham. Nur hat er ihn mir aus irgendeinem Grund niemals geschickt.« Laird nahm Apsley am Arm und zog ihn in eine Nische, wo es etwas ruhiger war. »In dem Schreiben hat er mir erklärt, warum er zum Militär gegangen ist.«

»Ich dachte immer, er wäre einfach ein pflichtbewusster Sohn und hätte vielleicht obendrein noch eine heldenhafte Ader oder so.«

»Das dachte ich auch, und deshalb habe ich meinem Vater auch geglaubt, als er behauptet hat, Graham wäre durchgebrannt, um für sein Vaterland zu kämpfen, weil ich als der Ältere zu feige dazu war. Und dann, als mein Bruder fiel –«

»Gabst du dir die Schuld an seinem Tod.«

Laird nickte zustimmend. »Deshalb wurde der Brandy mein bester Freund – womit ich dir ganz sicher nicht zu nahe treten will.«

»Keine Angst, das tust du nicht. Schließlich bin ich diesem herrlichen Getränk ebenfalls sehr zugetan«, gab Apsley mit einem gutmütigen Grinsen zu. »Also, was stand in dem verdammten Brief?«

»Etwas völlig anderes, als ich erwartet hätte. Anscheinend waren Graham und Constance, das heißt Lady Henceforth, unsterblich ineinander verliebt, aber als er vor fast drei Jahren um ihre Hand anhielt, haben ihre Eltern ihm ihren Segen verwehrt. Sie meinten, er wäre nur der Zweitgeborene und sie hätten bereits ein vielversprechenderes Angebot. Von Lord Henceforth, einem alten, aber reichen Mann.«

»Da gibt es eine Sache, die mich durchaus interessiert. Meinst du, sie haben den alten Henceforth für die Hochzeitszeremonie auf einen Stuhl gebunden, oder hat er damals wirklich noch gelebt?«, fragte Apsley grinsend, wurde aber, als Laird ihn böse ansah, sofort wieder ernst. »Alles, was ich damit sagen will, ist, dass der Mann bei seiner Hochzeit doch schon mindestens achtzig gewesen sein muss.«

»Ja, er war uralt. Aber trotzdem hat Constance ihn geheiratet. Grahams Brief zufolge hat das meinen Bruder so geschmerzt, dass er zum Militär gegangen ist, weil er die fortgesetzte Nähe zu der frischgebackenen Lady Henceforth nicht ertrug.«

»Du hattest keine Schuld an Grahams Tod.« Apsley schlug Laird kraftvoll auf den Rücken. »Das ist dir jetzt hoffentlich endlich klar.«

Laird biss sich auf die Lippe, nickte aber mit dem Kopf. »Ja. Gott, du kannst dir gar nicht vorstellen, wie erleichtert ich deswegen bin. Die Schuldgefühle hätten mich beinahe umgebracht. Schließlich war Graham nicht nur mein Bruder, sondern auch mein Freund.«

»Der alte Henceforth ist sofort nach der Hochzeit

gestorben, oder?« Apsley sah sich suchend nach einem Tablett mit gefüllten Gläsern um.

»Ja. Und nach Ende ihres Trauerjahrs hat Constance Trost bei mir gesucht. Genau wie ich bei ihr. Graham wurde seit zwei Monaten vermisst, aber ich hatte immer noch die schwache Hoffnung, dass er lebt. Und, verdammt, sie war verletzlich und vor allem wunderschön …«

»Wahrscheinlich hätte eine Ehe zwischen euch tatsächlich funktioniert.«

Laird schnaubte leise auf. »Wenn sie nicht so angewidert von mir gewesen wäre, als ihr etwas von meinem schlechten Ruf zu Ohren kam. Sie war derart angeekelt, dass sie unsere Hochzeit abgeblasen hat – oder auf jeden Fall hat sie behauptet, sie hätte deshalb einen Rückzieher gemacht.« Er schüttelte den Kopf. »Nur hat sich inzwischen herausgestellt, dass sie, nachdem Grahams Einheit von ihrem Einsatz zurückgekommen war, einen Brief von ihm bekommen hatte, in dem er sie bat, ihn nach seiner Rückkehr aus dem Krieg zu heiraten.«

»Deshalb also hat sie dich in Wahrheit sitzen lassen. Nur dass Graham eben leider nicht zurückgekommen ist.«

»Nein, das ist er nicht«, stimmte Laird ihm leise zu.

Apsley runzelte die Stirn, und während eines langen Augenblicks sagte auch er kein Wort.

Schließlich aber meinte er in aufmunterndem Ton:

»Dieser Abend gehört dir und Anne, nicht der Vergangenheit. Also feiere heute deine Zukunft!«

»Oh ja.« Laird spürte, wie eine zentnerschwere Last von seinen Schultern fiel. »Komm, vielleicht ist Anne ja inzwischen im Ballsaal bei meiner Mutter.«

Lady Upperton, die alten Wüstlinge, Anne und Elizabeth hatten sich im großen Ballsaal unweit des Orchestergrabens positioniert.

»Bist du sicher, dass es das ist, was du willst?«, fragte Elizabeth.

»Ich bin mir sicher, dass es *nicht* das ist, was ich will. Ich liebe Laird und wünsche mir nichts mehr, als den Rest meines Lebens mit ihm zu verbringen, aber ich werde ihn ganz sicher nicht in einen möglichen Verrat verwickeln.« Annes Augen fingen an zu brennen. »Oh, verflixt. Jetzt fange ich schon wieder an zu heulen.«

»Aber, Anne, ich muss dir etwas sagen –«, begann Elizabeth.

»Meine Liebe, du brauchst diese Verlobung nicht zu lösen, um ihn zu beschützen«, fiel Lady Upperton ihr ins Wort, zupfte ihr eigenes spitzenbesetztes Taschentuch aus ihrem Ärmel und tupfte der jungen Frau damit die Tränen aus dem Gesicht. »Es reicht völlig, wenn du das Geheimnis weiterhin für dich behältst.«

»Was für ein Geheimnis?«, fragte eine süße Frauenstimme aus dem Hintergrund.

Anne wirbelte herum und sah Lady Henceforth,

deren angeschlagene Nase anlässlich des Balls unter einem zarten Spitzentuch verborgen war. »Was … ich meine, ich hatte nicht erwartet, Sie heute Abend hier zu sehen.«

»Ach nein?« Constance setzte ein kühles Lächeln auf. »Ich wollte es nur mit eigenen Augen sehen.«

»Was? Annes ersten Tanz mit Lord MacLaren?«, raunzte Elizabeth sie an und wandte sich dann wieder ihrer Schwester zu. »Bitte, Anne, komm mit. Ich muss dir etwas sehr Wichtiges sagen.«

Lady Henceforth baute sich entschlossen zwischen ihnen auf. »Nichts, was Sie ihr sagen können, kann so interessant sein wie der Augenblick, in dem Anne diese Verlobung löst und MacLaren … abermals allein dasteht.« Sie zog eine ihrer dunklen Brauen hoch. »Es ist Apsley eines Abends, nachdem er zu viel getrunken hatte, rausgerutscht, dass diese Verlobung eine Farce ist, dass es dabei nur um eine Wette geht – sonst nichts.«

Plötzlich tauchte Laird an Annes Seite auf. »Sind Sie sich da so sicher, Constance?«

»Es war von Anfang an gelogen. Genau wie Miss Royles Geschichten von Ihren angeblichen Heldentaten. Sie ist wirklich fantasiebegabt. Ich kann mir sogar vorstellen, dass sie sich ernsthaft einredet, dass sie Sie liebt.«

»Ich liebe ihn wirklich.« Anne baute sich vor Lady Henceforth auf und sah auf sie herab. »Und ich denke, dass Sie jetzt besser gehen.«

»Oh, das werde ich.« Constance trat einen Schritt zurück und warf dadurch Elizabeth gegen eine Gruppe Gäste, die in ihrem Rücken stand. »Sofort. Sobald ich öffentlich bekannt gegeben habe, dass diese Verlobung nur eine Scharade ist.«

»Warum wollen Sie das tun? Ich war Ihnen gegenüber immer freundlich und zuvorkommend.«

»Bis Sie Laird den Brief von Graham gegeben haben ... der mich wie ein kleines Flittchen dastehen lässt.« Ihre Nasenflügel blähten sich vor Zorn. »Nachdem MacLaren mit Ihnen zusammen nach St. Albans gekommen war, konnte ich sehen, dass er nicht mehr derselbe war. Ich war von dieser Wandlung völlig überrascht. Und als Apsley mir von der Wette erzählte, wurde mir bewusst, dass mir eine zweite Chance gegeben worden war. Durch eine Heirat mit Laird würde mein Name nicht mehr beschmutzt. Oh nein, es wäre sogar eine Ehre, seine Frau zu sein.«

»Ich habe Ihnen Grahams Brief gezeigt, Constance«, setzte Laird mit sanfter Stimme an, »um Ihnen deutlich zu machen, dass mein Bruder Sie auf eine Art geliebt hat, wie ich selbst es niemals könnte. Auch wenn ich das eine Zeit lang dachte, waren Sie und ich einfach nicht füreinander bestimmt. Das hat mir Grahams Brief deutlich gemacht.«

Lady Henceforth riss die Augen auf. »Wollen Sie damit etwa behaupten, dass eine gewohnheitsmäßige Lügnerin aus Cornwall Ihnen lieber ist als ich?«

»Oh ja.« Laird legte Annes Hand auf seinen Unterarm. »Sieh nur, Anne, die Tänzer nehmen ihre Plätze ein. Gesellen wir uns doch dazu.«

Mit tränenfeuchten Augen blickte Anne in das Gesicht des Mannes, den sie liebte. Wie gerne würde sie mit ihm den Bund fürs Leben eingehen und so glücklich mit ihm leben wie ihre Schwester Mary mit ihrem Ehemann. Doch zumindest, tröstete sie sich, könnte sie so tun, als ob das möglich wäre … bis der Tanz zu Ende war.

Unter donnerndem Applaus reihten sie und Laird sich in die Reihen der Tänzer ein.

Lady MacLaren stand neben dem Dirigenten des Orchesters und strahlte vor Stolz und Glück.

Dann aber eilte Lady Henceforth auf die Tanzfläche. Tränen der Erniedrigung glitzerten in ihren braunen Augen, und sie kreischte: »Das ist nur ein Scherz! Das ist alles nur ein böser Scherz!«

Totenstille senkte sich über den Raum.

»Ich habe soeben erfahren, dass unser guter Lord MacLaren und seine Miss Anne Royle uns allen einen bösen Streich spielen.«

Unter den Gästen brach verwirrtes Murmeln aus.

»Es stimmt!« Sie marschierte um die Tanzfläche herum, damit alle hören konnten, weshalb sie hierhergekommen war.

»Nun, stellen Sie sich meine Überraschung vor, als ich erfuhr, dass die beiden nie wirklich verlobt gewesen sind!«

Jetzt brachen überall im Raum die Menschen in aufgeregte Rufe aus. Junge Frauen rangen erstickt nach Luft, ältere Damen fingen an zu schwanken, und mitten auf der Tanzfläche schlossen die ersten Herren grinsend ihre Wetten ab.

Anne, in deren Augen unvergossene Tränen glänzten, drückte Laird die Hand. »Es tut mir leid, aber ich habe keine andere Wahl. Ich muss es tun … dir zuliebe.« Damit wandte sie sich von ihm ab und baute sich allein mitten im Ballsaal auf.

»Nein, Anne –«, hörte sie die Stimme von Elizabeth.

Sie konnte ihre Schwester sehen, die sich durch die endlosen Zuschauerreihen kämpfte, von denen die Tanzfläche umgeben war. »Hör auf! Bitte, sprich nicht weiter, Anne!«

Anne wandte sich entschlossen ab. Sie musste diese Worte sagen. Und zwar jetzt, bevor sie ihren Mut verlor. »Es stimmt, was Lady Henceforth sagt!«

Wieder senkte sich völlige Stille über den Raum.

Anne atmete tief ein, blickte Laird während einiger kostbarer Sekunden ins Gesicht und fuhr dann mit ruhiger Stimme fort. »Der Earl of MacLaren und ich sind nicht verlobt.«

»Nein!«, schrie Elizabeth. »Anne, *nicht!*«

Die Leute schrien auf, und Anne, die zitterte wie Espenlaub, machte kurz die Augen zu. Dann schlug sie sie wieder auf und sah, dass Laird an ihrer Seite stand.

Er nahm ihre Hand, hob sie an seinen Mund und wisperte ihr zu: »Anne, ich liebe *dich,* nur dich. Also erweise mir bitte die Ehre, mich zu Ende bringen zu lassen, was du begonnen hast.«

Er hob seine andere Hand zum Zeichen, dass er etwas sagen wollte, und nach einer weiteren Minute kehrte endlich wieder Ruhe ein.

Anne starrte ihn verwundert an. Was hatte er nur vor?

»Wir sind nicht mehr verlobt, das stimmt.« Er wandte sich ihr zu und nahm auch noch ihre andere Hand. »Denn wir sind … *bereits verheiratet.*«

Anne wurde siedend heiß, und für einen Augenblick war sie der festen Überzeugung, ihr fielen vor Überraschung die Augen aus dem Kopf.

Er log! Er log vor aller Welt!

Tosender Applaus brandete im Ballsaal auf. Lady MacLaren bedeutete dem Orchester weiterzuspielen, und Laird zog Anne an seine Brust.

Tränen strömten über ihre Wangen.

Gott, sie liebte ihn, doch sie konnte nicht erlauben, dass er mit ihr in Verbindung stand. »Laird, bitte hör mir zu«, setzte sie deshalb an.

»Nach dem Tanz, mein Schatz.« Er strahlte regelrecht vor Glück.

»Nein, ich muss –«

In diesem Augenblick erreichte endlich auch Elizabeth das Paar, packte Anne bei den Schultern und riss sie aus Lairds Arm. »Hör auf, Anne, und hör dir endlich an, was ich zu sagen habe. Du musst das nicht tun.«

»Doch, Elizabeth.« Anne versuchte, sich ihr zu entwinden und wieder ihren Liebsten anzusehen.

Elizabeth jedoch drehte sie unsanft wieder zu sich um. »Nein, das musst du nicht. Ich habe die Urkunde verbrannt, Anne. Es gibt kein derartiges Schriftstück mehr. Verstehst du mich? Du musst die Verlobung nicht mehr lösen, um den Earl zu schützen.«

Auf Annes Haut bildete sich kalter Schweiß. »Was sagst du da?«

»Die Urkunde existiert nicht mehr.« Elizabeth lächelte. »Sie ist weg. Ich habe sie verbrannt.«

»Du hast sie verbrannt? Aber, Elizabeth, sie war der einzige Beweis –«

»Kein Beweismittel, egal wie wichtig es vielleicht für uns oder sogar die Krone sein mag, ist es wert, mit anzusehen, wie meiner Schwester das Herz bricht.«

»Aber, Elizabeth, was du da getan hast, ist –«

»Etwas, worüber wir nie wieder sprechen werden.« Sie küsste die Schwester auf die Wange und forderte sie grinsend auf: »Und jetzt geh. Dein *Ehemann* erwartet dich bereits.«

Langsam drehte Anne sich um und sah in Lairds anziehendes, verlogenes Gesicht. Gott, wie sehr sie diesen Menschen liebte, dachte sie.

»Sollen wir tanzen, Liebling?« Er reichte ihr seine Hand, und als sie sie ergriff, zog er sie eng an sich, zwinkerte ihr heimlich zu und meinte so laut, dass es alle, die in der Nähe standen, hörten: »Schließlich ist dies unser erster Tanz *als Mann und Frau.*«

Berkeley Square
Am nächsten Abend

»Hört, hört!«, juchzte Elizabeth.

Alle hoben ihre Gläser und prosteten den Nicht-mehr-allzu-frisch-Verlobten zu. Alle außer Tante Prudence, die wie stets in ihrem Ohrensessel saß und schlief.

Und auch Lilywhite hielt sich zurück.

Denn er brachte es einfach nicht über sich, auf das glückliche Paar zu trinken, solange er nicht etwas gestanden hätte, was ihm schon seit Jahren auf der Seele lag. Doch das würde ganz bestimmt nicht leicht.

»Was ist los, Sir Lumley? Freuen Sie sich nicht darüber, dass Ihr Schützling und ich verlobt sind?« Laird zog eine Braue hoch, hatte aber gleichzeitig ein Lächeln im Gesicht.

Lilywhite konnte nur hoffen, dass MacLaren seine gute Laune auch noch beibehalten würde, wenn er mit seinem Geständnis fertig war.

»Ich – ich …« Seine vollen Wangen fühlten sich so heiß und rot wie die untergehende Sonne an. »MacLaren, ich muss Ihnen etwas gestehen. Ihnen auch, Anne und Elizabeth. Ich kann nicht weiter zulassen, MacLaren, dass Sie glauben, dass Ihr Vater nur ein Egoist gewesen wäre, denn das war er nicht. Er war mir über viele Jahre ein sehr guter Freund, bis ich eines Abends zu tief ins Glas gesehen habe, um noch Herr über meine Worte zu sein.«

Laird blickte auf Anne, als erwarte er von ihr eine Erklärung für Sir Lumleys Worte, doch sie war genauso ahnungslos wie er.

»Los, Lilywhite, fahren Sie fort.« Lotharian winkte auffordernd mit einer Hand. »Sagen Sie es ihm. Ich finde nämlich, dass dieses Geständnis längst schon überfällig ist.«

Lilywhite blickte zu Boden, nickte aber gleichzeitig so heftig, dass sein Kinn auf seinen Brustkorb stieß. »Da haben Sie eindeutig recht.« Er blickte wieder auf Anne und auf Elizabeth und wandte sich dann abermals an Laird. »Alle, Whigs und Torys, glaubten, entweder Charles Fox oder Ihr Vater, MacLaren, wären irgendwie in den Besitz der vom Prince of Wales und Maria Fitzherbert unterschriebenen Heiratsurkunde gelangt.«

Elizabeth rang ungeduldig die Hände und rief aus: »Ja, ja, das wissen wir.«

»Aber ein paar von uns, aus dem engsten Kreis des Prinzen, hatten auch gehört, dass Lady Jersey … auf Bitten der Königin … MacLaren gebeten hatte, ihr das Schriftstück auszuhändigen.« Sir Lumley sah die anderen nacheinander an. Alle warteten voller Spannung darauf, dass er endlich weitersprach. »Nun, das leuchtete MacLaren ein. Der König war krank und musste die königliche Linie sichern. Wenn die Königin den

Prinzen dazu hätte überreden können, auf die öffentliche Bekanntgabe seiner unrechtmäßigen Ehe mit Maria Fitzherbert zu verzichten, hätte das die Chancen erheblich verbessert, dass das Parlament einem Gesetz zustimmt, das den Prinzen zum Regenten macht. Und da die Königin der Ansicht war, dass es ihrem Sohn zur Regentschaft verhelfen würde, wenn sich der einzige Beweis für die Eheschließung des Prinzen in ihrem Besitz befand, sollte MacLaren ihr die Urkunde aushändigen.«

»Sie wirken verwirrt, Elizabeth«, bemerkte Gallantine. »Lassen Sie mich versuchen, es Ihnen zu erklären. MacLaren hatte die Urkunde einzig aus dem Grund versteckt, damit William Pitt sie nicht als Beweis für die unrechtmäßige Ehe des Prinzen mit einer Katholikin präsentieren kann, denn dadurch hätte er ihn vor dem Parlament in Misskredit gebracht. Die Urkunde musste verborgen bleiben, damit sich die öffentliche Meinung nicht gegen den Prinzen wendet, bevor er zum Regenten ernannt werden kann. MacLaren wusste, dass die Königin das Dokument verschwinden lassen würde, wenn sie es von ihm bekäme, und dass sie vor allem lebenslang in seiner Schuld stünde, erwiese er ihr diesen Dienst.«

»Also hat er ihr das Schriftstück ausgehändigt?« Anne schüttelte ungläubig den Kopf. »Aber wie ist dann mein Vater in den Besitz der Urkunde gelangt?«

»Durch mich.« Lilywhite stieß einen Seufzer aus.

»Und ich habe dabei Ihrer aller Leben in Gefahr gebracht.«

Anne und Elizabeth tauschten besorgte Blicke miteinander aus.

»Wie ich vorhin bereits zugegeben habe, hatte ich eines Abends etwas zu tief ins Glas geschaut. Mir waren Gerüchte zu Ohren gekommen, dass MacLaren in Erwägung zog, Lady Jersey die Heiratsurkunde auszuhändigen. Aber ich wusste, dass ihr nicht zu trauen war. Sie war nicht nur ausnehmend gewieft, sondern auch die jüngste Eroberung des Prinzen, und Royle zufolge hatten sie und die Königin versucht, Maria Fitzherberts Drillinge aus dem Verkehr zu ziehen. All das habe ich MacLaren erzählt.«

»Und was hat er getan?« Laird stand langsam auf.

»Es *schien* so, als täte er gar nichts. Die Gerüchte über die Urkunde verstummten. Es war, als gäbe es sie urplötzlich nicht mehr.« Lilywhite drehte seine leeren Hände um. »Royle und MacLaren, oder besser gesagt, wir alle, waren einmal eng befreundet. Es ist also völlig klar, was mit der Urkunde geschehen war. Verstehen Sie nicht?«

»Nein«, antwortete Anne. »Ich verstehe nicht.«

Lilywhite stieß einen frustrierten Seufzer aus. »Royle hatte das Schriftstück und MacLaren den Papierschneider, dessen Gravur auf das Versteck hinwies.«

»Also hat MacLaren unserem Vater die Urkunde gegeben – damit er unsere Abstammung beweisen kann.« Elizabeths Augen wurden groß wie Untertassen, und mit aufgeregter Stimme fuhr sie fort: »Lord MacLaren, Ihr Vater hätte diese Urkunde benutzen können, um sich bei der Krone einzuschmeicheln und seine Position im Oberhaus zu festigen, doch das hat er nicht getan.«

Lotharian bedachte Lilywhite mit einem kurzen, verächtlichen Blick. »Falls an jenem Abend irgendjemand anders Lilywhites Gespräch mit MacLaren mitbekommen hätte und herausgekommen wäre, dass der Leibarzt des Prinzen, Royle, Maria Fitzherberts Babys gerettet hat, wären die Leben der drei Mädchen in unmittelbarer Gefahr gewesen.« Seufzend legte er eine seiner knochigen Hände auf die Schulter des jungen Earls.

Lady Upperton hob gewohnheitsmäßig einen Finger, bevor sie die Stimme erhob. »Ja, und zwar in sehr großer Gefahr – wenn es keinen Beweis dafür gegeben hätte, dass königliches Blut durch ihre Adern fließt. Oh, natürlich war die Heiratsurkunde kein eindeutiger Beweis, aber vielleicht hat sie gereicht, um euch zu retten. Ich fürchte, wir werden nie erfahren, ob es tatsächlich so war.«

Laird wandte sich an Anne, ergriff ihre Hände und hob sie an seine Brust. »Mein Vater –«

Anne riss ungläubig die Augen auf, während sie den Satz zu Ende sprach. »Hat vielleicht *mein* Leben gerettet.«

Laird stockte der Atem, als ihm die Bedeutung ihrer Worte aufging, und er starrte sie einen Moment lang völlig reglos an, bevor sich eine Reihe kleiner Fältchen um seine Augen herum bildete und sein Lächeln deutlich machte, dass ihm eine bisher unbekannte, heldenhafte Seite seines Vaters – des Mannes, den seine Mutter so sehr geliebt hatte – bewusst geworden war.

»Dadurch dass er die Urkunde geopfert hat, hat er vielleicht auch mein Leben gerettet«, platzte es aus Elizabeth heraus. Plötzlich wirbelte sie herum und blickte mit zusammengekniffenen Augen in das Feuer im Kamin. »Oh Gott, ich hoffe nur, wir brauchen dieses Schriftstück nicht noch einmal.«

Alle lachten höflich über diese etwas unpassende Bemerkung, aber Anne bemerkte, dass Lotharian sein Glas an die Lippen hob, an seinem Brandy nippte und über den Rand des Glases hinweg nachdenklich zu ihrer Schwester schaute.

Kapitel einundzwanzig

Wie man einen Earl heiratet

Und so wurden sie getraut – eine volle Woche nachdem in sämtlichen Londoner Zeitungen über ihren prunkvollen Verlobungs- und plötzlichen Hochzeitsball berichtet worden war.

Vor allem Elizabeth fand es erstaunlich, wie gespenstisch akkurat die Beschreibungen eines in der Zukunft stattfindenden Fests gewesen waren. Hätten die Schreiberlinge nicht das falsche Datum angegeben, hätte sie geschworen, jemand hätte von einer der Kirchenbänke oder der Empore aus die Zeremonie beobachtet und sich jedes noch so winzige Detail notiert.

Denn genau wie in den Zeitungen berichtet worden war, hatte Laird Allan, der Earl of MacLaren, eine Sonderheiratserlaubnis erwirkt und Robert Hodgson, den Pfarrer der Kirche von St. George, persönlich für die kurze, aber trotzdem ergreifende Trauung engagiert.

Im flackernden Licht dutzender Bienenwachskerzen erklärte Hodgson eine überglückliche Miss Royle und den Earl of MacLaren bei der heimlichen Feier vor Gott, dem Land, drei alten Wüstlingen, zwei ehrenwerten Damen der Gesellschaft, einer schlafenden ältlichen Großtante, einem Viscount und einer ursprünglich aus Cornwall stammenden, inzwischen aber am Berkeley Square wohnhaften jungen Miss zu Mann und Frau.

Obwohl die Trauung nicht das prachtvolle gesellschaftliche Ereignis war, das die verwitwete Lady MacLaren für ihren Sohn und eine derart geachtete Familie als notwendig erachtet hatte, erfüllte sich dadurch ihr größter Traum.

Denn was konnte eine Mutter mehr für ihren Sohn erhoffen, als dass er endlich verliebt und glücklich war?

Spät am selben Abend packte Apsley eines der herrlichen Porträts von George Romney ein, die im Stadthaus seines Freundes hingen. Dabei hatte er es, wie er selbst zugab, nicht wirklich verdient, da die Wette nicht ordentlich bei White's eingetragen worden war.

Doch im Grunde war das vollkommen egal.

Was wirklich zählte, war, dass Lotharian wie stets *seine* Wette gewonnen hatte. Miss Anne Royle hatte den Earl of MacLaren – den Mann, den er für sie gewählt hatte – geheiratet. Oh, das Mädchen vor den Altar zu bringen war ein bisschen schwieriger gewesen, als ihre Schwester Mary dazu zu bewegen, mit dem Herzog von Blackstone den Bund fürs Leben einzugehen, aber am Ende hatte er es doch geschafft.

Als sie das Stadthaus der MacLarens in der Cockspur Street verließen, drückten Gallantine und Lilywhite dem Gewinner ihrer Wette jeweils einen prall mit Goldmünzen gefüllten Lederbeutel in die Hand.

»Eines Tages wird Ihr Alter Sie besiegen und eine Ihrer Intrigen zur Verkuppelung irgendwelcher jungen Leute fehlschlagen lassen, Lotharian«, murmelte Lilywhite, während sie leicht angetrunken zu der wartenden Kutsche torkelten.

»Da wäre ich mir nicht so sicher, alter Freund.« Lotharian grinste bis über beide Ohren. »Ich habe durchaus noch ein paar gute Jahre vor mir – und noch eine Miss Royle, die nicht unter der Haube ist.«

»Vielleicht sind Ihre Pläne bisher aufgegangen, aber dreimal nacheinander? Ich bin sicher, dass die Schwestern Royle Ihnen inzwischen auf die Schliche gekommen sind. Wir haben Sie auf jeden Fall durchschaut, und ich glaube nicht, dass Ihnen noch einmal ein solcher Coup gelingt«, pflichtete Gallantine Sir Lumley bei.

»Wollen wir vielleicht wetten, Gentlemen?«, fragte Lotharian mit einem vergnügten Zwinkern zu Lady Upperton hinüber.

Da sie wusste, dass der erste Schritt zu Elizabeths Vermählung bereits unternommen worden war, zwinkerte sie gut gelaunt zurück, hielt sich dann aber eilig ihren Fächer vors Gesicht, damit keiner der beiden anderen Herren ihr breites Grinsen sah.

Nachdem mit den alten Wüstlingen und Lady Upperton die letzten Gäste endlich gegangen waren, füllten Anne und Laird noch einmal ihre Gläser und stießen auf ihre Liebe an.

»Hättest du mir geglaubt, wenn ich dir gesagt hätte, dass ich mich bereits in dem Moment in dich verliebt habe, als du mir auf dem ersten Ball in unserem Haus mein Glas gestohlen hast?« Laird beugte sich zu ihr vor und knabberte sanft an ihrem Ohr.

»Mein Mann, der unverbesserliche Draufgänger. Versprich mir, dass du dich niemals verändern wirst.« Anne legte eine Hand in seinen Nacken und zog seinen Mund zu sich herab.

Das Ablenkungsmanöver war erfolgreich. Ohne dass ihr Gatte es bemerkte, nahm sie ihm mit ihrer freien Hand das Punschglas ab.

Als sich ihre Lippen wieder voneinander lösten, trank sie lachend erst aus ihrem Glas und dann aus dem, das sie ihm stibitzt hatte.

»Wenn du mir versprichst, dass auch du dich nicht ändern wirst.« Laird beugte sich wieder zu ihr vor und küsste sie zärtlich. »Ich liebe dich, Lady MacLaren.«

Bevor sie den nächsten Kuss von ihm bekam, gab sie lächelnd zurück: »Und ich liebe dich, *mein Laird.*«

»Ich bin total erschöpft.« MacLaren wandte sich zum Gehen, blickte aber noch einmal über seine Schulter und sah seine junge Ehefrau mit einem verruchten Grinsen an.

»Wohin gehst du?« Zwei gefüllte Gläser in den Händen stand Anne mitten im Salon.

»Oh Mädchen.« Er zwinkerte ihr fröhlich zu. »Der Mond scheint heute ganz besonders hell. Ich glaube, du weißt, wo du mich finden kannst.«

Epilog

Die Mondsichel, die hoch am sternenübersäten Himmel hing, spendete nur wenig Licht, als Festidious in Richtung Hyde Park lief. Es war kein weiter Weg, aber trotzdem zitterten dem Butler die Knie, denn er war es nicht gewohnt, nachts in einer Gegend herumzulaufen, in der es keine Gaslaternen gab.

Er hatte nicht daran gedacht, seine Stiefel anzuziehen, und die feuchte Erde, die unter jedem seiner vorsichtigen Schritte nachgab, würde seine Hausschuhe sicher ruinieren. Trotzdem lief er weiter, bis er an die Stelle kam, die die Dame ihm genannt hatte – die Brücke über dem großen See.

Festidious sah die schwarz gewandete Gestalt, die mitten auf der Brücke auf ihn wartete, erst, als er direkt vor ihr stand.

Heiße Erregung wallte in ihm auf. Etwas so Verwegenes hatte er nie zuvor getan. Doch er war loyal und wusste, er erfüllte seine Pflicht.

»Haben Sie sie dabei?«, fragte sie ihn leise.

»Ja, Mylady.« Seine Hände zitterten, als er ihr die kleine Ledermappe mit dem gestohlenen Bündel Briefe gab.

»Und Sie haben niemandem erzählt, dass Sie die Briefe gefunden haben?« Die Frau hob den Spitzensaum ihres Schleiers und sah ihn durchdringend an.

»Niemandem, Mylady. Das schwöre ich. Ich war alleine, als ich sie gefunden habe. Sie waren genau dort, wo Sie gesagt haben.«

»Sehr gut.« Sie ließ ihren Schleier wieder über ihre Augen fallen, nickte ihm zum Zeichen ihres Danks kurz zu und wollte sich gerade zum Gehen wenden, als sie plötzlich noch einmal stehen blieb. »Würden Sie mich wohl zu meiner Kutsche begleiten?«

Festidious strahlte vor Stolz und bot ihr seinen Arm. »Selbstverständlich, Mylady. Ihr Wunsch ist mir Befehl.«

Sie las die Briefe alle noch am selben Abend, warf sie dann einen nach dem anderen in den Kamin und sah zu, wie sie rot erglühten und sich zusammenrollten, bevor nur noch ein Häuflein wertloser schwarzer Asche übrig blieb.

Nur ein Schreiben übergab sie nicht den Flammen – den einzigen Brief, der wirklich wichtig war.

Sie hielt ihn in das goldene Licht einer einzelnen Kerze und las den Text noch einmal durch.

Dann verzog sie ihren Mund zu einem selbstzufriedenen Lächeln, faltete das Blatt Papier sorgfältig zusammen und legte es vorsichtig in einen Kasten. Sie drehte den Messingschlüssel im Schlüsselloch herum und schloss den gefährlichen Brief, nach dem die Royle-Schwestern so dringend suchten, ein.

Sie würden dieses Schriftstück niemals finden.

Außer, *sie* wollte es.

Und sie hatte noch nicht entschieden, ob sie es wollte oder nicht.

Anmerkungen der Autorin

Ich liebe es, historische Lücken zu entdecken. Winzig kleine Spalten zwischen dem Bekannten und dem Unbekannten, in die ich mich zwängen kann, um dort das Lieblingsspiel aller Schriftstellerinnen und Schriftsteller zu spielen – *was wäre gewesen, wenn?*

Im vorliegenden Buch erforsche ich zum Beispiel eine Unbekannte der Regency-Zeit. Maria Fitzherbert, eine katholische Witwe, und der Prince of Wales wurden damals heimlich getraut. Zu jener Zeit war eine derartige Verbindung unrechtmäßig, und es hätte seine Ernennung zum Regenten stark gefährdet, wenn bekannt geworden wäre, dass der Prinz mit einer Katholikin verheiratet war. Die von William Pitt, dem Premierminister, angeführten Torys standen einer Übergabe der Regentschaft vom kränklichen König an den Prince of Wales ablehnend gegenüber und versuchten mit aller Kraft, diese zu verhindern. Einmal hieß es sogar gerüchteweise, die konservativen Torys wären in den Besitz der von dem Paar unterzeichneten Heiratsurkunde (und somit eines eindeutigen Beweises für die unrechtmäßige Eheschließung) gelangt und hätten die Absicht, sie als Waffe gegen den Prinzen zu verwenden. Plötzlich jedoch soll diese Urkunde verschwunden sein. Wer hatte sie genommen?

Was war mit ihr passiert? Nun, ich habe herausgefunden, wer das Dokument aus welchem Grund gestohlen hat …

An anderen Stellen meines Buches gehen die Charaktere selbst bestimmten Fragen nach, und ich habe die künstlerische Freiheit ausgenutzt, und die Lücken zwischen Fiktion und historischer Genauigkeit gefüllt. Beispielsweise habe ich eine Brücke über den *Serpentine*, den glitzernden großen See im Hyde Park, gespannt, obwohl diese tatsächlich erst im Jahr 1826 von George Rennie errichtet worden ist.

Zweifellos haben mich Brüche in der Geschichte auf die Idee zu meiner Trilogie über die Royle-Drillinge gebracht. Halten Sie Ausschau nach dem dritten Band, denn er gibt die Antwort auf das größte historische »Was wäre wenn?« – nämlich auf die Frage, ob die Schwestern Royle wirklich die Töchter des Prince of Wales und seiner heimlichen Ehefrau Maria Fitzherbert sind. Bleiben Sie dran.

Kathryn Caskie

Danksagung

Ich möchte den Menschen danken, die mir bei der Fertigstellung dieses Romans geholfen haben und deren Beiträge dieses Buch, meine Karriere und mein Leben als Schriftstellerin so lohnenswert machen:

Meiner wunderbaren Lektorin Lucia Macro und Esi Sogah, die Platz auf ihren Schreibtischen gemacht haben, um dafür zu sorgen, dass dieses Buch in die Produktion gehen konnte.

Jenny Bent, meiner fantastischen Agentin bei der Trident Media Group – der besten Agentin, die eine Frau sich wünschen kann –, weil sie immer für mich da ist, ebenso wie ihre engagierte Assistentin Victoria Horn, die sich stets um mich gekümmert hat.

Franzeca Drouin, meiner äußerst geduldigen Rechercheurin, die genau weiß, wo sie Quellen selbst für die bizarrsten historischen Details findet.

Nancy Mayer, einer außergewöhnlichen Regency-Expertin, die sogar so weit gegangen ist, den Aufbau von Papierschneidern aus jener Zeit für mich zu überprüfen und mir dabei geholfen hat herauszufinden, welche Erfordernisse ein Mitglied des britischen Adels erfüllen muss, bevor es seinen Sitz im Oberhaus einnehmen kann. Ihre Kenntnis der Regency-Zeit ist für mich von unschätzbarem Wert.

Meiner lieben Leserin Peg, die sich extra in die Cockspur Street und in die Kirche von St. George in London begeben und dort Material für mich gesammelt hat.

Sophia Nash, Freundin und talentierter Autorin, für ihre beständigen Worte der Ermutigung und dafür, dass sie mich mit der verlockenden Einladung zu einer Shopping-Tour dazu gebracht hat, dass ich irgendwann zum Ende kam.

Außerdem gilt mein ewiger Dank den Herstellern von zuckerfreiem Red Bull sowie den Angestellten bei Starbucks, die mich während des Schreibens dieser Story ständig ausreichend mit Koffein versorgt haben.